A MALTA INDOMÁVEL

Copyright © 2023 por Ale Santos.
Todos os direitos desta publicação são reservados à Casa dos Livros Editora LTDA. Nenhuma parte desta obra pode ser apropriada e estocada em sistema de banco de dados ou processo similar, em qualquer forma ou meio, seja eletrônico, de fotocópia, gravação etc., sem a permissão dos detentores do copyright.

COORDENADORA EDITORIAL: *Diana Szylit*
ASSISTENTE EDITORIAL: *Camila Gonçalves*
ESTAGIÁRIA EDITORIAL: *Lívia Senatori*
COPIDESQUE: *Alanne Maria*
REVISÃO: *Mariana Gomes e Bonie Santos*
ILUSTRAÇÕES DE CAPA E MIOLO: *Massai*
DESIGN DE CAPA: *Anderson Junqueira*
DIAGRAMAÇÃO: *Eduardo Okuno*
FOTO DO AUTOR: *Juan Ribeiro*

Dados Internacionais de Catalogação na Publicação (CIP)
Angélica Ilacqua CRB-8/7057

S233m
    Santos, Ale
       A malta indomável / Ale Santos. — Rio de Janeiro : HarperCollins, 2023.
       368 p. : il.

    ISBN 978-65-6005-079-2

    1. Ficção brasileira 2. Futurismo – Ficção I. Título

23-4738   CDD B869.3
                                                           CDU 82-3(81)

Os pontos de vista desta obra são de responsabilidade de seu autor, não refletindo necessariamente a posição da HarperCollins Brasil, da HarperCollins Publishers ou de sua equipe editorial.

Publisher: Samuel Coto
Editora-executiva: Alice Mello

Rua da Quitanda, 86, sala 601A — Centro
Rio de Janeiro, RJ — CEP 20091-005
Tel.: (21) 3175-1030
www.harpercollins.com.br

Sonhar é uma dádiva. É o poder de explorar com nossa mente e nossas emoções lugares pouco visitados em nosso mundo ou construir novos.

Sonhos começam pequenos, por vezes como lembranças distantes. Alguns persistem em nossa mente, até que não damos mais conta de segurá-los e, pouco a pouco, o trazemos para a realidade. Eles nos deixam inquietos. Aliás, são os sonhos perturbadores que conseguem atravessar gerações e se espalhar como uma visão coletiva na sociedade.

Se eu escrevo hoje é porque várias pessoas sonharam comigo e continuam apoiando minha visão; e também porque outras sonharam bem antes de mim. Eu vivo hoje os devaneios dos que vieram ontem: meus avós, minha mãe e todos os escritores que abriram os caminhos para que eu me tornasse também um autor de sci-fi.

Eu dedico este livro àqueles que estão explorando os próprios sonhos e trabalhando para que eles alcancem o mundo.

Antes de se tornar um lugar habitável, reza a lenda que a atual cidade de Sumé foi um presídio criado em um tempo do qual não existe mais memória. Segundo essa crença, ele deixara de ser vigiado havia poucos séculos e se tornara lar para todo tipo de criminoso e desajustado. A barbárie reinava dentro daqueles portões, e a violência rolava solta, quase sempre com muito sangue derramado. Nada sobrevivia por muito tempo, nada se desenvolvia, a não ser a dor e o ódio que nutriam os habitantes do lugar.

Algumas gerações depois, uma entidade chamada Sumé desceu do Mundo dos Ancestrais, viveu entre os mortais naquela região e mostrou a todos a beleza da justiça, cessando a matança e constituindo a ordem em forma de religião. Para prosperar em Sumé, era preciso se aprofundar na fé, assumindo o trabalho conduzido pela Cúpula, formada pelos sacerdotes, agora chamados de Cardeais, responsáveis por guiar os dogmas, guardar as leis que mantêm a Cidade-Complexo nos trilhos do Pai-Fundador e impor aos moradores da cidade uma visão autoritária de justiça.

Engana-se quem imagina que, por isso, a vida na Cidade-Complexo era ruim. O povo era feliz dentro daquele sistema. A religião oferecia o alimento necessário para frustrações, respondia a perguntas difíceis sobre a vida e fazia nascer, toda manhã, a esperança de que o amanhã seria melhor. Sumerianos eram felizes dentro daqueles portões e desconfiavam das tradições estrangeiras e de suas histórias de revoluções... talvez porque a cidade ainda mantivesse bastante da arquitetura projetada para afastar as pessoas do mundo exterior.

Sumé era dividida em duas regiões: o Topo e o Centro. O Topo era mais próximo ao mundo exterior e tinha uma paisagem bastante desértica, com morros de terra e areia entre casas e fazendas dentro de redomas. Era também o principal ponto de produção de todos os mantimentos naturais da cidade. As fazendas produziam todos os tipos de grãos e serviam tanto para a criação de animais quanto para a produção de proteínas sintéticas. Era no Topo que vivia a classe trabalhadora mais simples da região.

#A BATALHA DAS MALTAS

— Aí, essa batalha vai ser Zika, tá ligado? — disse o príncipe da última batalha, que usava um capacete ciclope, uma das vestimentas militares de Obambo, a cidade vizinha de Nagast. Seu traje robótico, modificado para a celebração, brilhava em cores diferentes, exibindo fitinhas de santos amarradas nos cotovelos, um escapulário da anciã do Distrito no pescoço e uma coroa de latão sobre o topo do capacete. Alguns torcedores demonstravam o apoio a ele usando as mesmas fitas coloridas, porém muitos ainda desconheciam os emblemas e entravam na festividade apenas pela energia que ela propagava. Vários outros guardiões escoltavam o príncipe pelas ruas, todos igualmente ornamentados com fitas de santos, tecidos sobre as armaduras e malhas de couro sobre os ombros metálicos.

— Cê é loko, parça! A gente tá desenrolando umas tecnologias mais venenosas, pesadas mesmo, sabe como é? Ano passado aqueles cybercapoeiristas deram mó trabalho, mas esse ano vão achar é nada — respondeu o piloto de uma das maltas que formavam o cortejo, enquanto mantinham a passada ritmada.

O evento havia alcançado proporções inimagináveis ao longo dos anos. As ruas de terra batida do Topo de Sumé estavam tomadas pela comitiva das maltas, que circulavam pela primeira vez dentro da Cidade-Complexo. Estandartes farpados, iluminados por leds, eram erguidos com bastões de aço retrátil numa disputa por qual conseguia chegar mais perto do céu. As enormes bandeiras coloridas contrastavam com os corredores sóbrios, meio sombrios, de pedra e ferro que erguiam pilastras frias e pouco iluminadas.

Os governantes de Sumé não gostavam de se envolver com a Batalha das Maltas, uma celebração anual dos jovens das periferias para coroar o Rei e a Rainha mais ousados em uma competição de carros ultravelozes que atravessavam os desertos, rompendo o silêncio com batidas musicais frenéticas e desafiando uns aos outros com o apoio de hackers e guardiões. E, como não conseguiram impedir que a população acompanhasse o fenômeno, que já ultrapassava as fronteiras por causa das transmissões digitais pelo Nexo, os governantes permitiram que o cortejo acontecesse no Topo da cidade.

Não sem interesses próprios, obviamente.

— Pai, tô indo! Quero ver a Rainha, a Rainha...

Uma menina de pele retinta, cabelo curto trançado e olhos grandes corria para fora de sua pequena casa para assistir ao desfile. Era Victória. Vik, como a mãe a chamava. Ela tropeçava na calçada de aço, dava uns saltos e se lançava para a frente, saltitando para encontrar a figura mais majestosa de toda a comitiva.

— Espera, menina, não vai pra longe! — gritou Arthur Luena, o pai da garota, um homem simples, temente ao Pai-Fundador, trabalhador e preocupado com o futuro da família. Ele via, preocupado, a garota se afastar da porta de casa, acompanhando-a de longe.

Vik corria embalada pelos tambores dos vassalos da comitiva, que marcavam os passos fortes de todas as maltas que estavam ali para cortejar e apresentar a equipe vencedora da última batalha. As cores vivas, a música, os guardiões

que caminhavam entre os sumerianos — era tudo o que ela tinha desejado viver um dia, já que só tinha assistido às Batalhas das Maltas pelo dispositivo computacional.

    Arthur assistia às batalhas com receio. Amava compartilhar momentos com a filha, porém se culpava um pouco. Suas convicções estavam ligadas às paredes da Cidade-Complexo: ele acreditava que tudo seria mais fácil seguindo os ideais que mantinham a sociedade funcionando. Temente a Sumé, ele sabia que, para os líderes sumerianos, as Batalhas das Maltas eram consideradas subversivas dentro da Cidade-Complexo, porque carregavam crenças e tradições do povo de Nagast, seus símbolos, seus ancestrais e suas histórias sobre antigos heróis que lutaram pela revolução do Distrito. Mas tudo isso alimentava a imaginação de Vik, e ele amava a filha. Ela conhecia os principais competidores, os brasões de cada malta e os pilotos de cada carro. Apesar de tudo isso, Arthur e a esposa, Helena, como a maior parte dos pais da Cidade-Complexo, nutriam um medo extremo de que ela se afastasse das antigas tradições sumerianas e se aventurasse naquela corrida perigosa.

    Infelizmente, para ele, participar de uma malta no futuro era exatamente o que coração dela desejava. Naquele momento, Vik atravessava o cortejo, esbarrando em guardiões com armaduras ornamentadas, reluzindo em todas as cores do arco-íris. Em sua cabeça sonhadora, ela se imaginava utilizando uma daquelas armaduras de celebração. No caminho, conseguiu arrancar duas fitas do braço de um piloto e as amarrou nos próprios punhos, uma com a figura de Jorge e outra com a figura de Moss, a anciã.

    — Qual é, pequena? — perguntou o piloto, mas Vik já estava a dois saltos de distância, procurando se aproximar da comitiva real.

Ela correu mais alguns metros e se distraiu com o barulho mais fantástico que já havia tocado seus ouvidos, o ruído de um dos motores, que precedeu a visão mais espetacular que seus olhos podiam ter: o carro da Malta Oceânica. Tinha rodas de alumínio, chassi de liga magnética, blindagem em tons de azul com várias camadas e um para-brisa que parecia um espelho para as estrelas. O ronco parecia o som de uma tempestade oceânica e deslizava no meio da comitiva como um monstro marinho se esgueirando pelas profundezas da Terra. Era lindo, imenso, inspirador. Era simplesmente um dos carros mais potentes de toda a batalha.

À sua frente, vinha a guardiã Cinthia, a cybercapoeirista da Malta Oceânica. Seus olhos eram cobertos por um branco assombroso, como era de se esperar de um espírito digital invocado por códigos de programação e linguagem sagrada, e sua pele escura e dourada era marcada por símbolos reluzentes. Cinthia carregava o estandarte que exibia um maremoto sob a lua. Além dela, apenas outros três cybercapoeiristas eram conhecidos pelos mortais: o do trovão, o do vento e o do aço.

A multidão nas ruas se espremia e se cotovelava tentando assistir ao cortejo da Batalha das Maltas. Um dos principais motivos que fizera os líderes da Cidade-Complexo abrirem os portões para a celebração era justamente o dinheiro que o evento gerava. O povo estava eufórico por ver seus heróis cara a cara. Faziam caravanas para vê-los em Nagast e lá compravam itens digitais colecionáveis, camisetas, fitas e emblemas. Era tanta gente que Vik tinha dificuldade de se aproximar e identificar todos que compunham o desfile. De relance, ela viu o estandarte que tanto desejava: dois machados atravessados por um círculo de cobre, símbolo da Malta de Aço, a vencedora da última competição e, portanto, a equipe que tinha a atual Rainha.

— Pai, achei! — exclamou Vik, pensando que seu pai estivesse por perto, mas ele corria muito atrás dela. A essa altura, Arthur já havia perdido a filha de vista no meio da multidão eufórica pela passagem do carro da Malta Oceânica.

Animada e desconcertada com a multidão, Vik caiu de joelhos no chão. Um braço metálico adornado por fitas esticou-se na direção da menina. Não era uma armadura robótica, mas um dos integrantes da Malta de Aço, um autômato humanoide. Uma lenda viva. Esses robôs foram criados durante a revolução que libertara os Obambos da opressão em Nagast. Bento, um cybercapoeirista, havia transmitido habilidades de capoeira para cada máquina, criando um exército que ajudou a impedir o extermínio das pessoas que viviam na favela de Obambo. Agora, eles eram guardiões da cidade e ali, no cortejo, eram vassalos da Rainha.

Os passos de Vik ficaram mais pesados, uma dor incômoda surgiu em suas pernas. "Acho que tô cansando fácil", pensou a menina. Caminhou mais devagar, tentando respirar e controlar sua empolgação para continuar no cortejo.

— Eu vou conseguir, eu preciso falar com ela. — Vik acreditava que encontraria nos olhos da Rainha a inspiração para se tornar uma das melhores pilotos da Batalha das Maltas.

Como não acreditava em coincidências, para ela aquele cortejo era a oportunidade de viver uma história sem fim, um ciclo que se iniciara antes mesmo de sua vida começar. Vik sentia uma força — que ela apelidara de destino — chamando seu nome, a qual, para a sorte da menina, não seguia os dogmas da justiça de Sumé. Na verdade, porém, o destino era implacável e estava depositando todo o seu peso nas costas de Vik naquele exato momento. O caminhar dela começou a ficar cada vez mais difícil. Não era a primeira vez que isso acontecia: dias antes suas pernas também haviam parado de se movimentar por alguns minutos.

Os sumerianos acreditam que qualquer indisposição física é fruto dos desígnios do Pai-Fundador. "Não agora, Pai Sumé, por favor, eu estou tão perto!", pensou a garota, aflita. Nem a dor nem os joelhos ralados ou a multidão eram capazes de parar o coração indomável de Vik. Ela continuou como pôde: voltou a correr, esforçando-se como nunca havia feito antes na vida. Desviou dos autômatos da Malta de Aço e conseguiu enxergá-la a poucos metros de distância: a Rainha Hanna, uma hacker poderosa que alcançara o prestígio de uma lenda, pois participara como liderança da revolução em Nagast. Vik viu que o cabelo cacheado de sua heroína tinha tons diferentes de roxo e rosa e que, sobre eles, ela ostentava uma coroa feita de latão com flores ao redor. Ela usava tecidos finos sobre os ombros e fitas coloridas. Assemelhava-se à imagem de uma das santas ancestrais. Hanna vinha imponente, cortejada por tambores, guardiões, vassalos e antigos príncipes da Batalha das Maltas.

Os olhos de Vik se encheram de lágrimas; ela nunca estivera tão perto de alguém que idolatrava tanto, mas toda a multidão também tentava se aproximar da Rainha, o que complicava muito a sua aproximação. Ela empurrou, gritou, caminhou e esticou o braço para passar entre as máquinas, mas, quando ia alcançá-la, suas pernas voltaram a falhar e ela caiu no meio do cortejo, chorando de dor e frustração.

— Hanna, Rainha Hanna... — gritou, esticando os braços.

Uma roda se formou em torno de Vik. As pessoas se preocupavam em não atropelar a menina, que gritava em desespero. Hanna percebera a movimentação ao seu redor. A voz da pequena pareceu chegar a seus ouvidos, e a rainha procurou com a cabeça de onde vinham aqueles gritos exasperados, mas sem sucesso. A dor de Vik era insuportável e foi crescendo junto com a torrente de lágrimas que descia pelo seu rosto. O cortejo a moveu de lugar, afastando-a da rainha e seguindo seu rumo.

— Me deixem passar! — gritou um homem, vindo de trás. — Sou o pai dela. — Arthur agarrou a filha nos braços e a acolheu. — Vai ficar tudo bem, meu amor, vamos cuidar de você. Sumé tem outros planos para sua vida, isso foi um sinal.

Vik se acomodou nos braços do pai, chorando de dor e desejando que aquilo acabasse logo para ela voltar ao cortejo e tentar uma nova chance de falar com Hanna, mas os dias se passaram e a nova oportunidade nunca surgiu. Em pouco tempo, suas pernas pararam de funcionar por completo devido a uma doença autoimune. Na Cidade-Complexo, chamavam sua condição de Justiça da Vida, e nenhuma tecnologia médica invasiva era permitida para alterar os desejos do Pai-Fundador. Qualquer indivíduo acometido por doença acabava se tornando um pária de Sumé, pois as principais funções da Cidade-Complexo estavam ligadas a um senso de guerra e força policial ativa. Seu pai dizia que aquilo era um sinal divino e que eles deveriam respeitar, afinal contrariar os desejos do Criador poderia despertar uma maldição sobre todas as gerações da família ou colocar toda a ordem de Sumé em risco.

A mãe de Vik, Helena, ajudava a sustentar a casa como artesã e costureira. Ela atravessava toda a Cidade-Complexo oferecendo serviços para remendar e criar roupas para comerciantes e homens dos salões principais no subterrâneo. Era uma mulher incrível, dona de uma voz acalentadora. Quando viu a filha chegar carregada nos braços do pai, sentiu como se um punhal atravessasse seu peito, pois sabia que, naquele lugar, qualquer deficiência seria enxergada como um limite imposto por Deus, sobretudo para uma garota; mas não demonstrou desespero, ao contrário, segurou as mãos da filha e disse:

— Só você é capaz de entregar as chaves para que tirem os planos do seu coração. Enquanto estiverem aí, serão seus e viverão com você. E, mesmo que não queira mais falar sobre eles, eu serei capaz de reconhecê-los no fundo dos seus olhos e vou apresentá-los aos nossos ancestrais em cada prece que fizer antes de dormir.

Naquele momento, Vik apenas chorou. Mesmo que os dias seguintes não tenham sido melhores, ela entendeu as palavras e desejou um dia ser capaz de retribuir o carinho da mãe. "Vou estar contigo pra qualquer coisa nesta vida, mãe", pensou, enquanto era acariciada no cabelo. As duas sempre foram muito amigas, e Helena enxergava na filha os sonhos que nunca pôde viver. Identificava-se com o espírito aventureiro da pequena, por vezes suprimido pelo pai. Era bem comum naquela cidade que meninas fossem mais tuteladas por quem queria apenas "protegê-las" dos desafios da vida. Incentivar o espírito da garota era quase uma revolução inconsciente da mãe.

— Vik, tá chegando o grande dia, minha filha — disse Arthur, colocando a filha em uma cadeira de rodas elétrica.

A menina estava abatida, mas não sentia dor física. Suas emoções a destroçavam sempre que alguém anunciava o Dia da Escolha. Para ela, esse dia simbolizava o fim de todos os seus sonhos, pois nesse dia os Cardeais definiriam o papel que cada jovem desempenharia pelo resto da vida em Sumé. Um ano se passara desde que Vik perdera os movimentos das pernas durante a celebração da Batalha das Maltas. Ela nunca mais assistiu a uma corrida sem chorar, sem se lembrar de que quase abraçara a Rainha Hanna e de que, desde então, perdera a chance de se tornar Rainha das Batalhas. Como era de se esperar, Arthur, seu pai, enxergara o acontecimento como um vaticínio, um chamado do Pai-Fundador para uma vida de devoção que ele escolheu e à qual resolveu submeter a família.

— Tem que ser agora, pai? — respondeu Vik, após se ajustar na cadeira motorizada.

— Nós batalhamos muito, anjo. Você sabe. Eu fiz o impossível, mas o Pai-Fundador tinha planos para nós, ele nos acolheu e fez com que eu fosse aceito entre os Cardeais. Se hoje estou na Força de Vigilância dos Sacerdotes de Sumé, é porque Ele enxergou a devoção de cada um de nós, então precisamos fazer a nossa parte, e o Dia da Escolha é o momento em que a sua missão será revelada.

Todos os dias, Arthur se dedicava ao trabalho com muita fé: "O trabalho feito para Sumé vai salvar minha família". Ele acreditava que a deficiência da filha havia sido uma oportunidade de testar sua fidelidade ao Pai-Fundador, como estava descrito no livro de dogmas dos Cardeais, dentro dos servidores centrais da Cidade-Complexo. Todos os dias ele abria uma página do Compêndio de Wyra, que guardava os ensinamentos de Sumé e a hermenêutica com interpretações oficiais dos Cardeais aos seus seguidores. O compêndio original estava em um arquivo exclusivo, e sua segurança era garantida por um mecanismo de banco de dados avançado espalhado em vários dispositivos computacionais da cidade, que espelhava as informações e fazia checagens para impedir qualquer adulteração nas palavras oficiais do Pai Fundador. O acesso a cada capítulo era distribuído conforme a dedicação que o indivíduo tinha dentro da instituição ficava aparente; a hierarquia de informação despertava sede por conhecimento e por ascensão, alimentando as ações do pai de Vik.

Depois de poucos minutos dentro do veículo elétrico familiar pequeno e com portas adaptadas para a filha, eles chegaram à Academia, uma construção gigante de pedra e aço hermeticamente fechada, com janelas de vidro espelhado. As portas, como todas das construções da Cúpula de Sumé, eram exorbitantemente grandes, construídas com um sistema de segurança pesado, protegido por senhas e reconhecimento ocular e vocal, atravessado por barras de aço que serviam como cadeados robustos.

A Academia, evidentemente, não era um lugar acolhedor.

O ensino das artes e das ciências era realizado por instrutores dedicados ao sacerdócio da justiça extremamente exigentes com o desempenho de cada aluno, afinal tratavam o trabalho como uma missão divina para a prosperidade da Cidade-Complexo. Eles eram tão rigorosos que beiravam a maldade, mas nem todos eram realmente maus, apenas dedicados em excesso à causa. Maus mesmo eram aqueles que tinham como missão aplicar os castigos para quem se desvirtuasse dos ensinamentos de Sumé, covardes chamados de *tutores*. Vik nunca conhecera um. E este era o desejo da maioria dos alunos daquele local: nunca encontrar um tutor. Infelizmente, dentro daquele rígido sistema de educação, as correções eram frequentes.

As pessoas abriram caminho para a cadeira de Vik. Mesmo sendo uma das garotas mais inteligentes da classe, ela era tratada como uma desajustada por causa de sua condição física. No último ano, não havia perdido apenas os movimentos das pernas: muitos amigos a deixaram de lado, considerando sua doença um castigo divino ou uma condição imposta pelo Pai-Fundador, que a colocara em uma posição inferior aos demais.

— Já pegaram aquele otário novamente, moleque burro! Nunca vai servir pra nada, vai varrer nosso chão no Dia da Escolha. — Vik atravessou os corredores vigiados da Academia escutando os outros alunos tripudiarem, aos risos, da correção de outro desajustado.

"Espero que não o machuquem dessa vez." O pensamento foi mais forte do que toda a situação de desprezo com a qual ela já estava um pouco acostumada. Ela deixara de se importar com os antigos amigos, nem os chamava mais assim. O amor de sua mãe a ensinara algo: se um sentimento é verdadeiro, ele supera todas as dificuldades do mundo. Foi por isso que, nesse tempo, ela havia encontrado um amigo verdadeiro. Era o desajustado que estava nas mãos dos tutores naquele momento.

#SALVE, COSME

"Não tá tão ruim assim, dá pra melhorar", sorriu o garoto com sarcasmo.

Parecia que estava tocando um trap maneiro. Beat tranquilo levando o pensamento do garoto para o lugar que ele mais curtia em sua própria mente; algumas palavras arrastadas surgiam enquanto ele sentia a vibe. O suor escorria de seu rosto e tocava o chão que ele não enxergava. Estava em um local tão escuro que lhe roubava toda a percepção de realidade. Cosme não tinha ideia de há quantas horas estava no local, mas suspeitava de que varara a madrugada ali.

Estava insanamente quente e ia ficando pior. A música tocava mais forte, e ele se apegava a ela para manter a mente saudável. Ele se deu conta de que a música que escutava era apenas uma tentativa de se proteger do castigo. O som, em vez de beats, eram, na verdade, ondas de choque atingindo o seu braço, leves o suficiente para não o machucar fisicamente, mas fortes o suficiente para torturá-lo após algumas horas.

— Água, por favor — suplicou.

As luzes se acenderam e revelaram um grupo de tutores com roupas pomposas, compostas por fios de ouro e pedras preciosas sobre o peitoral de aço. Bocas e narizes estavam tapados por uma máscara de carranca de onça. A representação mais feroz de Sumé.

— Tragam água para esse pobre garoto — disse um dos tutores. — Você sofre a influência dos seus antepassados nagastianos, mas aqui na Cidade-Complexo vamos exterminá-la junto com as sombras que o impedem de atingir seu potencial. — Em seguida, um dos homens se aproximou do rapaz com um copo d'água. Eles tinham uma visão condescendente dos castigos, acreditavam realmente que aquela era a melhor educação possível para os jovens da Academia.

Cosme de Azekel era descendente dos malungos, um grupo de hackers das periferias do Distrito de Nagast, a cidade vizinha. Havia pouco tempo, eles tinham promovido uma revolução e assumido o controle de todo o local, tornando-se símbolos de uma resistência contrária ao pensamento do Deus Sumé. Porém, ele mesmo não tinha participado dessa história, já que nascera em Sumé e nunca tivera contato com pessoas de Nagast. Seus pais haviam chegado sozinhos à cidade quando os amigos foram perseguidos durante os confrontos da guerra. Eles só pensavam em sobreviver e formar uma família, mas o povo da Cidade-Complexo sempre os tratou como forasteiros. E eles mesmos também nunca aceitaram completamente o sistema de crenças da cidade. Octávio, o pai de Cosme, sempre o ensinou a não se dobrar a essa religião.

"Vão tentar corromper sua mente com uma visão de Deus construída por homens sem dignidade, que só serve para manter o poder deles sobre os outros. Não se dobra, moleque", dizia o malungo.

Apesar disso, viver em contradição com a cidade tornou a vida do homem pesarosa demais, envelhecendo suas convicções e seu corpo rapidamente nas fazendas. É difícil dizer se foi por desgosto ou mau-olhado, mas Octávio morrera havia alguns anos, e Nilce, sua esposa, cuidava do filho com a ajuda de uma senhora que acolhera a família.

Eles moravam em uma casa muito simples no piso central, e a senhora se tornara a avó que Cosme nunca tivera. "Não quero te ver recebendo castigo toda semana", dizia sempre que o menino voltava acompanhado de um tutor, mas suas palavras quase nunca surtiam efeito sobre o garoto.

Os tutores estavam fazendo um tipo de ritual de exorcismo e doutrinação, que misturava ondas de choque, mantras do Deus Sumé e barulhos para privação de sono a fim de diminuir a resistência do menino. Era o tipo mais cruel de punição, direcionada apenas para as maiores transgressões da fé em adultos. No caso de jovens, ela só era aplicada após os *infratores* cometerem pequenas violações da ordem instaurada — como desrespeitar a crença, duvidar dos Dogmas ensinados pelos sacerdotes e depredar templos sagrados — e receberem várias advertências. Transgredir, porém, era o passatempo preferido de Cosme naquela Cidade-Complexo. Aqueles muros pareciam sufocá-lo. A crença na ordem social e em todo o sistema de escolha do Pai-Criador não entrava na sua cabeça. Para ele, a rebeldia parecia ser a única resposta possível dentro daquele lugar.

Cansado de toda a pressão que o Dia da Escolha implicava, irritado com os olhares que recebia nos arredores da Academia, o garoto escalou uma das torres principais, carregando uma lata de tinta metalizada e reluzente para deixar uma mensagem a todos: "Cheguei ao topo, Deus me olhou nos olhos e ficou confuso, achou que estivesse diante de um espelho". Para os sacerdotes, uma heresia desse tamanho não poderia ficar impune. As câmeras delataram o garoto negro com jaqueta bomber, braços de fora e o loiro-pivete com corte transversal navalhado, na régua, inconfundível. Quando os pés de Cosme tocaram o solo, estava cercado pelos sacerdotes, que o levaram direto para os tutores.

— Tu nunca vai mudar minha essência, tio...

Cosme seguia fielmente as ideias do pai. Não dava para outras pessoas o poder de definir quem ele era. Mesmo quando se sentia frágil, quebrado, inseguro, não se dobrava; sua força de vontade era tão afiada quanto suas palavras. Mesmo sem nunca ter pisado na periferia de Nagast, ele tinha a essência dos revolucionários que colocaram fim à tirania racial e de classe na cidade vizinha. Sua força não fora herdada pelo sangue, mas pela consciência que tinha a respeito de seus antepassados.

— Menino, você não vai querer viver pelo resto da vida da mesma forma que a sua família, relegada às fazendas mais duras no Topo da Cidade-Complexo, onde os de pouca fé residem. Sumé precisa de homens de fibra, mas que tenham sua devoção direcionada ao nosso Pai-Fundador. Uma vida devocional vai lhe trazer benefícios, vai abrir portas, vai fazer você viver de maneira mais confortável, mesmo que não seja escolhido para uma das melhores funções daqui. O Dia da Escolha de Sumé se aproxima, nós vamos salvá-lo desse ímpeto de insurreição que torna seu coração imundo.

O tutor deu sinal para que os outros aumentassem a carga elétrica que já chegava aos punhos do menino. Ele pegou um grande livro com as escrituras e começou a proferir palavras da língua sagrada.

"Se os Deuses existem, eles não são tão vacilões quanto esse merda do Sumé", pensou o garoto.

Quando os mantras recomeçaram e a carga de choque intermitente voltou a atordoá-lo, Cosme fez o que fazia de melhor: fingiu estar curtindo sua música, forçando sua mente a interpretar aquilo como uma alucinação, não como a realidade cruel e brutal que verdadeiramente era. O ritual durou até os raios de sol tocarem uma estátua de onça com olhos brilhantes construída no topo da torre em frente ao local onde algumas pessoas tentavam limpar o grafite de Cosme.

    Parecia que o castigo não teria fim. O plano dos tutores era destruir qualquer vestígio de resistência mental do jovem. Porém, se havia uma coisa que o povo de Sumé ainda não conhecia, era o poder das palavras e da ação, e as palavras de Cosme, gravadas na torre, eram perfeitas para um bom hit. Naquele momento, a pessoa mais inesperada de Sumé foi motivada a cometer uma loucura graças ao grafite de Cosme. Mas primeiro precisava terminar um beat.

#ESSE MALUCO É BRABO

— Véio, não, se liga! Nêgo escala a torre da Academia e bota aquele grafite doido na cara de todo mundo, é de ferrá! Hahaha! — Dentro do quarto cheio de telas de led, alguns hologramas e várias caixas de som potentes, um garoto com um black power imponente e óculos pequenos e redondos chorava de tanto rir com a história. Ele falava sozinho, recontando a cena, tentando entender como era possível alguém ter aquela moral toda para fazer aquilo.

Tratava-se de mais um desajustado: Juliano, o Juba ou Brabo — a cabeleira delatava a origem do apelido, o black perfeitamente moldado era sua única vaidade além da música. Na Academia, era um cara comum, não tinha as melhores nem as piores notas. Não gostava de se destacar, então ficava na média de tudo o que fazia. Isso porque não existia nada em Sumé que o empolgasse realmente. A Cidade-Complexo não tinha espaço para um beatmaker, e Juba era um dos melhores. Ele entendia tudo sobre notas, escalas musicais, sintetizadores, mixagem e som. Era o tipo de moleque que fazia trilha sonora para cada momento da vida, a música era a base do seu pensamento, a linguagem com a qual ele se expressava melhor.

Estava terminando o que ele próprio considerou o melhor beat da sua vida, batidão neurótico, 150 batidas por minuto, clássico dos clássicos, com poder de levar qualquer corpo ao chão. Juba estava preso no beat havia vários dias, procurando uma solução que não conseguia achar. Trocava timbres, buscava novos pelas ruas, escutava playlists antigas para se inspirar, mas nada solucionava criativamente suas necessidades.

Até que a sirene da Academia tocou. Sempre que ela soava, ele já sabia o que esperar: mais um aluno da escola receberia correção, coisa em que ele não queria se envolver.

— Quem será o vacilão agora?! Porque é muito vacilo causar problema a essa hora.

As rondas dos sacerdotes geralmente se intensificavam com o cair da noite, ficando apenas uma equipe de vigias por vez pelas ruas. Porém, quando acontecia a troca de turno, durante alguns minutos, os dois grupos ficavam praticamente juntos nas ruas.

Ao observar a movimentação em volta da torre, Juba girou alguns botões do seu dispositivo computacional no pulso e ativou um minidrone, que voou para perto dela.

— Tá zoando! Ahaha... Cê é loko! — A imagem bateu na mente de Juba e o preencheu com vários sentimentos. Era ousada e carregava a mensagem necessária pra incendiar numa música: "Cheguei ao topo, Deus me olhou nos olhos...".

Claro que a primeira coisa que veio à cabeça dele foi a nota final, com o timbre sincopado de que precisava para fechar o beat. Ele sentiu o coração disparar como se aquele som não fosse apenas parte de uma música, mas um movimento que mudaria sua vida para todo o sempre. Por um segundo, se desesperou com a ideia de ter alcançado o som mais complexo e refinado que já havia conseguido criar em toda a vida. "Calma aí! Calma, malandro."

Só quem já viu um beat mudar a vida de um moleque entende o que Juba sentiu naquele momento.

A família Danso, à qual Juba pertencia, era composta por um casal ocupado demais para dar atenção ao filho, que nunca sabia o que se passava com o moleque. Trocavam afeto por presentes e passavam o dia no trabalho, na região comercial de Sumé, onde negociavam peças eletrônicas com outros empresários. Juba quase sempre ficava sob o olhar de uma inteligência artificial com monitoramento familiar. Seus pais mantinham uma vida razoavelmente boa com os lucros: viviam em almoços de negócios e enviavam dinheiro suficiente para que ele se alimentasse bem com comida de aplicativo. A vida afastada do afeto dos pais o deixou inseguro em relação ao contato social, mas, ao conhecer as histórias da garotada que fez a vida com música em Nagast, ele entendeu que também podia encontrar sua turma. Concluir seu beat neurótico era algo que o fazia se sentir pronto para ter seu som reconhecido por lá.

O pulso dele começou a acelerar além do comum, e o dispositivo computacional que sempre o acompanhava no punho emitiu o alerta: "Aviso de controle de pânico, começando exercícios de respiração". Juba então pegou um copo d'água e um adesivo de injeção com o remédio para a ansiedade e fechou os olhos enquanto a IA tocava uma música relaxante para guiá-lo em uma meditação. Ele começou a respirar seguindo as orientações do aparelho; o jovem sofria com uma ansiedade que se descontrolava tanto nos momentos de tensão quanto nos de felicidade extrema. Juba se considerava medroso, um covarde convicto. Por isso, dera-se tão bem com as telas e as projeções de sistemas computacionais: não precisava aparecer nem para distribuir seus beats — usava vários nicks para se camuflar.

— Pronto, tô melhor. — Os efeitos do adesivo eram suaves, deixavam sua mente relaxada para pensar e o acalmavam. Não era seu estado preferido para criar músicas, mas era perfeito para se dedicar a outros hobbies: acessar sistemas de segurança, comandar drones e desconfigurar dispositivos computacionais no Nexo de Sumé. O moleque era um hacker dos bons.

— Ninguém vai botar fé se alguém invadir a comunicação dos tutores da Academia. É lá que a gente vai descobrir a identidade do zika que grafitou a torre.

As linhas de código passavam diante das projeções no quarto. Ele já tinha vários projetos programados, bancos de dados recheados de informações, gatilhos e esquemas capazes de desarmar qualquer segurança e emular qualquer chave de acesso de Sumé. Juba fazia isso havia vários anos e quanto mais avançava mais aprendia sobre os sistemas da Cidade-Complexo. Ele nunca havia tido que fazer algo tão arriscado, mas dessa vez decidiu que valia a pena.

#DEUS EX MACHINA ESTÁ MORTO

Ter a retina escaneada por um drone para destravar a porta da sala era um procedimento com o qual Vik já estava acostumada. Algo tão comum quanto atravessar os corredores da Academia ou se direcionar às fileiras do fundo da sala de aula.

Ninguém prestou atenção ao seu semblante triste e preocupado. Todos sorriam com olhares arrogantes, sendo bajulados pelos sacerdotes que apontavam o futuro glorioso de cada um no Dia da Escolha, principalmente os irmãos Arandu. O mais velho, Caíque, era considerado o prodígio da turma, filho de um dos Cardeais mais importantes da força policial. Ele havia crescido com acesso aos maiores privilégios que o dinheiro e a boa educação poderiam conferir a alguém. Seu futuro já estava predestinado não apenas pelo Pai-Fundador, mas por toda a Cidade-Complexo. Ele herdaria o posto do pai como Cardeal da Justiça, o Dia da Escolha seria apenas uma formalidade.

— Quando eu for Cardeal, vou dar um jeito de deixar as punições mais pesadas. Qualquer garoto fuleiro que cometer uma heresia dessa vai passar bons anos enjaulado ou ser expulso de Sumé com toda a família de perdedores.

— Com várias garotas e garotos ao redor, Caíque contava

vantagem e gesticulava como um maestro sob os olhares dos puxa-sacos.

— Não dá pra ter esse tipo de gente impedindo nossa ordem, não. A gente precisa acabar com eles aqui mesmo. Somos estudantes, mas temos nosso papel na sociedade, sim. São nossas escolhas que vão definir as escolhas de Deus. — Quem tomou a palavra foi Lénon, o irmão mais novo, outro mimado pela sociedade.

Ele tinha um olhar ainda mais rancoroso que o do irmão, sentia profundamente a raiva que gostava de despejar nos desajustados. Sempre que podia, mostrava seu incômodo com Vik, querendo que ela se sentisse mal: caminhava apressado atrás da cadeira da menina, mas mal olhava para ela; ignorava-a propositalmente, mas a deixava sentir que estava atrapalhando; atropelava a garota até com palavras, quando ela estava respondendo a alguma pergunta da professora. Lénon se esforçava ao máximo para fazer dela invisível. Vik sempre tentava ignorar, mas às vezes as palavras e as ações machucavam mais do que ela gostaria.

Ambos os irmãos odiavam Cosme, mas nunca batiam de frente com ele. Eram covardes e tinham medo de perder os dentes. Por mais que os pais pudessem garantir uma punição rígida para o garoto, eles sabiam que a porrada ia comer solta para cima deles — e não queriam sentir na pele as pancadas.

— Os caras conseguem ter tudo na vida e continuam agindo como um bando de vacilões. Babacas! — balbuciou a garota, enquanto ajustava-se entre a cadeira e a mesa para a aula.

Irritada, Vik retirou da mochila um teclado e o estendeu sobre a carteira. Antes mesmo que ela iniciasse o dispositivo, uma tela começou a ser projetada, iniciando o sistema e pareando-o com seu dispositivo de pulso. Sem que pudesse fazer qualquer coisa, uma mensagem apareceu sobre o campo de identificação: Salve, Cosme!

Olhando ao redor, aflita, a garota ativou o bloqueio de transparência para evitar que outras pessoas lessem a projeção. Seu computador tinha sido hackeado! Vik abriu cuidadosamente a mensagem projetada na tela. Não que alguém prestasse atenção nela, mas ela sabia que era preciso esconder qualquer mensagem de qualquer um que pudesse delatá-la aos tutores. Na imagem à frente, estava um mapa da Academia com um ponto marcando duas regiões da escola onde ela ainda não tinha ido. Era uma sala próxima à torre grafitada. Além do mapa, uma única instrução: ENCONTRE O PACOTE NA CADEIRA VAZIA!

"O que acham que vou fazer? Não dá pra me arriscar tanto assim...", pensou. Por um segundo, ela abaixou a cabeça e desejou ser a Vik que atravessara a multidão no cortejo da Batalha das Maltas no passado.

Na sala, o burburinho dos colegas se ajeitando nas cadeiras e olhando para a frente denunciava que o sacerdote tinha chegado para lecionar. Com cuidado, Vik fechou a mensagem e observou os colegas felizes com a proximidade do Dia da Escolha. Por um segundo pensou na história de sua heroína, Hanna.

Hanna, que, mesmo tão jovem, perdera uma das pernas após uma explosão quando tentava salvar Misty, uma amiga e parceira hacker, durante a guerra em Nagast. Isso não a impedira de se tornar Rainha da Batalha das Maltas nem de continuar como uma das líderes da revolução. "Bom, encontrar a sala indicada na mensagem é bem mais fácil do que fazer uma revolução...", refletiu a garota, que decidiu baixar o mapa em seu dispositivo de pulso.

Com a cabeça baixa, Vik começara a aumentar e diminuir o zoom no mapa. Olhara atentamente as esquinas e, sobretudo, os locais em que poderia encontrar vigias na Academia. Surpreendia-se toda vez que se inclinava para checar se alguém a observava. Seus colegas a ignoravam. Ela era, de fato, invisível. Dali veio sua decisão. Respirou fundo e calculou a rota que seguiria.

O momento em que as aulas começavam era o melhor horário para se movimentar entre os corredores da Academia. Ela reativou sua cadeira, que deslizava de forma magnética, e foi atravessando todo mundo. A invisibilidade social em Sumé se tornara algo inusitadamente bem-vindo naquela ocasião. Ninguém acreditava que Vik era perigosa, ninguém questionaria o que ela estava fazendo fora da sala, todos duvidavam de suas capacidades a ponto de ignorá-la completamente. Quando passou pelos Arandu, não se importou nem um pouco em atrapalhar a cena que faziam, passando bem no meio deles. Ambos a olharam com repúdio.

— Qual é? Pensei que só as suas pernas não funcionavam, mas acho que a cabeça também não, né? Tá louca, garota? — gritou Lénon, recebendo um ensurdecedor silêncio como resposta.

A menina saíra da sala e fora atravessando os corredores. Alguns sacerdotes até pareciam vê-la, mas não lhe davam atenção. Ela sentia a adrenalina voltar a correr no sangue. Desde que perdera os movimentos das pernas, era a primeira vez que se sentia assim. "Ainda sou eu, ainda tenho forças", pensou, enquanto sorria por estar transgredindo algumas das regras da Academia. Ela seguiu o caminho definido por ela e agora indicado no GPS do dispositivo. Apesar da alegria que sentia, Vik tinha a insegurança como sua principal âncora: era a pedra que sempre aparecia no seu caminho toda vez que ia tentar qualquer coisa. Por isso, não pôde deixar de hesitar quando percebeu que um dos pontos marcados no mapa direcionava para uma sala de aula. "Agora acabou... não vou entrar na sala errada, todo mundo vai reparar que não sou da turma." Lembrou-se mais uma vez de Hanna e da felicidade que sentia ao se aventurar. Ao mesmo tempo, sentia-se impelida a corresponder ao desejo de retornar ao seu lugar, mas desta vez decidiu fazer diferente e insistir.

— Estou atrasada, com licença — disse, entrando na sala e olhando para o chão para se esconder.

Vik desviou-se dos olhares de estranheza. Ela se sentia como no cortejo da Batalha das Maltas, quando caíra em meio à multidão, mas dessa vez seu coração não estava empolgado, e sim apreensivo. Onde aquela aventura terminaria? As instruções do dispositivo descreviam um pacote que estava em cima de uma mesa que nenhum aluno ocupava. Tratava-se de uma mochila pequena, com vários broches de vídeos tridimensionais de artistas da cidade de Nagast. Alguns deles pareciam ondas sonoras, registros musicais.

Quando chegou perto do objeto, o dispositivo emitiu um alerta e, em seguida, projetou um holograma que exibia um pequeno estojo que ela deveria pegar dentro da mochila. Foi fácil. As bolsas geralmente são fechadas por identificação de digitais ou senhas numéricas, mas aquela se abriu apenas pela aproximação do dispositivo de pulso de Vik.

A menina remexeu na mochila em busca de um objeto que emitia um pulso magnético. Ficou frustrada com a bagunça. Havia muitas peças de computador e outros componentes eletrônicos que ela não conhecia. Quando finalmente pegou o objeto na mão, soltou um muxoxo. "É isso? Eu só precisava encontrar isso? Não deve ser, é muito trabalho por apenas um estojo de fones de ouvido", pensou, sentindo-se um tanto frustrada.

Mas não havia outro objeto, o dispositivo no pulso confirmava o fato. Resignada, a menina atravessou novamente a sala, agora no sentido da porta de saída, murmurando desculpas e dizendo que havia entrado ali por engano, que aquela não era a sua turma. Na saída, deu de cara com a sacerdotisa responsável pela aula.

— Aonde pensa que vai, garota? Qual é a sua turma? Se estiver perdida, eu a acompanho até o local correto — falou a mulher em tom condescendente. Ela tinha pele marrom-clara, longos cabelos lisos e vestia o traje dos sacerdotes em azul-celeste, a cor oficial dos educadores, a mesma de seus brincos e colares longos. Seus óculos com inteligência artificial buscavam informações sobre a garota. "Victória Luena, aluna do segundo ano do ensino médio, 2º C."

— Me confundi, vim correndo preocupada com as atividades e acabei passando um pouco da sala. Já estou voltando, senhora!

— Então ande logo, Victória. Você não quer problemas com os tutores.

Apesar do alerta, a educadora claramente subestimava a capacidade da menina e só cumpria protocolo. Ela entrou para a sala e fechou a porta antes de perceber que Vik tinha tomado o caminho inverso, seguindo o mapa do dispositivo.

Poucos minutos depois, as salas movimentadas foram ficando para trás. Um espaço que parecia mais antigo, como um depósito, parecia surgir à medida que ela avançava pelos corredores. A garota sentiu um certo receio. Estava muito silencioso, aquilo parecia certo. As luzes estavam mais fracas do que nos outros recintos, os poucos passos de pessoas que estavam por ali criavam ecos e sua respiração ficou ligeiramente mais forte. O caminho indicado no dispositivo computacional a fez sair do prédio principal, passando por uma porta de serviço destrancada nos fundos. "Alguém deixou isso aberto", pensou a menina. Um pouco de tinta marcava a porta, mas, ansiosa como estava, Vik nem se deu conta disso.

O pátio dos fundos tinha um grande jardim pouco cuidado, além de algumas cabanas pequenas e um portão de aço que cruzava o último arbusto. A cadeira magnética de Vik esmagava algumas das flores e abria caminho no mato. Ela se dirigiu até o portão e percebeu que seu sistema de trancas era pesado.

— Verificação de identidade, escaneando retina. — A voz do drone que apareceu de repente no portão desesperou Vik.

Qualquer aluno identificado fora da sala de aula invocaria a presença dos tutores e a levaria a uma correção imediata. A menina sentiu vontade de fugir dali, tentou virar sua cadeira com velocidade para sair correndo, mas o equipamento de locomoção não respondeu a tempo. A luz passou, escaneando sua retina antes de ela virar completamente o rosto.

— Sistema fora de área... escâner sem conexão. Nova tentativa em dois minutos, aguarde.

O portão se abriu.

— O que foi isso? Será que quem me deu esse mapa preparou o caminho para mim? — sussurrou para si mesma, impressionada.

Quando o medo passou, uma nova onda de energia e orgulho se apossou de Vik. Novamente, ela estava no jogo. Atravessou o portão e, dessa vez, reparou nas marcas de tinta, uma delas reluzente, a mesma que Cosme tinha utilizado no grafite do alto da torre. Só então ela entendeu tudo: aquele era o refúgio! Às vezes, Cosme desaparecia da Academia e ninguém conseguia achá-lo. Ela sempre suspeitou que ele nunca saía do perímetro escolar, e aquela era sua prova mais concreta. Vik sabia que era o caminho que o menino havia encontrado para fugir de toda a babaquice que acontecia por conta dos garotos mimados da escola.

Ela acessou um elevador na base da torre. Um dos botões do painel de comando estava quebrado, e o dispositivo em seu braço informou qual tecla apertar, já que ela não tinha visto que também havia uma mancha de tinta ao lado, indicando o caminho que ela deveria seguir. Vik desceu até o porão da torre e avistou Cosme tentando acalmar um jovem cabeludo que parecia estar sofrendo um ataque de pânico.

#A FUGA

Um drone foi o responsável pelo encontro de Cosme com o Brabo.

Quando leu a frase grafitada na torre, Juba pegou um dos seus pequenos dispositivos de inteligência artificial e fez a maior loucura de sua vida: atacou diretamente os sistemas de defesa dos Cardeais, a força policial de Sumé. Lá, registram-se as infrações dos estudantes que são corrigidos pelos tutores. Foi um ataque em dois atos: enquanto ele ia desbloqueando as portas e quebrando a criptografia dos dados para alterar os registros da punição de Cosme, seu drone invadia o Salão dos Tutores e liberava as portas para que ele fugisse.

— Vão tentar me torturar com essa coisa bisonha agora? — disse Cosme quando viu o drone pequeno e malfeito, montado com peças caseiras, olhando para ele com um visor maior que o outro e, ainda por cima, com pernas irregulares. Juba era, sem dúvida, um gênio dos códigos, mas manjava muito pouco da engenharia para criar essas peças.

Demorou pouco para ele perceber que aquela tecnologia não era da Academia. "Pô, isso aqui não segue o padrão dos dispositivos nessa cidade, tá bem mal-acabado. Se pá, deve ser coisa de algum outro maluco como eu", pensou enquanto o drone escaneava os braceletes que o aprisionavam ao solo por magnetismo e alterava a frequência deles para perderem o sinal e pararem de funcionar.

— BAP, BAP! — emitiu o drone quando os braceletes se soltaram.

Sempre chamaram Cosme de burro, inapto intelectualmente, por conta da dificuldade que tinha para se encaixar na Academia de Sumé, uma enorme injustiça com a mente sobrevivente do moleque. Crescer na quebrada de Sumé ou em qualquer quebrada não é tarefa fácil, sobrevivem aqueles que têm um pouco mais de recursos, muitas vezes com talento e sagacidade. A pobreza ainda é um dos maiores desafios intelectuais do mundo e, infelizmente, quem pode resolver não é diretamente afetado por ela, então não se importa.

— Tá se comunicando agora, saquei. Bora lá, vou te seguir, vamos ver quem é o zika que tá por trás dessa engenhoca louca. — O rapaz falava como se a máquina, ou o responsável por ela, pudesse entendê-lo.

O drone infectou o sistema de iluminação antes de acessar a câmara de castigo, então foi fácil sair sem ser percebido. Porém, Sumé é uma cidade que investe em diversas formas de vigilância dos moradores, principalmente os jovens hiperconectados, e, por isso, todos os dispositivos computacionais e digitais da cidade estavam registrados em uma base de dados; as peças, vendidas separadamente, também. O drone construído por Juba ainda poderia fazer com que ele fosse identificado se o desmontassem e rastreassem suas peças.

Esse perigo já fazia parte da equação do Brabo quando decidira mandar sua engenhoca para salvar Cosme, então ele já estava preparado quando as coisas não deram muito certo para o seu lado. Enquanto Cosme se dirigia ao ponto de encontro, atrás da Academia, Brabo não conseguia apagar os registros dos Cardeais. "Vou precisar de muito mais tempo do que imaginei, esse firewall é barra", pensou. Sua invasão revelou, ao contrário do que desejava, uma informação aterrorizante para ele. As câmeras com infravermelho registraram um drone não identificado libertando o infrator. Imediatamente, um alerta foi emitido para procurar jovens da Academia que teriam peças de drones registradas em suas mochilas ou que teriam conhecimento para montar um dispositivo daquele sozinho. O sistema da Cidade-Complexo levantou alguns nomes dentro do perfil possível e seu nome estava lá: Juliano Danso. O desespero bateu, e ele não teve outra saída senão revelar para Cosme sua identidade com um pedido de ajuda velado.

— Ferrô, cara, tão na minha cola agora, vão pegar a gente. — A imagem do garoto surgiu na projeção emitida pelo visor mais largo do drone.

— Que isso, malandro, calma... Já te vi por aí antes, tu é aquele cara dos beats, Juba. — Cosme não acreditava que o seu salvador era o garoto mais tímido que conhecia, o mesmo que fazia uns beats lunáticos, mostrava uma vez na sala e desaparecia, talvez por medo das críticas. — Não cai na pilha, Juba, tem mó cara que eu lido com esses vacilões. Vem na minha, tenho uma ideia de quem pode ajudar a gente. Tá amanhecendo e, quando as aulas começarem, tu vai pra sala normalmente. Depois pede pra ir no banheiro e me encontra onde seu drone estiver.

— Vou tentar, mas talvez eu não controle minha ansiedade. — Foi exatamente o que aconteceu. Juba chegou à sala antes de todo mundo, sentou-se na cadeira e começou a ter uma crise de pânico. Saiu correndo antes mesmo de o educador chegar e foi encontrar o parceiro de fuga. Só depois, quando estava no esconderijo de Cosme, percebeu

que tinha deixado seu adesivo para ansiedade dentro da mochila, exatamente na mesa de estudos.
— Vacilo, tio.
— Não fala assim, mano, agora deu ruim mesmo.
— Calma, irmão, vamos ter que improvisar, conheço alguém capaz de trazer seu remédio. Ó, vamos precisar envolver mais alguém, então quero saber se, depois disso, você vai conseguir mesmo se acalmar pra gente resolver toda a cena.

#TRÊS IMPROVÁVEIS AMIGOS

— Relaxa, parcero! Qual é, malandro? — Cosme tentava fazer o menino se acalmar de todas as formas possíveis, mas já havia desistido. — Daqui a pouco o plano dá certo, aquela mina é firmeza também, eu tô falando.

— Não consigo respirar — respondeu Juba, encolhendo-se no chão da sala, tentando se agarrar às paredes. — Fala a real, Cosme, você disse que não é amigo dela, como que pode ter certeza?

— É, mais ou menos. Ela já me ajudou algumas vezes com o estudo, eu não sou dos melhores alunos, ela me deu mó moral e é gente boa, papo reto.

— Tu tá contando com uma nerd, que, pra completar, se desloca com cadeira de rodas, tá loko, mano. Ela não vai conseguir, nem querer, atravessar tudo isso pra se envolver com a nossa treta, cara... cara... — A respiração do Juba ficou mais acelerada, ele fechou os olhos.

— Mano, se liga, se ela não colar aqui com a gente, tu sai que eu seguro as pontas aqui sozinho.

— Véi, esse minidrone tá sendo rastreado, procurado, e vão achar contigo e descobrir que é meu. Então, não vai ser só você que vai pras mãos dos tutores. A gente perdeu, mano!

Naquele momento, Cosme escutou o barulho da porta se movimentando, fez sinal de silêncio e puxou Juba do chão para se esconderem atrás de um armário na sala. Mas não escutaram nenhum passo atravessando a entrada, e, a cada segundo que passava, o pânico de Juba crescia. Ele precisava do remédio logo, ou as coisas ficariam muito preocupantes. "Vai dar ruim, rodamo", o jovem pensava insistentemente, a respiração ficando forte, asmática, sem controle, impossível de dominar.

— Calma, brou! Relaxa, parceiro, que vai dar tudo certo, confia — Cosme falava sem acreditar muito nas próprias palavras, tentando só acalmar o outro garoto.

Ele não tinha ideia do que fazer. Primeiro, tentou erguer Juba para aliviar a respiração dele. Percebeu que aquilo não estava dando resultado. Cosme foi se sentindo cada vez mais burro por não conseguir ajudar e esqueceu completamente que alguém poderia ter passado por aquela porta. Sentia-se impotente diante da situação. Justo ele, um moleque capaz de passar a madrugada na doutrinação torturante dos sacerdotes-tutores, não aguentava ver pessoas de que gostava em uma situação difícil. Se pudesse, transferiria o pânico do Juba para si.

— Cosme?! — uma voz denotando dúvida chegou aos ouvidos dos garotos. Foi quando Cosme se deu conta de que eles dois só poderiam escutar passos de quem entrasse caminhando, e não em uma cadeira magnética. Nesse momento, entendeu que Vik tinha chegado e começou a gritar exasperado:

— Aqui atrás, corre! Você trouxe o estojo? — Depois se virou para Juba e sorriu. — Tá suave, Juba, deu certo, ela chegou!

Vik se aproximou com o estojo nas mãos. Cosme se levantou feliz da vida e deu um abraço aconchegante na menina. Eles nunca haviam se abraçado assim antes e, naquele momento, o gesto foi acalentador para ambos; sentiram-se protegidos um pelo outro. Ela nunca tinha recebido afeto de alguém da escola, sua relação com Cosme era como a de um colega distante, mas, naquele dia, talvez por ação do destino, eles resolveram se arriscar e confiar um no outro.

— A gente vai receber o pior dos castigos quando nos pegarem. Eu não devia estar aqui, mas você não tava na sala, e aí recebi a mensagem, fiquei pensando horrores, agora não tem nem como voltar atrás. — Adrenalina é uma coisa muito perigosa, quando a gente se deixa levar, ela se sobrepõe a todas as outras emoções e silencia a razão, que só volta a falar quando tudo acaba. Foi o que aconteceu com Vik.

— Fica de boa, Vik. Tá tudo bem agora, esse zika aqui é a chave pra gente voltar tranquilo pra casa. — Foi difícil convencer a menina de que aquele rapaz em pânico, se encolhendo pelas paredes, seria a solução para qualquer problema.

Ela parou por um segundo, observando a cena:

— Ele? Mas...

— O cara é o Brabo, Vik.

— Ele é o Brabo? Aham... — A garota balançou a cabeça, mostrando desconfiança.

— Tô falando, mina. Esse maluco é o Brabo.

— ...a gente tá ferrado! — gritou Juba entre um respiro e um arfar.

— Fica quieto, doido, isso não tá ajudando agora.

— Por Sumé, meu pai vai me matar! Vão expulsar ele da Força de Vigilância. Já era, Cosme.

— Vik, me dá esse estojo e se acalma. É sério, esse moleque é zika mesmo, ele que me tirou do castigo dos tutores. Ele é o Brabo, só que tá em pânico e sem os remédios que usa pra se acalmar.

Juba abriu o estojo e pegou um dos adesivos calmantes. Minutos depois, foi voltando ao estado normal, acalmando a respiração e se concentrando ao redor.

— Obrigado! É Vik, né? Tu é responsa mesmo, do jeito que o Cosme falou.

— Qual é, meu neguim, eu falei que ela ia conseguir. Tu é o Brabo, mas essa mina é feroz. Sabe quem é?

Vik ficou entusiasmada com o elogio e mais orgulhosa ainda por ter conseguido, sozinha, passar por todos os corredores da Academia para ajudar o colega. Com a situação mais tranquila, eles puderam se atentar aos detalhes de cada um. O tom loiro-pivete no cabelo de Cosme não era muito usual ali em Sumé. Para muitos, significava revolta, mas para ele era liberdade e poder criativo. Essa característica do colega enchia os olhos de Juba. Ele era um artista dos códigos e dos beats, sabia reconhecer a alma criativa dos outros e entendia o quanto aquele visual era sublime, por mais que a sociedade o julgasse com estereótipos. Era exatamente um estilo de cabelo que ele gostaria de usar, caso não encontrasse maior conforto no black grandão. Ele sentia-se seguro ali, entre tanto cabelo que parecia se mover segundo o ritmo do som que curtia escutar. O Brabo gostava dele solto, armado, da cor natural, caramelo-escuro, mais até que o seu tom de pele.

Vik tinha mudado um pouco o visual após perder os movimentos das pernas. Mesmo com a influência rígida dos pais, ela deixou os cabelos crescerem, e agora enfeitava algumas tranças com pedras e anéis, dando destaque para outras com lã roxa e verde. A garota estava cada vez mais linda e, apesar daquele momento de alto estresse, não foi a primeira vez que Cosme percebeu isso.

— Brou... olha a estilera da mina — sussurrou para o Brabo, que era tímido demais para responder alguma coisa.

O assunto ficou no ar, até que Juba resolveu mudar de assunto e começar outra conversa.

— Pronto, tá tudo armado agora. Criei um hackzinho aqui pra deixar o sistema de segurança da Academia doidão, aí cêis tão ligado no que acontece, né? — Criar esse tipo de código malicioso era costume para o garoto, o passo inicial para a invasão de qualquer sistema que ele conhecia.

— Bagunça geral, já vi acontecer. Os educadores começam a mandar os alunos embora, e os corredor ficam tudo cheio de gente tentando descobrir o que tá rolando. — Cosme vibrou com a solução.

— Isso! Aí a gente pode ir embora na paz, no meio da galera. Eu só preciso chegar na torre principal das salas de aula, porque eu já rastreei uma fragilidade em um dos dispositivos ali que vai ser a porta pro meu hackzinho funcionar. Só tem uma treta pra resolver, mano... — Cosme e Juba se olharam e falaram quase que simultaneamente:

— O drone!

#NOS CORREDORES DA ACADEMIA

Vik, que tamborilava os dedos no braço da cadeira e observava os arredores daquela torre abandonada, ainda tentava acompanhar a conversa sobre a preocupação dos moleques com o drone. O ambiente era mal-iluminado, mas algumas luzes entravam pelas frestas das portas, permitindo entrever os vários dispositivos computacionais de bancos de dados que estavam empilhados pelos cantos. Era o lugar perfeito para Brabo conseguir algumas peças que gostava de experimentar em seus drones. Ele observava o local tentando encontrar uma ideia para esconder seu mecanismo.

— Eles nunca vão procurar o drone comigo — Vik se adiantou, certa de que sua invisibilidade social poderia ser vantajosa numa ocasião como aquela.

— Pode pá, Vik. — Empolgado, Cosme já deu um puxão na mochila que estava ocultando o minidrone mal-acabado e a passou para a menina. — Isso vai funcionar, mas a gente não pode ser visto junto quando todo mundo estiver pelos corredores.

— Pior, Cosme. Tô ligado que eles provavelmente vão rastrear a comunicação dos alunos também, pra saber se alguém tá junto nesse esquema que te livrou dos tutores. — Juba projetou um mapa à frente, que também era controlado pelo seu anel computacional, definindo uma localização no mapa com o dedo. — A gente se encontra aqui, bem no Palácio de Ygareté, onde vai acontecer a parada do Dia da Escolha. Vai ter uma galera colando lá pra visitar e preparar o festival, nosso encontro não vai parecer estranho.

— Eu levo esse treco, né? — a menina falou, enquanto abria um compartimento que sua cadeira tinha para carregar pequenas coisas, guardando o drone nele.

— Claro, até lá eu consigo descobrir como ocultar ele do Nexo de segurança de Sumé.

— Então é nóis! Ninguém bota fé, mas eu sempre tive pra mim que vocês eram firmeza demais. Vik, tu é gigante, mina, a gente tá fechado demais aqui, nóis três. — Cosme exclamava, sentindo-se eufórico, com orgulho dos parceiros e de ter encontrado gente em quem podia confiar naquele mundo onde sempre se sentira um alienígena.

Eles só se conheciam de vista, mas nunca haviam se falado diretamente antes, muito disso por medo de serem taxados como o "grupo dos idiotas" pelos colegas. Naquela academia, a única coisa pior do que ser um renegado era fazer parte de um grupo de excluídos, aumentando a repulsa dos outros ao redor. Esse tipo de dinâmica favorecia um isolamento que causava sentimento de derrota em qualquer pessoa. Talvez fosse por isso que insistiam em mantê-la, impedindo que os desajustados aprendessem sobre os próprios valores.

— Sei lá por que entrei nessa, mas sua frase despertou essa loucura em mim, Cosme — falou Juba, um pouco baixo, mostrando-se confuso.

— Aquele grafite foi só um sinal, a loucura já tava dentro de você, Brabo. Agora, tô falando que é fechamento real pra nóis. Isso que a gente fez aqui não vai acabar mais, a gente tá junto pro que der e vier, demorô?

Desde que havia sido excluída dos círculos de amizades que tinha, Vik não acreditava que encontraria outras pessoas nas quais se reconhecer na Academia; e, mais do que isso, ela entendeu que Cosme e Juba eram exatamente como ela, moleques desacreditados para quem ninguém dava bola.

— Fechou, Cosme, conta comigo pro que der e vier. A gente já não tem mesmo nada a perder neste lugar, né?

— A menina saiu pela porta carregando o minidrone e a esperança de que conseguiria viver as emoções que sempre desejara novamente.

Dali em diante eles se separaram por um tempo. Juba seguiu para a torre principal minutos depois de seu novo amigo. Ele desacoplou os fones dos ombros, colocando-os no ouvido, o volume sempre alto o suficiente para se sobrepor ao som exterior. Passou tranquilo pelos corredores, completamente isolado nos próprios beats e na realização da missão, tão envolvido que nem percebeu o olhar desconfiado dos irmãos Arandu para ele.

Os Arandu agiam como dedos-duros, caguetes da pior espécie. Desde que se entendiam por gente, bisbilhotavam tudo o que podiam para então contar ao pai, um dos Cardeais de Sumé. Era de conhecimento da maioria dos alunos que eles recebiam ou davam informações sobre tudo o que acontecia na Academia e eram avisados se alguma investigação estivesse acontecendo por ali. A notícia do drone fabricado com peças eletrônicas se espalhara, e eles queriam encontrar o culpado, para o orgulho do pai e por seu próprio ego.

Juba, portanto, logo passou a fazer parte do radar dos irmãos. Além de desajustado, ele era conhecido por carregar peças eletrônicas e dispositivos incompletos pelos corredores da Academia. Geralmente, não dava bola para provocações. Na verdade, nunca nem as ouvia, mas a fama de "pivete dos aparelhos" fez com que os irmãos não perdessem a oportunidade de importuná-lo. Receber os louros por descobrir quem tripudiava das regras e tradições de Sumé era algo que os agradava, e interpelar desajustados era parte da rotina.

— Aquele moleque deve ter ligação com o drone que estão procurando — sussurrou Caíque, caminhando em direção a Juba.

Os Arandu chamaram seus colegas e seguiram em bando atrás de Juba, ainda distraído.

— Ei, cabeludo, para aí — gritou um dos moleques, ignorado com sucesso pelo Brabo, que só se concentrava nas batidas do trap maneiro que tocava em seu fone de ouvido.

— Vamos fazer ele escutar a gente agora. — Lénon, o irmão mais novo e mais arrogante, deu sinal para que os amigos segurassem Juba, e um dos garotos passou uma rasteira nele. Os outros seguraram os braços dele antes que caísse.

— Qual é, o que estão fazendo? Me deixa, pô! — reclamou Juba, se debatendo e ficando de pé com esforço. Foi quando viu Caíque Arandu se dirigir a ele.

— Você sabe fazer uns beats, né? Soube que tá brincando com drone agora. Acho que já te vi com alguns dispositivos por aqui. Tá sabendo de algo sobre aquele trombadinha que foi solto do castigo?

Enquanto Caíque falava, os outros garotos vasculhavam as coisas de Juba em busca de algo que denunciasse seu envolvimento na libertação de Cosme.

— Tô sabendo de nada, não, me deixa, seus vacilão! Tão pensando que são quem pra ficar barrando a gente agora nos corredores? Aí, deixa eu passar. — O medo congelante atravessou o coração de Juba ao pensar no que aqueles canalhas fariam se encontrassem o drone com Vik.

"Bando de pela-saco! Se isso fosse em Nagast, eles teriam rodado com a molecada de Obambo, ninguém gosta de cagueta lá, não!", Brabo pensou, irritado. Mesmo distante de Nagast, ele ainda poderia saborear um pequeno poder. Ele sabia que os Arandu iniciariam uma caçada até encontrar alguém para culpar, e tudo que queria era estar em Nagast, era revidar.

— Acharam alguma coisa? — perguntou Lénon, agitado. — Tenho certeza de que esse aí está envolvido com o que aconteceu.

— Não tem nada aqui, só coisa inútil — respondeu um dos garotos.

— Então larga o babaca aí — ordenou Caíque, vendo Juba ser solto com força no chão. — Vamos embora antes que alguém chegue. Isso não significa que desistimos, desajustado. Fica avisado.

A turma dos Arandu saiu lentamente, verbalizando ofensas para Juba, que não rebatia por medo. Agora sozinho no corredor, sem nenhum babaca aliado dos irmãos Arandu por perto, viu o alerta do dispositivo de braço para uma fragilidade na rede, indicando diretamente uma porta, que ele acessou por meio de um display. A má conexão vinha bem da entrada de uma sala de aula. Juba então plantou um minitransmissor de informação por proximidade e se afastou rapidamente, sem dar bandeira.

#O CAMINHO PARA YGARETÉ

— Contagem regressiva: 10, 9, 8...
Quando Cosme estava sentado na carteira, o protocolo de segurança da Academia para incêndios foi ativado. O alarme disparou, ordenando que todos se preparassem para a evacuação. Imediatamente, os educadores começaram a organizar filas, direcionando os alunos para a saída. Quem já estava nos corredores tentava, junto com os que estavam em outros ambientes, ir direto para fora dos prédios. A confusão generalizada era em Sumé. No entanto, o som do alarme era o sinal que Cosme esperava.

Vik, Juba e Cosme haviam combinado de mexer com o Nexo da escola. Juba tinha sido o responsável por trazer o caos para a rede da escola. O sistema tinha falhas bem básicas, então não tiveram dificuldade em identificar as brechas e entender como começariam o plano de revolução de Cosme. Cada um dos amigos partiria de um ponto diferente da escola; sozinhos, já que ainda precisavam despistar os educadores e não queriam ser vistos juntos, principalmente pelas câmeras da Academia, monitoradas pelos Tutores.

— Moleque bom esse Juba. Bora sair dessa fossa. — Cosme foi o último a sair da torre. Ele saboreava o caos, sentia que tudo aquilo tinha sido efeito do seu grafite e gostava de sentir que era o responsável por bagunçar, mesmo que um pouquinho, toda a ordem social que tentava derrubar constantemente sua autoestima.

O sol estava escaldante, brilhando forte, mas havia uma brisa que refrescava o rosto de Vik enquanto ela se encaminhava para o ponto de encontro. Ela pensava em Cosme e Juba. Aquela era uma amizade nova, surgida quase involuntariamente, mas que agora os unia e os fazia se sentirem poderosos. Três desajustados que tinham dado o maior golpe que a Academia tinha recebido nos últimos anos: tirar o menino mais problemático da turma do castigo dos Tutores. Enquanto o caos se instaurava na saída do prédio principal, os três riam por dentro, observando o olhar de desespero de cada aluno que saía correndo, sentindo que nenhum deles seria capaz de um feito tão astucioso e corajoso como o deles.

Vik deveria enviar um aviso para o pai, mas, entretida com os planos que tinha de passar o dia com os parceiros, acabou esquecendo. Nem sequer passou pela cabeça dela voltar para casa. Ela apenas se concentrou em chegar ao Palácio de Ygareté. A Cidade-Complexo não era preparada para pessoas com deficiência. Mesmo com toda a tecnologia disponível no nível central de Sumé, ela tinha dificuldades para se locomover, e não fosse a cadeira magnética que a família conseguira em Nagast seria impossível chegar a qualquer lugar. Seu dispositivo de deslocamento era preparado para se adaptar aos veículos de forma retrátil, permitindo a utilização de transportes por aplicativo dirigidos por inteligência artificial.

Vik nunca imaginara visitar o palácio por vontade própria, geralmente ia com os pais para prestar respeito a Sumé. Sempre olhara para ele com pesar, como o símbolo de uma vida determinada por outras pessoas. Mas, ao menos daquela vez, ela sentia que tinha feito uma escolha verdadeira, a própria escolha.

— Essas IAs não servem para uma corrida de verdade — falou consigo mesma dentro do carro que a conduzia, sentindo um certo desprezo por aquela tecnologia que, a seu ver, não tinha as habilidades necessárias para ser um piloto de verdade, como os da Batalha das Maltas.

O caminho para Ygareté era lindo. Os Cardeais se preocupavam com a imponência do palácio e cuidavam com esmero de toda a paisagem em volta do local. Em nenhum outro lugar do centro da Cidade-Complexo via-se tanta beleza. A grama milimetricamente cortada e o cheiro fresco das flores dos jacarandás e das chuvas-de-ouro, árvores bem-vistas e muito desejadas na região, adornavam o caminho que separava a escola e o destino de Vik.

Os muros de mármore esculpido se cruzavam com jardins e lagos do Centro quanto mais próximo se chegava do palácio. Em alguns dias, quando o sol iluminava o local, a sensação era de que era uma construção desenhada à mão. Alguns prédios eram espelhados; outros exibiam fontes em que a água cristalina escorria pelas paredes como se fossem pequenas cachoeiras ornamentando as praças arborizadas. O clima e a região próximos de Ygareté eram serenos, como se cada beija-flor, canário e bem-te-vi fizessem reverência a tanta beleza. O Palácio de Ygareté era realmente a joia de Sumé. Não à toa, o pai de Vik sempre a instruíra a fazer um silêncio respeitoso.

Nada disso chamava muito a atenção da garota, que se acostumara e se sentia imune à pompa do palácio, sobretudo nos últimos anos, em que percebera que o palácio havia se tornado um ponto de encontro de negociantes e mercadores de outras cidades, cumprindo mais uma função comercial do que sagrada para Sumé. Além disso, sua maior preocupação naquele momento era o deslocamento do veículo ao qual sua cadeira magnética estava acoplada. Vik sentia que a IA fazia cada curva em alta velocidade, sempre do mesmo jeito, sem alterações, e ela nunca tinha testado a tração da cadeira nessas condições. Ela só pensava nas batalhas e, em sua cabeça, não conseguiu evitar fazer comparações com o que se usava nas competições.

"Na Batalha das Maltas, os pilotos precisam ser imprevisíveis, não podem seguir nenhum padrão e, às vezes, precisam lidar com os poderes dos guardiões dos outros carros. Uma IA não daria conta." As opiniões de Vik não eram sem fundamento.

No passado, algumas maltas haviam tentado utilizar inteligências artificiais para a competição. A maioria funcionou por um tempo, protegendo suficientemente os competidores, mas elas se arriscavam pouco, não contavam com a sorte ou com o salto de fé que só os mortais alcançavam para superar desafios. Então, as equipes começaram a programar os algoritmos para assumir um pouco mais de risco, e isso causou acidentes bastante conhecidos em Sumé.

Em um deles, a IA desconsiderou totalmente as habilidades de um cybercapoeirista da Malta Oceânica que usou poderes para transformar todo o veículo de outra malta em ferrugem. Quanto mais o carro acelerava, mais enferrujado se tornava. Os poderes do cybercapoeirista fizeram o sistema se deteriorar e colocaram o time adversário no caminho de um desfiladeiro. Sem controle, o veículo perdeu os freios, e as rodas travadas se arrastaram desgovernadas pela pista de terra. Os integrantes da equipe foram arremessados pelas portas, mas foram salvos pela Malta de Hanna, que passava pelo local.

— Não adianta eu ficar pensando nessas coisas — suspirou, pensando em voz alta.

Por um segundo, a empolgação da menina com a aventura foi interrompida pela realidade. Ela finalmente havia se visto no banco do piloto de um carro ultrapotente em uma batalha, indo em direção a algo que tanto sonhara. Ao se lembrar do que o pai dizia sobre sua condição, Vik ficou em silêncio e tentou não pensar em mais nada até chegar ao Palácio de Ygareté, que parecia cada vez mais perto.

Quando o veículo autômato parou, quem a esperava na porta do palácio era Juba. Havia uma grande escadaria larga e cravejada de leds cujas cores se alteravam conforme a chegada de datas especiais. Naquele momento, brilhavam em tons púrpura, indicando que o Dia da Escolha estava próximo. E, em todo o Centro da Cidade-Complexo, havia leds na cor verde, simbolizando a população que se preparava para conhecer o destino dos mais jovens.

Como previsto por Cosme, havia uma multidão enfileirada subindo os degraus. O local recebia milhares de visitantes em dias de celebração ou em dias de comunicados oficiais. O sistema de entrada do palácio era muito organizado: o rosto de cada pessoa era catalogado pelos dispositivos computacionais e guardado em um banco de dados. Desta forma, os Cardeais podiam identificar os fiéis e registrar quantas vezes cada um deles visitava o local na semana.

— Fala aê, Brabo. Eu ainda preciso decorar seu nome, mas seu nick ficou — Vik o saudou sorridente, enquanto desacoplava sua cadeira do veículo de transporte.

— É Juliano, mas eu prefiro ser chamado de Juba, porque lembra leão, como se essa cabeleira fosse de um, saca?
— Sim, maneira essa ideia. Mas... e agora? Cosme tá por aí?
— Firmão pelo que é certo — respondeu uma voz que saiu de trás da menina.
Cosme colocou as mãos nos ombros da amiga de forma carinhosa. Olhou para o Brabo, esticando os dedos indicador e médio e encolhendo instantaneamente os outros, e bateu no peito; em seguida trocou a posição dos dedos, esticando o anelar e o do meio, mas encolhendo os outros, e repetiu o gesto.
— Que fita é essa aí?
— Sabe qual é, não, Juba? Isso significa o que eu acabei de falar: firmão, pelo que é certo.
— Pera...
— Que foi, parça?
— Faz de novo aí, vou pegar.
Os dois ficaram reproduzindo o sinal até o Brabo conseguir reproduzi-lo.
— Firmão pelo que é certo — disse ele, quando deu conta de fazer o sinal direitinho. — Já é, então.
Vik já tinha pegado o sinal havia mais tempo, porém achou constrangedor demais ficar fazendo gestos com os dedos no meio da rua. Não fazia seu estilo.
— Desculpa interromper, garotos, mas a gente tá aqui pra resolver nossa situação, né?
Os três se concentraram em subir a escadaria do palácio, auxiliando Vik sempre que ela precisava. Quanto mais se aproximavam do portão principal, mais colossais pareciam as colunas laterais, cravejadas de pérolas, além de ouro e leds, que intensificavam o brilho das paredes metálicas. O

tom do aço era algo entre cinza e verde-jaspe, e a cada dez metros existia um escâner para identificação de visitantes.

A Suserana de Sumé era uma adolescente, a princesa Djalô, mas ela tinha apenas um poder simbólico, já que as decisões da Cidade-Complexo eram tomadas pelo Conselho dos Cardeais. A "Filha legítima de Sumé", título dado à garota, recebia a devoção da população, que esperava escutar sua voz nos dias mais importantes, quando sua imagem era reproduzida em todos os lugares do palácio por meio de hologramas e telões. Os cabelos lisos na cor verde, a pele bronzeada e os olhos castanhos como os dos nativos da cidade diziam que ela era descendente direta dos primeiros discípulos do Pai-Criador, que agora estava em idade avançada demais para governar e, por isso, transmitira seus poderes para a jovem de treze anos. A garota não residia no palácio, mas poucos sumerianos sabiam disso e muitos ainda esperavam encontrá-la pelos imensos corredores.

Os rostos dos primeiros discípulos estavam esculpidos nas paredes do salão de entrada do palácio. Imponentes e com olhares amedrontadores, eram figuras assustadoras com mais de dois metros de altura.

— Caraca, sinistro esse lugar. — Juba só estivera em Ygareté quando era pequeno e não se lembrava da beleza soturna do Salão dos Discípulos.

— Cê é loko, Juba! Lugar maneiro até é, mas dava pra colocar uma tinta aí nessas paredes, né, não? — Cosme sorriu maroto, pensando em sua última grafitagem na torre.

— Nem começa, Cosme, segura aí, a gente tem que passar despercebido. — Vik era a mais prudente do grupo, sentia-se desconfortável com os olhares que recebia de alguns visitantes do palácio. Isso a mantinha alerta. A menina já conhecia o local, pois seu pai a levava lá ano após ano para a celebração de ano novo. — Vamos sair desse salão, é o mais lotado, não dá pra conversar aqui. Bora praquela direção, que tem menos gente.

Os três atravessaram outros lugares fenomenais, como as galerias da honra dos Cardeais, com detalhes entalhados em prata e circuitos de ouro; depois o Salão da Guerra, onde projeções luminosas espalhavam-se como obras de arte entre as grandes pedras e gemas cravadas no teto; até mesmo os corredores eram bonitos, já que formavam uma linha do tempo com cenas de batalhas cromadas que iluminavam o caminho sob abóbadas que reproduziam estrelas e símbolos sumérios. Na sala seguinte, toda a história do Pai-Fundador estava esculpida em pedras, nas quais hologramas de onças carrancudas com olhos de fogo interagiam entre si. Duas se digladiavam no meio da multidão.

— Por que aquelas duas são diferentes? — Cosme, que sempre escapava das aulas, não tinha ideia de quem eram as Charias.

— São as duas Onças da Noite: a Lua de Sangue e a do Eclipse. São feras noturnas, inimigas do Pai Sumé. Pouca gente se liga nelas porque parecem sombrias, mas são apenas representações das forças noturnas da natureza. — Vik seguiu pelo caminho lateral do salão, enquanto os amigos observavam boquiabertos a batalha das Onças Místicas.

— O que impede elas de destruírem a cidade? Parecem poderosas — perguntou Cosme, intrigado.

— A resposta está aqui mesmo, parça. — Juba apontou para o próximo holograma. — Sumé, na sua forma mais majestosa, como uma onça gigante, afugentou e separou as Charias, derrotou uma a uma e impediu que elas se reunissem novamente.

Os dois garotos assistiram à cena e correram atrás da amiga.

— As Charias podem ser imbatíveis quando estão juntas, por isso Sumé mandou cada uma para um extremo do mundo, para que nunca caíssem nas mãos dos homens daqui, pois eles poderiam corrompê-las ou forçá-las a trabalhar para seus interesses. Agora elas vivem tentando se encontrar, mas, na real, isso parece uma daquelas histórias antigas que minha avó contava pra explicar coisas simples.

— Pode pá, Vik. — Cosme se aproximou da menina, admirando todo o conhecimento que ela tinha sobre Ygareté. — Onde tá levando a gente?

— Descobri esse lugar anos atrás, quando queria me esconder das pessoas que olham pras minhas pernas com todo tipo de expressão possível, de dó a raiva. Meu pai descobriu isso comigo, quase ninguém vem nessa parte do palácio dedicada às Charias.

A iluminação daquele salão era mais fraca para simular a penumbra onde as onças noturnas surgem. Gemas de cores púrpura e preto adornavam as paredes, e circuitos corriam por todos os lados, criando hologramas fantasmagóricos de olhos que apareciam em qualquer lugar.

— Dá pra sacar porque ninguém vem aqui, parece um quarto do terror. — Juba hesitou na entrada, aproximando-se de Cosme em busca de proteção.

— É o lugar mais silencioso do palácio.

— Coisa nenhuma, Vik. Tá escutando esse zumbido? Não sei o porquê, não é um zumbido estranho, é maneiro, saca? Começou quando a gente entrou. — Os dois assentiram com a cabeça, mas acharam aquilo normal, algo surgido da reação estática nos hologramas. E continuaram a observar a exposição da história do local.

#SONHOS INTERROMPIDOS

No Salão das Charias, os três acreditavam que estariam seguros. Pura ilusão! Por maldade do destino, minutos antes, Lénon reconheceu Juba andando com Cosme. "Sabia que aqueles otários andavam juntos", pensou enquanto espionava os dois adentrarem o salão e enviava uma mensagem para o irmão, que chegaria ao palácio para confrontá-los.

— Nosso pai e todos os Cardeais terão orgulho da nossa família se levarmos esses moleques de merda para a correção — Lénon pensou em voz alta, enquanto enviava a localização para Caíque.

Dentro do salão, Vik pegou o minidrone de Juba, que estava escondido na cadeira.

— Dizem que este palácio tem um sistema contra espionagem e roubo de dados. Isso é ótimo, pois não está completamente ligado à dimensão do Nexo acessada pelos Cardeais, que é capaz de reconhecer dispositivos eletrônicos conectados. — Juba segurou o minidrone e o ativou por alguns segundos. — Obrigado por tudo, amigo. Você foi o melhor que já construí.

— Ô, Brabo, tu precisa mesmo falar assim com essa coisa aí? Não dá pra desmontar e a gente ir embora logo? — Cosme não conseguia ficar parado no mesmo local por muito tempo sem ativar um senso de autodefesa.

— Tá beleza, irmão, só um segundo aqui. — Juba observou seu drone como um criador satisfeito e nostálgico. Depois abaixou os olhos com seriedade e deu o comando:

— Autodesmontar.

Imediatamente, as peças começaram a se desconectar, com as engrenagens girando e se afastando umas das outras. O drone estremeceu como se desse um último suspiro. As peças se desfizeram totalmente e as informações nas memórias do dispositivo se apagaram. Vik se aproximou e segurou a mão de Juba enquanto observavam as peças se desenergizarem.

— Ele foi fenomenal, tenho certeza de que você vai conseguir montar outros drones agora. Até melhores do que esse. — A garota recebeu um sorriso em resposta, pois Juba não estava acostumado a ser alvo da empatia dos outros. E ele sentiu que fez bem o apoio, porque, quando voltou o olhar para o drone, viu apenas algumas peças empilhadas.

Naquele momento, os três sabiam que eram as pessoas mais improváveis de enganar o sistema da Academia e escapar dos tutores. Algo dentro deles queria o reconhecimento de toda a Cidade-Complexo de Sumé, porém sabiam que isso nunca aconteceria. Era como se assinassem um pacto de silêncio involuntário e alcançassem uma conquista da qual apenas os três teriam consciência pelo resto da vida. Um peso injusto nas costas de quem só queria ser normal. Um olhar intrigado surgiu em Vik, que resolveu aproveitar a discrição da sala para verbalizar um pensamento:

— E se vocês pudessem escolher?

— Tá falando do ritual? Essa comédia que vai rolar daqui a uns dias? — A raiva incendiou a alma de Cosme. Ele era, definitivamente, a pessoa que mais tinha raiva do Dia da Escolha.

— Tô. Ele é o coração dessa cidade, né? Tudo aqui acontece pra que o dia seja perfeito — respondeu a menina, imprimindo um tom de deboche nas últimas palavras. — Mas quem define o que é perfeição? Olha o que acabamos de fazer, duvido que qualquer outro aluno da Academia enfrentaria metade dessa treta.

Juba, que nunca falava sobre esses assuntos, nem em casa nem na Academia, se aproximou da amiga:

— Que se ferre todo mundo com essa escolha. Nunca foi, nunca será uma escolha. É só enchação, tiração com a nossa cara, pra depois dizer que a gente só presta pra coisas que eles querem, e não pras que a gente quer.

— É esse o papo, Brabo. — Cosme ergueu a cabeça sobre os demais e vociferou. — Essa multidão toda aí fora acha que é zika só porque um dispositivo disse e o conselho apoiou. Nenhum deles batalhou por posição, acham que foram escolhidos por uma divindade. Se for verdade, esse Deus é muito sacana, isso sim!

O comentário sobre Sumé, O Pai-Fundador, foi pesado demais até para Juba. Por mais críticas que tivesse à sociedade, ainda nutria uma crença que o impedia de desrespeitar o nome divino.

— Hoje a gente fez nossa escolha, né? — Vik se movia pelos hologramas sombrios que surgiam, observando de perto aqueles olhares, passando a mão pelas paredes de metal e pedra.

— É, a gente mandou ver, real. — Juba passou a mão pela cabeleira, empolgado. — Mas precisamos dar um tempo, ficar cada um na sua, ou vai dar ruim.

— Tô ligado, a gente precisa se separar aqui. Cada um pro seu lado, um dia a gente se tromba de novo. — As palavras de Cosme soaram mais tenebrosas que o próprio salão em que estavam. Só não foram mais impactantes do que as palavras seguintes, vindas de quem eles menos esperavam.

— Não precisam ficar tristes, aposto que vão se lembrar todos os dias de cada um dos seus erros e contravenções quando forem enviados para os Cardeais. Vocês vão se arrepender de ajudar esse arruaceiro. — Caíque Arandu entrava pela porta principal do salão, seguido de perto pelo irmão.

— Os tutores estão chegando, portanto, qualquer coisa que fizerem contra nós só vai piorar a situação de vocês. Já era, seus perdedores.

Surpresos, os três amigos se aproximaram, tentando se apoiar mutuamente. Juba começou a ofegar. "Ele vai ter uma crise", pensou Vik. Cosme pensou em correr, ir para cima dos irmãos e enchê-los de pancada, mas a menina segurou seu braço antes que ele se metesse em mais encrenca.

— Vamos sair por outro lado, conheço outra saída.

A menina estava certa, havia uma escadaria e um elevador no local. Essa confiança que ela transmitia enquanto mostrava a direção para os dois, de certa forma, acalmava Juba. Os hologramas de onça acompanhavam seus movimentos, pareciam sentinelas. Cosme pensou em correr pela escadaria, mas lembrou que ela seria um problema para a amiga, então entraram rapidamente no elevador.

A ansiedade já roubava os pensamentos de Juba. Ele queria dizer que estava tudo acabado, mas concluiu que não era seria útil naquele momento. O zumbido que escutavam na sala ficou um pouco mais forte. O garoto sentiu que era familiar e quase pôde reconhecer uma nota musical no som, mas não conseguiu identificar o que o ruído o lembrava. Às vezes, ele se perguntava por que era o único que se importava com o som. Cosme ouvia também, e pensou por um momento que o castigo dos tutores poderia ter ferrado com sua cabeça, mas não imaginava que aquele som revelaria algo sobre o seu próprio passado.

— Pra onde vamos? Se for verdade o que aqueles paga-pau comentaram, tem tutores em todos os lugares nos perseguindo. Infelizmente, eu conheço esses caras.

Eles se deram conta de que não existiam botões no elevador, que era diferente dos outros no palácio. Esse exibia apenas um display de reconhecimento por voz e digitação por toque, mostrando alguns símbolos que remetiam a lugares do palácio.

— Não tô entendendo nada nesse display. O que essas coisas significam? — Enquanto Juba tentava decidir o que fazer, suas mãos foram bloqueadas por Cosme.

— Pera, eu conheço esse daí.

Todos se surpreenderam. Como Cosme conheceria um código que nem mesmo o Brabo tinha conseguido interpretar?

— Meu velho foi criado com um grupo dos malungos, aqueles hackers que fizeram a revolução no Distrito de Nagast — explicou Cosme, notando a expressão de espanto dos amigos. Após ativar o símbolo no dispositivo, continuou:

— Ele tinha várias tatuagens, dizia que cada uma delas guardava informações importantes. Essa fita ainda tá na minha memória e, agora que vi isso, veio forte a lembrança, é exatamente esse símbolo... dizia que era sinal de que alguém estaria por nós em qualquer lugar.

O elevador se movimentou, girou e começou a descer. Bem na hora que ouviam vozes se aproximando.

Enquanto se aproximavam da nascente, os Arandu pareciam desorientados, sem conseguir entender como os três tinham desaparecido tão rapidamente. Os irmãos vasculhavam a sala das Charias para descobrir onde os infratores que eles haviam flagrado tinham ido parar. Quando encontraram o elevador e perceberam que as portas estavam travadas, entenderam o que tinha acontecido.

— Com certeza aqueles idiotas fugiram por aqui, mas pra onde foram?

— Caíque, vamos usar aquela chave codificada que o pai nos deu — sugeriu Lénon.

Outro dos muitos privilégios de serem filhos de Cardeais era conhecer um código que desbloqueava qualquer sistema de segurança da cidade. Diziam que era para proteção, não dos garotos, mas do próprio sistema. Se, algum dia, um deles fosse pego fazendo qualquer besteira, conseguiria se safar acessando e desbloqueando portas ou apagando dados recentes. Os dois conseguiram rastrear o último destino do elevador e desceram para procurar Cosme e os outros. Assim poderiam indicar a localização precisa aos tutores.

#O OLHO DE SUMÉ

Quando a porta se abriu, perceberam que estavam no subsolo, que parecia ser a origem de todos os sistemas de irrigação de Sumé, com vários córregos e cabos de grande espessura, como canos, que se dirigiam até uma nascente cristalina. Havia um pouco de limo nas paredes, estava um pouco frio e, apesar de ser um local bonito, era visivelmente pouco visitado. Alguns canos davam vazão às nascentes que escapavam pelas laterais dos corredores. O caminho até lá era formado por uma passarela de grade feita de um tipo de aço escuro. Algumas lâmpadas incandescentes iluminavam o local, e o barulho das águas era intenso, mas relaxante.

— Agora faz sentido, mano. O zumbido ficou maior aqui embaixo porque não é só zumbido, é mensagem também. — Juba se dirigiu a Cosme depois de analisar o espectro sonoro do zumbido e encontrar um outro símbolo ancestral em sua imagem. Os códigos não eram humanos, nem pareciam ser deste mundo, pareciam ser uma tecnologia mística.

Ele se lembrou de como o povo de Nagast aprendera a transmitir informações por ondas sonoras e de como a técnica foi utilizada para esconder mensagens que invocavam novos guerreiros para as batalhas. Ali, nas galerias subterrâneas do palácio, quanto mais próximo da nascente, mais alto era o som. Até as águas, impactadas pelo barulho, se movimentavam em ondas.

Na mente dos meninos, isso criou uma grande confusão. Não fazia sentido as tecnologias de Nagast e a simbologia dos malungos estarem enterradas no Palácio de Ygareté, ou seja, exatamente onde o regime afastava qualquer manifestação que não fosse a devoção ao Pai-Fundador.

— Eu nunca imaginei um lugar assim no palácio... E olha que já vim aqui algumas vezes com meu pai. Desde que perdi os movimentos das minhas pernas, ele começou a frequentar mais este lugar. Eu pensava no começo que ele estivesse procurando alguma cura, mas depois percebi que estava buscando algum tipo de perdão por mim... Comecei a me sentir cada vez mais culpada e pedi pra não voltar mais. Agora não sei... Algo não me parece normal, esse lugar é o mais estranho que já visitei. Me dá arrepios. — Vik atravessou a passarela na frente e viu uma redoma de água circulando outras duas bolhas que estavam no centro do lago.

— É dali que vem o som que a gente pensou que era zumbido de holograma! Vocês tão sacando como ela emite ondas sonoras que atravessam os círculos de água? Que loucura, mermão! Cês têm noção do que é isso aqui? — Juba entrou em êxtase com tamanha tecnologia.

O Orbe no centro do lago emitia pulsos sonoros constantes, com marcações que ele entendia tão bem como os beats.

— Esses córregos não tão aqui do nada, eles tão interpretando os códigos, se liga.

Juba começou a caçar com os olhos algo que só ele poderia ver. Quando encontrou, apontou na direção do olhar para poder explicar aos amigos.

— Olha ali as duas bolhas de água que se formam ao redor do Orbe. Isso deve ser pela energia que ele propaga, indicando a intensidade do sinal desse lance todo. Cada batida que o Orbe emite causa um tremor na água. Isso provavelmente é lido por sensores que estão na água abaixo da passarela e por outros... — Ele fez uma pausa, olhando rapidamente para cima, e quando achou, apontou: — No teto! Disparando esses feixes de luz pra atravessar a bola de metal. Em algum lugar aqui, tem que existir um dispositivo computacional de capacidade absurda e quase mágica pra interpretar os dados gerados por essa coisa.

Nesses momentos, quando Juba se empolgava e falava de tecnologias complexas, todos se lembravam do tamanho da sua nerdice ou, como Cosme gostava de dizer, da sua brabeza. Ele realmente tinha um olhar e um talento diferenciado para essas questões tecnológicas. Os três se aproximaram do lago central que protegia o Orbe. De perto, o som era ainda muito mais alto. Cosme admirava com cara de pasmo a beleza da coisa toda.

— Parece que tem algum lance escrito dentro dessa coisa, conseguem enxergar?

— Tá borrado e esse círculo de água protegendo não deixa a gente chegar perto pra ver o que é.

Vik foi mais cautelosa que os meninos e não se aproximou muito. Parecia que ela era a única preocupada em descobrir como sair daquele lugar. "Deve existir uma saída." Rodeando o lago, observou o entorno e percebeu circuitos nanorrobóticos percorrendo as paredes, dando-se conta de que o local inteiro estava vivo. A garota se locomoveu por todo o lado com a cadeira até encontrar um painel idêntico ao que viram no elevador, com símbolos dos malungos. Quando passou a mão sobre ele, um bloco de aço se moveu, abrindo um nicho na parede. Dentro, havia outros blocos, só que de pedra, que pareciam soltos. Eles formavam uma figura disforme, parecendo um quebra-cabeça. "Isso deve abrir uma porta de saída", pensou Vik, enquanto tentava organizar as pedras. Seu pensamento era audaz e respondia rápido ao que os olhos captavam. Ela foi movendo as pedras como quem monta um quebra-cabeça. Logo percebeu que uma figura começava a se formar, parecia algo como uma coroa atravessada por uma espada em chamas.

Assim que Vik terminou de formar a imagem, a parede começou a se mover. A jovem respirou aliviada por ter encontrado, pensava ela, uma forma de escapar daquilo; porém, quando tentou tirar o braço do nicho, não conseguiu, havia ficado preso. Parecia que um tipo de energia magnética ou mágica prendia seu punho. Ela fez força para tentar tirar o braço dali, mas, quando se deu conta que não conseguiria, deu um grito. De repente, projeções de telas surgiram por toda a sala, a iluminação ficou mais fraca e apenas o Orbe se manteve emanando energia. Um cubo cybersintético se soltou de uma das paredes, criando uma grande projeção e emitindo uma voz digital metalizada:

— Bem-vindo ao Salão do Destino, a gênese das escolhas construídas para cada morador de Sumé. O Dia da Escolha se aproxima, o Olho de Sumé se encontra com 60% de energia concentrada, próximo da ativação completa.

Vik sentiu o braço esquentar e lasers atravessando seu punho e chegando até o ombro, parecendo entrar por baixo da pele. A sensação terminou após alguns segundos e seu braço se desprendeu do nicho. Nas telas projetadas pelo cubo, as informações revelavam o nome de todos os moradores da Cidade-Complexo e, ao lado, mostravam a probabilidade que seus filhos tinham de receber escolhas diferentes das feitas para os pais. Era o sistema que interpretava as ondas do Orbe, como um oráculo.

— Tu conseguiu, Vik, cê é loka. Esse treco quadrado aí parece ser o centro de comando — afirmou Juba, correndo em direção a garota. — Eu tava procurando algo assim. Parece que é aqui a origem de todo esse bagulho zoado que é a escolha em Sumé, só que...

Vik olhou para o próprio braço: nenhum arranhão. "Foi só o susto mesmo", disse para si mesma. Ela prestou atenção em Juba e indagou:

— Só que o quê, Juba?

— Esse cubo é diferente, um material disponível apenas em Nagast, mas não é dos humanos, parece coisa dos Cygens. A forma como eles usam tecnologia é única, eles conseguem construir prédios inteiros com paredes de material cybersintético, deixando elas conectadas à sua rede de dados, e cada pedacinho processa trilhões de dados. Esse cubo aqui pode ter informações da fundação dessa Cidade-Complexo. — Era por conta dessas questões que Juba admirava a tecnologia dos Cygens, seres híbridos de homens com máquinas, inimigos dos nagastianos, aniquiladores da fé de todo o povo daquele Distrito.

— Os caras são malandro memo, é esse computador que diz quem vai ser o quê, então, Juba? — Cosme ainda estava tentando se aproximar do Olho de Sumé, mas parou para observar as informações nas projeções. "Eu sabia que não tinha Deus nenhum pra acabar com a vida da minha família", sua cabeça dizia.

— Mas esse Olho é real, eu já ouvi falar, é uma relíquia que o Pai-Fundador deixou quando partiu para o Mundo dos Ancestrais. Ele deixou duas relíquias sagradas neste mundo: dois Olhos com muito poder. Sumerianos encontraram apenas o primeiro, o Olho Lunar, que guarda os poderes do fogo, da noite, das águas e do destino. É o Olho que tudo destrói, a face vingadora do destino. Ele guarda poderes dos ancestrais para guiar com sabedoria a cidade. Quer dizer, essa é a lenda, mas agora, aqui, parece muito real. — Vik observou Juba tentando acessar as informações das projeções.

— Lendas são tão reais quanto nossos olhos e ouvidos insistirem em enxergá-las dessa maneira. É como meu velho dizia, sabe qual é? — Cosme esticou o braço e tentou tocar a redoma de água, mas a força com que ela girava em torno do Orbe repeliu seus dedos.

Vik colocou as mãos sob os braços da cadeira, pensativa. Lembrou de Hanna. "Essa seria uma oportunidade que ela nunca desperdiçaria. Não importa como viemos parar aqui, mas sim o que vamos fazer com essa descoberta."

— E se a gente hackeasse a nossa escolha e mudasse o futuro?

Juba parou. Pensar nessa possibilidade o deixou um tanto nervoso. Muitas questões surgiram em sua mente. Era muito poder na mão de uma pessoa só, não? O que ele faria com um novo futuro dentro de Sumé? Como ele teria algo novo se nem sabia definir direito o que era o velho?

— Eu só queria poder correr, ser piloto e representar Sumé na Batalha das Maltas. Eu pilotaria muito melhor do que esses carros autômatos que fazem táxi por aqui. — Vik percebeu que Juba ainda estava muito ansioso e tentou acalmar o amigo. — Aposto que você ia estar por aí fazendo som nos bailes de Nagast.

— Zika, mina, zika demais esse papo! A gente precisa fazer isso, bagunçar com esse sistema que nos quebrou inteiro. — disse Cosme; depois se aproximou de Juba e falou: — Cê sabe que consegue, né, brou? Só tu pode fazer isso. Se eu pudesse escolher o que faria nesse lugar de merda, eu teria poderes para explorar outros mundos, viajaria por aí atravessando o deserto e a mata pra descobrir tudo o que não foi descoberto ainda. Manja?!

— É, acho que sim. — Juba escondia que seu maior medo era também a fonte de sua maior admiração: a tecnologia dos Cygens.

— Bora lá, pessoal, a gente já tá lascado mesmo, não temos mais nada a perder. Vik, fica de olho, Juba e eu vamos brincar de Pai-Fundador.

#ENCONTROS INESPERADOS

Juba ainda estava entendendo aquele sistema. Em geral, ele tinha o próprio tempo: começava devagar, entrava no ritmo e depois acessava qualquer dispositivo. Preferia fazer aquilo com uma música, então sacou os fones acoplados, como de costume, em seus ombros, colocou-os sobre as orelhas e começou a curtir o batidão. Colocou os dedos no cubo para investigar conexões e, com seu anel de IA, conseguiu acessar o sistema, projetando um teclado para digitar diante da mão.

— É de Brabo que vocês me chamam, né? Bora lá.
— Gostei de ver, moleque bom. — Cosme brincou.

A empolgação dos meninos deixava Vik feliz como nunca. Ela tinha encontrado um lugar de pertencimento com os dois e, além do mais, reparou que o sorriso de Cosme e seu cabelo loiro-pivete o deixavam charmoso, no *drip*, como ele se descreveria. Ela se aproximou e observou o hacker beatmaker trabalhando. Cosme colocou a mão nos ombros da garota e eles se olharam em cumplicidade por um segundo.

— Cosme, chega mais, se liga aí. — Juba pausou a música antes de falar. — Esse sistema não é só tecnologia daqui, tipo, a energia que faz ele funcionar vem do Orbe, então a gente precisa dar um tilt nela. Um segundo é o suficiente pra conseguir injetar meus códigos no sistema. Eu vou causar essa pequena pane e acredito que o sistema vai começar a reiniciar. É aí que você entra.

A ideia parecia simples, porém eles estavam lidando com uma força incontrolável, um artefato criado por uma deidade, não dava para prever o resultado que uma manipulação traria. Juba concluiu o plano explicando que eles precisariam tirar o Orbe do centro por alguns segundos para impedir a reinicialização completa, permitindo que ele adicionasse algumas linhas ao sistema para alterar a escolha e, consequentemente, o futuro dos sumerianos.

Imediatamente, Vik assentiu e foi se adiantando em direção ao Olho de Sumé. A garota estava tão obstinada que não haveria nada que a impedisse de prosseguir com aquele plano. Cosme, porém, surpreendeu a amiga quando segurou sua mão.

— Ô, novinha, tu é destemida, hein? Não me leva a mal, não, mas é melhor que seja eu segurando aquele Orbe. Vocês estão aqui por minha culpa, então o maior risco tem que ser meu, manja? — Ela lembrou que o amigo estava conectado ao símbolo no Salão do Destino e que, por isso, o Orbe responderia de maneira diferente, então concordou e o deixou passar, mas ficou por perto.

Quando Juba deu o sinal, todos se posicionaram perto da redoma de água que se formou em torno do Olho de Sumé. Como planejado, segundos após Juba causar uma pequena pane, as projeções das telas na sala acusaram uma falha rígida no sistema, que se apagou. A primeira redoma de água começou a se desfazer, e os córregos que atravessavam a sala perderam força. Cosme correu para dentro da segunda. A energia que ainda residia nela barrou sua movimentação.

— Cosme, vai, anda logo, vai começar a reiniciar e você vai ficar preso — gritou Vik.

Logo em seguida, ela percebeu que havia dois garotos indesejáveis quase chegando ao local em que Juba se preparava para modificar o sistema. A garota deu todos os sinais possíveis, mas o menino, que havia recolocado os fones para se concentrar, tinha fechado os olhos, imerso no fluxo da própria mente para executar a programação. Vik se sentiu impotente diante de uma situação difícil. Ela queria ficar para apoiar Cosme, mas também precisava avisar Juba que os irmãos Arandu estavam prestes a alcançá-lo. "Aqueles dois irmãos babacas têm medo do Cosme, ele é a nossa melhor chance de sair daqui", pensou, lembrando-se do que a mãe sempre dizia sobre como as pessoas são ainda mais fortes quando estão juntas, tal qual as tranças do cabelo, que, de certa forma, eram a representação física desse saber. A menina se aproximou do garoto logo após ele cair no chão ao ser repelido pela barreira de água que havia em torno do Orbe.

Quando Cosme segurou a mão de Vik, seus olhares se cruzaram. Mesmo com o perigo iminente, a garota não deixou de se perguntar se ele também sentia que juntos eram mais fortes, mas não conseguiu elaborar, porque ele sorriu e foi com ela em direção ao Olho de Sumé. Cosme só largou a mão da garota ao perceber que a redoma de água estava enfraquecendo. Foi quando ergueu os braços para segurar o dispositivo com as duas mãos.

Isso aconteceu no exato momento em que Caíque e Lénon surpreenderam Juba, que olhou desesperado para os dois filhos do Cardeal Arandu. Seu coração começou a disparar, mas ele conseguiu permanecer focado e manteve as mãos preparadas para inserir o código no sistema.

— Não sei o que estão fazendo, mas vocês vão se arrepender pelo resto de suas vidas miseráveis. — Lénon ativou a localização para mandar a mensagem para tutores e Cardeais no palácio.

Caíque segurou os braços de Juba, agarrando-o com força para afastá-lo do controle do sistema. O menino gritou com todas as forças para que o outro o largasse, suplicando pela sua liberdade, como faria qualquer um que sonha em mudar o próprio destino, especialmente alguém que se sente tão aprisionado como ele se sentia. Então, começou a pedir ajuda ao amigo.

— Cosme, Cosme! — berrou Juba.

Cosme estava com as duas mãos no Orbe. Ele o arrancou do centro da redoma e instantaneamente enxergou um símbolo surgindo diante de seus olhos. Era ininteligível para a maior parte das pessoas, mas facilmente compreensível para o jovem. Ele podia ler o símbolo, que era o mesmo da tatuagem do pai, mas, além disso, uma palavra estranha saiu de sua boca em uma língua ancestral que quase nunca havia sido pronunciada dentro da Cidade-Complexo de Sumé. O som de sua voz sincronizou com a frequência do som emitido pelo Orbe e ricocheteou nas paredes, aumentando a intensidade, tornando-se cavernoso, profundo e místico. O sistema reiniciou mesmo sem o Olho de Sumé em posição.

— SISTEMA ENERGIZADO, 99%... 100%... 130%...

A energia concentrada pelo pulso da voz de Cosme destruiu toda a iluminação do local, um breu tomou conta do Salão do Destino, o eco continuou atravessando as paredes e se transformou em uma vibração física, como um tormento no ar, empurrando tudo ao redor. De repente, todos os jovens daquela sala foram atingidos e lançados para longe pelas paredes. Os irmãos Arandu caíram nos córregos, Juba se agarrou à passarela de aço nanorrobótico. Vik foi empurrada com sua cadeira, que parou de funcionar, deixando-a caída no chão. Cosme desapareceu na escuridão.

Minutos depois do caos sonoro, uma neblina gélida se espalhou por todo canto e um silêncio sepulcral se fez. O pulso do Olho de Sumé não ficou restrito apenas ao Salão do Destino: ele derrubou todo o abastecimento de eletricidade da Cidade-Complexo, desconectou o Nexo de informações e desativou os sistemas de inteligência artificial e algoritmos de proteção de Ygareté. Se houve outros danos, naquele momento não foi possível mensurar, o caos já havia se instalado no Centro e as autoridades se preparavam para concentrar seus esforços de normalização ali.

No Topo da Cidade-Complexo, roncos agudos foram escutados por moradores das fazendas.

#TSAVO

Uma pequena labareda de fogo começou a queimar no Salão do Destino, quebrando a escuridão. Disforme, a chama circulou, crepitando, enquanto se movia de um lado para o outro, sem de fato queimar as coisas em que encostava. Nada se ouvia no local além da respiração agitada do menino no chão.

— Vik, Juba, cadê vocês? Tão de boa aí? — Cosme se levantou do chão molhado, com o Olho de Sumé nas mãos. Sem entender, não percebeu quando a chama foi aumentando e se aproximando de maneira gingada do garoto, como se o espreitasse. Vik e Juba viam a mesma coisa, mas não conseguiam enxergar um ao outro, apenas viam o fogo se tornar uma Onça Mística, gigantesca, com aura reluzente e olhos vibrantes.

— Foi você quem ousou descer até o Salão do Destino para alterar a própria sorte? Quem pensa que é para querer fugir das linhas escritas por aquele do qual nem as divindades conseguem escapar, o Destino? — Os três escutaram a mesma pergunta da onça. Surgiu como uma voz ecoando no silêncio. Parecia um rugido calmo, porém poderosamente sobrenatural. O som tocou o fundo da alma dos jovens, conferindo a certeza de que estavam diante de uma força mística, que exigia reverência.

Juba se encolheu, apavorado pela presença daquela figura horripilante e sedutora. Ele afastou o olhar e começou a chorar de medo.

— Não sou ninguém, me desculpa, eu só quero voltar pros meus amigos. Eu só quero... — A onça encostou a cabeça na face do garoto e aqueceu suas lágrimas.

O pânico se espalhou pela mente do hacker. Ele fechou os olhos e tentou escutar a música que o acalmava, mas ela não vinha. Apenas o som gutural daquela criatura chegava aos seus ouvidos.

— Existe muito medo em seu coração, criança. Sei que, entre os mortais, alguns o veem como fraco, mas eu consigo escutar seu sangue fervendo e reconheço o que ninguém mais enxergará. Você tem tanto medo pois sua imaginação é muito inventiva. A ansiedade da qual você sofre é efeito colateral de ter ideias brilhantes suprimidas. Perceba que, mesmo se declarando medroso, você conseguiu me libertar, coisa que nenhum sumeriano foi capaz de fazer desde o surgimento deste lugar.

Mesmo as últimas palavras, incentivadoras e tranquilizantes, não foram capazes de diminuir a ansiedade de Juba. O medo de ter libertado um ser como aquele com a sensação de solidão o deixava cego, então entrou em um estado de desespero e começou a respirar com dificuldade. A onça fixou a visão no menino e bradou:

— Controle-se! Tenho uma dádiva para você, algo que vai revelar seu verdadeiro intelecto e poderá despertar sua coragem, mas, para isso, você se tornará o espelho dos seus piores pesadelos. — O cubo cybersintético cygen foi envolvido pela chama da onça, transformando-se em partículas. Elas se afastaram e circularam por todo o porão, para, enfim, envolverem Juba por completo.

Então a escuridão retornou completamente.

Cosme entendeu que estava diante de uma entidade poderosa, alguém capaz de lhe dar tudo o que ele desejava ou de destruir ainda mais os caminhos tortuosos da sua vida.

— Sem tempo pra me envolver com o seu destino ou com o destino dos seus deuses. Tô aqui por mim.

— Olhe para suas mãos, garoto. Esse Orbe que segura não lhe permite mais fugir do que está traçado: você é descendente dos malungos, e nenhum deles esteve neste mundo para continuar lutando solitariamente.

— Eles se foram, me deixa.

— Existe muito mais para você aprender sobre as tecnologias de seus ancestrais. Eles foram escravizados por gerações, separados, maltratados e, mesmo quando conseguiram a liberdade, a sociedade ainda os empurrava para morrerem nas periferias, relegados ao esquecimento, mas eles não deixaram que a história fosse apagada. Querendo ou não, sua essência é parte da vida de seus ancestrais, e só cabe a você decidir o que fazer para estar conectado à grande narrativa da vida.

Cosme soltou o Orbe e gritou:

— Eu não tenho nada com a história dos que se foram! Eles se foram, acabou.

A onça queimou com a fúria de mil vulcões, incendiando todo o porão, e as chamas iluminaram o lugar. Cosme buscou com o olhar, mas não viu ninguém, seu semblante parecia preocupado.

— Seus amigos estão bem — continuou a onça. — Você tenta esconder, mas no fundo está preocupado com um menino e uma menina que mal conhece. Esse é seu verdadeiro temperamento, o de um protetor.

A criatura, de repente, pulou em Cosme, caindo com ele no chão. A onça soprou fumaça pelas narinas sobre o rosto do garoto, que fazia uma careta tentando esconder a surpresa. O animal mostrou os dentes para o menino e, quando ele se preparava para receber o ataque, ela desviou a rota até o Orbe e o engoliu.

— Você tem muito a aprender — ela disse ao observá-lo se levantar.

Depois, voltou para Cosme, abriu a boca e deixou cair duas correntes de ouro. Uma era mais grossa, com um pingente do Mundo dos Ancestrais, onde as divindades e forças místicas mais antigas da existência residem, e a outra, mais fina, era atravessada por fios de cobre.

— Por que está me dando isso? — Metade do moleque pensava que não tinha nada a ver com as histórias da onça, mas outra parte estava entusiasmada em ter correntes de ouro verdadeiro, algo com o que sempre sonhara secretamente.

— Enquanto estiver usando essas joias, estará protegido de toda a maldade. Elas serão sua armadura quando aprender a usá-las.

Ao colocar os colares de ouro no pescoço, a mente de Cosme se encheu com palavras escritas na linguagem esquecida nos tempos modernos, Orisi. O jovem conseguiu interpretar o significado místico dos símbolos do Orbe, "A chave do destino".

— É a tatuagem do meu velho, tô entendendo agora.

— É Orisi — respondeu a onça enquanto se afastava. — Palavras ensinadas por deuses aos mortais. São capazes de moldar a natureza e criar efeitos milagrosos, mas também podem se tornar grandes maldições. Foram abandonadas há muito tempo.

Após a conversa com o jovem, a Onça de Fogo começou a desaparecer, deixando a escuridão novamente ocupar o porão.

A menina se arrastou até a parede, encostou-se nela e, após muita persistência, conseguiu erguer o corpo o suficiente para ficar sentada. Vik respirava ofegante; toda aquela operação lhe exigira um enorme esforço, especialmente dos braços, que estavam esfolados, doíam e latejavam. Mal conseguiu se sentar e só teve tempo de enxergar uma chama amarela e azulada se aproximando dela, transformando-se em seguida em uma onça. Qualquer criança em sua condição desejaria se esconder, mas ela olhou fixamente nos olhos vibrantes da onça.

— Eu sou a Vik — disse, escondendo o seu temor e tentando manter a altivez.

A onça, então, mostrou sua face mais assustadora, ardendo em chamas cada vez maiores e mais intensas e escurecendo os olhos, mas nada abalou a menina, que continuava com a expressão de quem sabia exatamente o que queria.

— Que interessante, menina. Você não teme a morte?

— Não acho que você vá nos matar, não faria toda essa cena só para acabar com a nossa vida. Isso é algum tipo de enigma, não é? Quem é você? Sumé?

Um ronco, quase como uma risada, soou da criatura de fogo. Enquanto ela caminhava pelo salão, Vik conseguia observar a paisagem que se iluminava com as labaredas de fogo. Ela pôde enxergar os córregos, a passarela e o centro de controle, mas não viu nenhum dos amigos, tampouco os irmãos Arandu.

— Gostei de você, menina. Em sua alma existe o mesmo fogo que me rege, mas não, eu não sou o Pai-Fundador. — O braço de Vik esquentou, ela sentiu arder o mesmo laser que estivera sob sua pele quando estava presa no nicho da parede. A onça observou o ombro da garota e continuou se aproximando dela. — Sou apenas uma guardiã da chave do poder, criada por Sumé para preparar seu retorno, quando ele julgará o destino de todos os habitantes da Cidade-Complexo e aniquilará os impuros, corrompidos por injustiças. Pode me chamar de Tsavo.

Tsavo baforou na direção de Vik, despertando com seu fogo ancestral os nanorrobôs plasmáticos que estavam ao redor. Eles caminharam na direção da garota e a levaram de volta à cadeira que já tinha sido levantada. Com um brilho azulado, a nanotecnologia integrou-se à cadeira, modificando-a de forma que se adequasse às especificidades da menina, criando um painel que permitia alterações futuras, estéticas e operacionais. Vik recebeu partes de um exoesqueleto nas pernas, com circuitos metalizados, capazes de se alimentar da energia da cadeira ou de outros dispositivos digitais. O braço dela voltou a queimar intensamente, fazendo com que ela gritasse de dor. Vik sentia o fogo surgir e deixar uma marca em seu ombro. Era uma tatuagem mística em tons de ouro que agora brilhavam em sua pele retinta; nela, via-se o desenho de uma coroa atravessada por uma espada de fogo.

— Tsavo, o que isso significa? O que fez comigo? — perguntou Vik com lágrimas nos olhos ao findar da dor. Sentia raiva, sem entender o que acontecia. Como a onça não respondia, resolveu perguntar o que mais a incomodava:

— Por que você não me devolveu o movimento das pernas?

— Não é minha função te dar tudo, pequena. As alterações vão te ajudar no seu caminho, você já tem tudo de que precisa e sabe disso. — Tsavo emitiu a mensagem com um rugido suave, mas potente. — A tatuagem marca você como a nova portadora do Olho de Sumé.

Vik não conseguiu evitar que sua boca se abrisse involuntariamente, resultado do imenso espanto que sentiu ao ouvir aquelas palavras. Ela, a menina com deficiência, a desajustada, quase uma pária da Cidade-Complexo, tinha sido escolhida para algo que, suspeitava, era grandioso, tremendo. Lágrimas escorriam abundantemente por seu rosto, e ela sentia uma mistura de raiva, alívio e um certo temor pelo que aquilo poderia significar.

#A IRA DE SUMÉ

Poucas pessoas sabiam da existência da relíquia sagrada nos porões do Palácio de Ygareté. Era um segredo revelado apenas à cúpula descendente dos primeiros discípulos do Pai-Fundador, como a princesa Djalô, Suserana de Sumé. Por isso, foi uma surpresa para a maioria dos habitantes a Cidade-Complexo estar vivendo um apagão tecnológico, mesmo que parcial. Sem a tecnologia de reflexo solar, a parte central se iluminava apenas por tochas e por geradores de energia presentes em algumas construções.

O sistema de defesa dos Cardeais foi reorganizado para funcionar em redes locais, os Nexos e, por isso, começou a se restabelecer. Sumerianos enxergaram o fato de aquilo acontecer pouco tempo antes do Dia da Escolha como um presságio maligno. De fato, o pulso gerado pela explosão da relíquia sagrada surtiu efeitos inimagináveis no Mundo dos Ancestrais.

Uma ventania sinistra atravessou Sumé, carregando uma alma, envelhecida e raivosa, que estava aprisionada havia séculos. Tratava-se de uma das Charias, libertada quando a chave do poder se rompeu no Salão do Destino. Ela procurava uma forma mortal para voltar a existir fisicamente, então vagava ainda confusa por um mundo que havia mudado muito desde a última vez que descera à Terra.

Com raiva do que via, passou a causar problemas para os habitantes da Cidade-Complexo. Os poderes dela causavam visões e pesadelos amedrontadores, podendo levar alguns ao delírio eterno. Os mais antigos e supersticiosos moradores mantinham o hábito de colocar um pequeno colar de pedras polidas na entrada de casa para afastar abadons, espíritos raivosos e almas perdidas, então não foram tocados pelos poderes da Charia, a Lua de Sangue. Ela também se movimentava entre espelhos e se multiplicava como espírito, aproveitando o caos para se fortalecer. Ao se dividir uma última vez, tentou sentir uma energia compatível e decidiu caminhar como humana naquele mundo até poder encontrar seu par.

Os jovens amigos, extremamente aflitos, tentavam digerir a forte experiência que tinham vivido havia poucos instantes. Juba foi o primeiro a despertar e a quebrar o silêncio. Procurava a onça, mas não foi a voz dela que ouviu:

— Juba, cadê tu, meu pretin? — respondeu Cosme, sem enxergar nada.

— Cosme, tô aqui, mano.

— Ei, galera, tô ouvindo vocês, onde estão? Parece que estão aqui perto. — Vik também voltou a escutar os amigos.

Tsavo surgiu novamente, dessa vez para os três, enquanto andava pela escuridão. A luz do seu fogo revelava a posição de cada um no porão. Eles olhavam espantados para as transformações que perceberam uns nos outros. Existia algo diferente nos olhos de Juba, e Vik parecia uma rainha guerreira: sua cadeira recebera upgrades e bênçãos da profecia. Ela planava sobre o solo iluminando o caminho. Cosme carregava joias douradas no pescoço.

— Vocês procuraram mudar o próprio destino, agora têm muito mais em jogo nas suas mãos — roncou Tsavo, antes de explodir novamente em uma chama tão poderosa que iluminou todo o salão.

Vik se afastou de Juba, que olhou para o espelho d'água em um córrego e percebeu que seus olhos haviam sido substituídos por lentes digitais, integradas ao crânios. Sua pele mantinha-se parda, mas exibia uma textura lisa, como a de um androide. Seu cabelo ainda era o black power, porém maior e mais volumoso, como se tivesse sido atravessado por uma descarga elétrica, com uma mecha branca como um raio. Ele caiu de joelhos, berrando.

— O que você fez comigo? Eu tô parecendo um Cygen! — Os seres Cybergenizados se consideravam a evolução da espécie humana. Os corpos humanos misturados com máquinas funcionavam de forma orgânica graças a células capazes de absorver metais e convertê-los em ossos e músculos, de modo que médicos mortais não conseguiam distinguir os órgãos internos. Seus olhos pareciam telas cybernéticas, porém o mais fabuloso nos Cygens era o cérebro, que funcionava como um computador quântico, processando zilhões de informações e se conectando ao Nexo por meio do pensamento, sendo capaz de vasculhar e rastrear informações com um toque.

— Você foi abençoado com a face dos seus maiores pesadelos — disse a onça.

— É por isso que eu nunca pedi bença pra ninguém, mó zuado isso aí, deus me drible, tio — Cosme disse, tentando esticar a pele. Quase ninguém em Sumé tinha visto um Cygen, e o conceito era asqueroso até mesmo para ele, que se afastou por uns segundos para analisá-lo.

— É, mas a Juba continuou daora — amenizou Vik.

— Vocês não têm tempo para essas trivialidades. Graças aos três, o destino de Sumé foi comprometido. Na próxima lua, o Pai-Fundador Sumé retornará para fazer justiça a todos, será implacável com aqueles que deixou para cuidar de sua obra e estenderá seu castigo a todos os mortais desse local.

— Eita! Essa história também é real? — Juba, que já estava apavorado com a própria aparência, começou a se desesperar com a notícia do retorno de Sumé. Os antigos diziam que seu retorno devia ser evitado, pois sua promessa era retornar para destruir toda iniquidade e arrasar com a cidade, se fosse preciso.

— Do jeito que essa cidade, principalmente aqui no piso central, é cheia de pela-saco, não vai sobrar ninguém.

— Tenho certeza de que cada um de nós, pelo menos, tem alguém lá que não merece esse castigo — lembrou Vik, pensando no pai. Os garotos lembraram de suas famílias.

— Vamo bater de frente! Vik, Juba, a gente mandou ver sem poder algum, então olha pra vocês agora, saca. Agora as ideia é outra. Enquanto a gente tiver novas ambições, a gente pode mudar nosso próprio destino. E eu sou ambicioso pra caramba, não vou recuar nem que tenha que trombar com Sumé ou qualquer outro deus que vier derrubar a gente. Sabe qual é?

Cosme tinha mesmo o poder de inspirar os amigos: até Juba se levantou, respirou e percebeu os novos sentidos tecnológicos atravessando a pele.

— É nóis — respondeu Juba, seguido por Vik.

Tsavo observava os amigos, que estavam mais próximos, quase se tocando. Seus olhos brilhavam, observando tudo com sabedoria.

— A juventude de vocês é cheia de arrogância, crianças. Sumé é uma deidade poderosa, não vai entrar em combate facilmente. Vocês não sabem controlar nem os próprios corações e mentes, imaginem dominar os poderes que receberam. Entretanto, existe uma forma de anular a ira de Sumé. O compêndio Wyra, feito pelos Cardeais, fala da lenda de dois olhos do Pai-Fundador, mas os homens só conseguiram encontrar um deles, o que naquele momento era portado por Vik. Vocês precisam encontrar o Olho do Solar, que concentra os poderes da luz, do vento, da terra, da sabedoria e da criação. Ele é capaz de reverter a profecia e trazer o Olho Lunar de volta ao estado inicial, intocado por vocês. Com os dois olhos, o Pai-Fundador não descarregará seu lado mais sombrio no destino da cidade.

Existia alguma ardilosidade naquela Onça que fazia o coração de Vik desconfiar de seus reais interesses. Depois de comunicar aos jovens qual era a solução para reverter o predito e dar a missão de encontrar o Olho do Solar, Tsavo desenhou no ar a palavra "Orisi", no meio da qual começou a surgir um portal, a saída que todos procuravam.

— O que vai acontecer com os moleques que também estavam aqui no porão? Os irmãos Arandu... — Vik lembrou que eles tinham sido vistos pelos garotos.

Tsavo explicou que eles haviam sido separados da dimensão em que estavam.

— Ambos foram atingidos pela energia do Olho Lunar, cujos efeitos sobre mortais são imprevisíveis, mas, por enquanto, eles acordarão quando outros chegarem. Ninguém saberá de vocês. Vão.

Uma gargalhada alta foi ouvida. Tsavo sabia que os meninos haviam sido tocados pelos espíritos abadons das Charias, pois a profecia esquecida contava que a ira e a vingança delas contra o próprio Sumé tinham papel na destruição da Cidade-Complexo. Parecia que nada escapara dos desejos místicos daquele ser, exceto pelo menino marrento, que ela mesma empoderara.

— Você é comédia mesmo, né, parça? Como assim? Vão. Tu vai com a gente, claro! — Cosme estava com o olhar de quem tinha certeza do que dizia. Tsavo não gostou da ousadia do menino.

— Eu sou uma guardiã criada pelos deuses, então, mesmo que eu pudesse sair desse porão, não me renderia às vontades de qualquer um, menino.

— Tia, tu não pode lançar essa feitiçaria pra cima da gente e só dizer "se vira aí". Tá me confundindo com esses bruxinhos que tão por aí.

— Ele tem razão. — Vik adiantou-se. — Se tem alguma coisa que te prende aqui, a gente vai dar um jeito, não é, Juba?

— Vixe... e não é que já tô com umas ideia na cabeça?

Os três se aproximaram da onça e se olharam com um sorriso maroto nos lábios. A maioria das pessoas em Sumé não estava acostumada a desafiar os desígnios dos ancestrais e das deidades, mas esse não era o caso deles, crias da dificuldade, que haviam começado a aprender como impor os próprios desejos à realidade.

Graças à transformação imposta por Tsavo, os pensamentos de Juba estavam acelerados como os de um processador ultrapotente. Mas, além de dominar o mundo tecnológico, os Cygens tinham informações sobre a construção de dispositivos que podiam interferir levemente no Mundo dos Ancestrais, exatamente como era a conexão do Olho de Sumé com os dispositivos do Palácio de Ygareté. Não foi difícil para ele imaginar que seria capaz de aprisionar Tsavo dentro do mesmo cubo que hospedava as informações extraídas da relíquia.

— Fora dessas paredes, meus poderes são muito restritos. Se me aprisionarem nessa tecnologia, eu não poderei ajudá-los da mesma maneira que posso daqui — alertou a onça, mas os três insistiram no plano.

Juba reconstruiu o cubo, invocando nanorrobôs da tecnologia cygen com os dedos, e, utilizando os receptores que estavam nos córregos, eles armazenaram Tsavo no artefato antes de irem embora pelo portal. Segurando o cubo, ele conseguia se comunicar com Tsavo. Quando estava nervosa, a onça conseguia dilatar o cubo com sua energia, algo que fazia naquele momento.

— A fera tá no terror aqui, não curtiu nada — disse Juba, sorrindo.

#A PRINCESA PRISIONEIRA

A menina de cabelos lisos esverdeados estava adormecida, ainda sem saber de todos os problemas que atrapalhavam o sono dos adultos. Ela estava distante de tudo que poderia experimentar convivendo com outras crianças; não tinha uma alma sequer capaz de fazê-la sorrir com uma piada boba ou de contar uma fofoca que só faria sentido para alguém da idade dela, nem mesmo alguém para julgá-la, dizendo que suas roupas estavam desajustadas ou feias. Ninguém para fazer um único comentário, dar dicas sobre as roupas da moda ou avisar se o cabelo estava zoado.

    Não havia ninguém para criticá-la ou duvidar de suas palavras, afinal, as amigas mais próximas eram escolhidas pelo Olho de Sumé no Dia da Escolha e se tornavam parceiras por obrigação, predestinadas a conviver forçadamente com a princesa Djalô. Nem mesmo os Cardeais esperavam muito dela, apenas queriam obediência e complacência, que ela fosse um exemplo para os sumerianos.

    Quando Djalô abriu os olhos, duas pessoas estavam, sorridentes, próximas de sua cama, prontas para fazer o possível para que o dia dela se tornasse maravilhoso como todos deveriam ser.

    — Bom dia! Vocês nunca conseguem dormir um pouquinho mais, né? — Djalô esticou os braços, ainda bocejando.

    — É nossa escolha, princesa. A gente precisa acordar antes de sua majestosa presença para estarmos prontas —

respondeu Jana, uma jovem de estatura baixa, cabelo cacheado, pele de tom caramelo e sorriso acolhedor.

Prontamente, ela esticou a mão com um copo d'água para a princesa e pediu para a IA abrir a janela. O quarto tinha janelas que bloqueavam digital e completamente a luz e que se modificavam para projetar o belo cenário da parte central da Cidade-Complexo. Ao contrário do que o povo acreditava, a princesa não ficava no Palácio, sua morada era acessada por um veículo hidromotor que mergulhava em um dos canais da cidade. A passagem levava para um bolsão de ar, no topo do qual havia um prédio imponente. Sem janelas adornadas, o edifício lembrava um gerador elétrico, como se fosse a fonte que distribuía energia para Sumé.

Era possível ver que algumas coisas estavam diferentes na paisagem. Havia uma mobilização dos Cardeais em direção ao Palácio de Ygareté, onde a princesa eventualmente se hospedava com seus súditos mais leais. Mesmo jovem, Djalô observava os problemas da cidade e, só de olhar para a projeção, percebeu que Sumé não estava bem. Ela pediu relatórios para a IA e, pelas informações, entendeu que várias localidades haviam sido atingidas por um pulso magnético que destruíra equipamentos, que uma ventania rondava o local e que o verde das casas que esperavam o Dia da Escolha se apagara.

— Ajudem-me com as roupas, não vai demorar muito até alguém bater nesta porta.

De fato, os Cardeais estavam à frente de tudo o que havia acontecido no Salão do Destino, principalmente o Conselho, que guardava o segredo do Olho de Sumé. Após a explosão originada pela ação de Cosme, Vik e Juba, vários membros da alta cúpula desceram até o Salão e o encontraram devastado: a ponte de ferro estava levemente torta, e o Olho de Sumé havia desaparecido. Um desastre de proporções catastróficas. A profecia de destruição da Cidade-Complexo estava descrita no Compêndio de Wyra e indicava os sinais da Ira de Sumé, sendo o primeiro deles o desaparecimento do Olho Lunar, uma relíquia da Cidade-Complexo. Essa informação, claro, havia sido suprimida e ocultada da maior parte das pessoas. Havia muito tempo, os Cardeais decidiram que uma das formas de proteger e evitar o desastre seria manter a existência dessa relíquia em segredo, impedindo que a busca por poder aguçasse a cobiça de sumerianos e de estrangeiros. Na época que o conselho decidira manter o sigilo, um ou outro Cardeal descendente do sangue de Sumé foi contra. Para eles, enganar o próprio povo já seria motivo para despertar a Ira de Sumé, mas eles não foram ouvidos.

Quando Djalô terminou de se vestir, como previsto, a porta se abriu. Um Conselheiro atravessou, escoltado por um pequeno grupo de Cardeais com hiperarmaduras, carregando em mãos o escudo com a face da Onça de Jade. O objeto contrastava com tecidos finos e brancos que caíam sobre os ombros do conselheiro; seu cabelo longo e verde declarava sua ascendência real.

— Araquém, meu primo. O que está acontecendo em nossa cidade? — Djalô adiantou-se, sinalizando para que suas acompanhantes saíssem do quarto, e foi prontamente atendida por elas, que se esquivaram dos guardas.

— Tudo o que mais temíamos, prima. O desaparecimento do Olho de Sumé, o desastre dos nossos ancestrais que pode despertar a Ira do Pai-Fundador.

— Como isso aconteceu? O que posso fazer por Sumé agora? — Djalô perguntava apenas por mera formalidade, ela sabia que o conselho a tratava como nada mais do que uma imagem para dar esperança e despertar a lealdade dos sumerianos, enquanto as decisões cabiam aos homens mais velhos que controlavam sua vida.

— Vai ficar tudo sob controle. Já temos suspeitos, tudo indica que foram três garotos que invadiram o Salão do Destino, um deles de ascendência malunga. Mas deve ser apenas uma trapaça infantil, eles não têm ideia do que estão fazendo.

— Nada sério, então, basta rastreá-los. Já foram atrás dos pais deles?

— É exatamente o que estamos fazendo agora. Um dos pais veio até nós, aliás, é um devoto fiel do Pai-Fundador, porém as coisas não são tão simples assim, princesa. Resgatamos dois rapazes, filhos de um Cardeal leal, que vigiavam os jovens delinquentes. Ambos foram tomados pelos espíritos de uma das Charias, por enquanto são abadons. — Djalô se assustou a ponto de caminhar para trás e tropeçar na cama.

— Isso quer dizer... — disse, levantando-se.

— Sim, as Charias estão ligadas diretamente à profecia do retorno de Sumé. Mas não se preocupe, uma força-tarefa foi criada para cuidar disso, e elas já estão em nosso poder. O importante é que você apareça para transmitir a mensagem aos sumerianos, tranquilizá-los. Infelizmente, durante esse período, seu acesso à cidade será vetado. Cumpra com suas funções, nós cumpriremos com a nossa.

Sempre que algum perigo iminente surgia, Djalô era isolada no prédio. Isso não significava apenas um afastamento das parceiras e isolamento dentro da própria mansão: ela era privada das chaves digitais que permitiam acessar notícias nos servidores dos Cardeais, e a janela não exibiria mais imagens da cidade. Tudo o que ela veria seria apenas uma paisagem do Topo por não se sabia quanto tempo, desértico com o nascer e com o pôr do sol. Era torturante.

— Araquém, por favor... — Sabendo o que tudo significava, ela suplicou para não ficar confinada.

— Você sabe que é para o bem da Cidade-Complexo, não podemos correr o risco de que algo aconteça com você, princesa. Pode ficar tranquila que nossa inteligência artificial está gerando o vídeo com sua mensagem para os sumerianos. Não precisamos de você nas gravações, só fique aqui, este grupo de soldados fará a escolta de sua porta. Quando tudo se resolver, eu volto para findar seu confinamento.

Quando eles a deixaram, Djalô sentou-se na cama, e as luzes de led diminuíram, deixando o quarto aconchegante com tons de amarelo. Uma música ambiente tradicional de Sumé começou a tocar em timbres digitais, uma flauta nativa era acompanhada por batidas marcantes e o som de um riacho correndo. Era tranquilo, totalmente diferente do sentimento de frustração que batia no peito da princesa. Djalô era prisioneira da sua própria condição de Suserana em uma sociedade em que o verdadeiro poder estava nas mãos dos Cardeais. Como para provar um ponto, a paisagem das fazendas do Topo de Sumé surgiu nas janelas. A princesa começou a chorar de desespero e agonia. Era sufocante perceber que tinha perdido a liberdade de olhar para onde quisesse. Ela desejou ser livre, mesmo que isso significasse não ser ninguém importante da Cidade-Complexo. Enquanto suas lágrimas caíam, uma voz familiar surgiu.

— Eles sempre fazem isso com você. — A princesa olhou na direção da janela e não se assustou com o que viu: a figura de uma garota com um capuz se materializando digitalmente na tela. Era mais velha, parecia ter dezoito anos, usava roupas pretas e ocultava sua face como um fantasma.

— E você sempre me pega chorando, Roha.

— Sou a única que te conhece de verdade, mana.

Roha aparecera pela primeira vez anos antes. Às vezes ela se materializava como um holograma na sala, outras surgia entre as paisagens da janela, especialmente quando Djalô estava aprisionada. A princesa acreditava que a amiga era uma inteligência artificial que se perdera nos servidores de Sumé, mesmo que a própria Roha dissesse que era um espírito banido do mundo dos Mortais. A verdade nunca poderia ser investigada, pois Djalô temia ficar completamente sozinha durante o confinamento e, por isso, nunca revelara a presença da amiga a ninguém.

Roha conseguia acessar as informações dos servidores e sempre contava tudo o que estava acontecendo à princesa; às vezes, elas conversavam por horas a fio, até que Djalô dormisse, exausta. Roha era a única que tratava a princesa como uma pessoa comum, fazendo piadas até mesmo com seu choro. Para a Suserana de Sumé, isso a tornava humana.

— Eles não vão dar conta, Djalô, tá ligada?

— Por que diz isso?

— Eles nunca deram, nem mesmo com coisas que conheciam, e agora parecem perdidos, no escuro. Pelos dados que coletei, o pulso magnético que surgiu no Palácio de Ygareté não surgiu sozinho, existem forças místicas envolvidas nisso. Talvez a profecia seja verdade.

— Eu não posso fazer nada, Roha, é a minha escolha, sempre foi.

— Não, amiga. Sempre foi a escolha deles pra você, não só pra você, mas pra todo mundo desse lugar. Tu é só uma peça nesse jogo sujo de uns babacas fanáticos e vai ser assim até fazer uma escolha verdadeira.

— O que você sabe sobre isso? Você é só uma inteligência art... — O protesto amargurado da princesa foi interrompido pelo grito de Roha.

— Deixa de ser burra, pivete! Já disse que eu estou presa nesse mundo digital, mas não fui criada aqui nem sou ingênua e mimada como você, sabe qual é? — Roha ficou em silêncio contemplativo por alguns segundos antes de continuar e encolheu-se:

— Além disso, cê sabe, gata... Eu perdi a memória sobre quem eu era, mas estou colhendo informações.

— Me desculpe, Roha, não quis magoar você.

Djalô realmente não quisera ofender a amiga, mas ficava bastante triste cada vez que a lembravam de que não tinha tanto poder de escolha como gostava de sonhar ter. Sentia-se incomodada e impotente.

— De boa, princesa. Eu me sinto mal em ver uma mina excepcional como tu limitada por esses caras arrogantes. Eu vejo nos seus olhos uma vontade de sair pro mundo, a mesma que eu carrego no meu coração. Se você sair daí, talvez um dia me ajude de volta.

As luzes enfraqueceram novamente. Roha estava controlando o quarto de Djalô. Ela trocou a música por algo mais acelerado. A paisagem do Topo desapareceu, e uma construção antiga surgiu. Parecia ser um templo sagrado, era uma imagem do passado projetada em todo o local. A princesa estava diante de uma Onça de Jade. Na imagem, vários Cardeais seguravam nas mãos o Olho de Sumé. Djalô não compreendia bem o que via, mas, antes que pudesse falar algo, Roha continuou:

— Veja, eu consegui acesso a um pedaço criptografado do Compêndio de Wyra que descreve essa cena omitida de muitos, inclusive de você. Aqui eles estão discutindo a profecia da destruição da cidade: a maioria dos Cardeais decidiu ocultar a relíquia, mas um deles fugiu.

Enquanto ela falava, a princesa viu um homem rasgar o manto da ordem dos Cardeais, como se abdicasse de sua posição na fundação da cidade. Ele também tinha cabelos verdes.

— Foi por isso que algumas pessoas se rebelaram contra o atual poder. Elas acreditam que podem encontrar um líder que seja realmente leal ao povo.

Djalô respirou ofegante. "Esses rebeldes vão usar qualquer fragilidade dos Cardeais para tomar o poder", pensou.

— Se Sumé for destruída de verdade, não posso estar aprisionada neste quarto, Roha.

— Era exatamente isso que eu tava tentando colocar nessa cabecinha mimada, mana.

#PERDIDO NA ENCRUZILHADA

Cosme, Juba e Vik, em face dos avisos de Tsavo, partiram para cumprir a missão. Nunca imaginaram que se veriam em um grande deserto. Pedras imensas criavam sombras que garantiam um clima um tanto assombroso. O lugar era bastante quente, mesmo com enormes nuvens cobrindo o sol. O olho modificado de Juba era capaz de enxergar a quilômetros e, dessa forma, identificou a posição em que estavam.

— Estamos entre Nagast e Sumé, ao norte, eu estou enxergando as fazendas do Topo de Sumé, mas tá bem longe. Já ali pra trás, eu tô vendo o Distrito de Nagast.

— Aqui é Adze, o grande deserto. — Vik não acreditava que estava onde estava.

— Essa mina não falta às aulas mesmo! — Cosme também nunca tinha saído de Sumé, tudo era novo para ambos. — O que cê sabe daqui, Vik?

— Não é por conta da Academia que tenho essa informação, seu tonto. É que Adze é onde acontece a Batalha das Maltas. É bem aqui que todos os carros disputam os títulos de Rei e Rainha da batalha.

Um zumbido digital se aproximou pelo ar. Era um som tão estranho quanto a imagem que viram em seguida. O drone com formato de inseto parecia ter casca de aço e um olho iluminado no centro.

— É um tecnogriot! — Juba e Vik sussurraram simultaneamente, identificando a maior das tecnologias de monitoramento que existia.

Os tecnogriots tinham sido construídos em Nagast havia muitos séculos para registrar o conhecimento e as histórias do povo, depois foram modificados e aprimorados por Cygens para servirem como força de opressão e, por fim, foram novamente reconstruídos por Hanna após a revolução nagastiana. Eram utilizados para transmitir a Batalha das Maltas e circulavam por todo o deserto.

Os três se esconderam atrás de uma das pedras gigantes. Vik fez sinal para que fizessem silêncio completo, pois os tecnogriots eram capazes de escutar o menor dos ruídos. Quando estavam longe o suficiente para voltar a falar, Juba segurou o cubo, comunicando-se com a onça por meio de seus poderes cygens.

— Tsavo tá dizendo que o outro Olho de Sumé, o solar, está aqui em Adze, que sente a proximidade. A gente vai precisar rodar aqui pelo deserto pra descobrir onde tá o Olho Solar.

— Pode pá, mas vai ficar difícil dar uns rolês com esses tecnogriots na nossa cola. — Cosme jogou uma pedra para o ar na direção do drone. Ela passou perto, mas não o atingiu.

— Foi apenas um, quer dizer que a Batalha ainda não começou pra valer, devem estar se preparando ainda, então ainda temos um tempo.

— Tá certa, Vik, podemos usar isso a nosso favor. Tô vendo que tem alguma antena ali — o beatmaker apontou para um lugar mais adiante. — É naquela direção, tem alguns carros chegando. Tá ligada do que pode ser?

— Juba, acho que é o destacamento dos pilotos. É ali que eles se reúnem pras batalhas.

— Se eu tiver acesso àquela antena, posso ampliar meus poderes e tentar encontrar a relíquia sagrada do Olho Solar.

— Pra que toda essa caminhada, mano? Eu vou abrir um portal. — Cosme colocou a mão na cabeça tentando lembrar qual era o Orisi utilizado por Tsavo pra abrir portais.

Não era o conhecimento que estava em sua mente, seus poderes ainda não tinham sido testados, porém Cosme não tinha medo de falhar. A arrogância do jovem era tamanha que Tsavo começou a se expandir em fúria.

— Mano, a maluca tá desesperada aqui, sei lá, tá dizendo que você não é capaz de abrir esse portal, que pode ser treta demais. Talvez seja melhor a gente esperar um pouco... — Juba começou a suar frio, a força e a capacidade analítica de Cygen diminuindo.

— Dane-se o que essa onça tá falando, não vamos recuar, não! Ninguém mandou ela dar esses poderes pra gente. Eu prestei atenção quando ela tava fazendo, acho que dou conta.

Cosme fechou os olhos, se concentrando nos Orisis que estavam em sua mente. Suas correntes douradas foram energizadas com uma luz azul, que emanou direto para seus braços. Ele abriu os olhos, que estavam brancos como se ele estivesse em transe. Escreveu um Orisi no ar com as mãos ao mesmo tempo em que falava palavras no dialeto ancestral. Tsavo enraiveceu mais ainda, o cubo parecia estar a ponto de explodir.

— Cosme, acho melhor você parar, cara. — Sensata, Vik entendia quando o amigo errava a mão no equilíbrio entre a ousadia e a imprudência.

A energia do Orisi empurrou a areia do deserto, e Cosme, ainda em transe, terminou o movimento com as mãos, e então uma pequena fenda surgiu e começou a crescer como um portal.

— Consegui, malandragem! Eu disse...

Juba leu a mensagem de Tsavo quando o portal se abriu e gritou para Vik, que estava mais próxima de Cosme:

— Segura ele! Esse é o portal errado, corre!!

Infelizmente, a garota não teve tempo: a lufada de ar perto do portal foi forte demais. A cadeira dela começou a se modificar como forma de proteção, erguendo seu tronco e envolvendo suas costas com algo que se assemelhava a um exoesqueleto, adaptando-se como mochila robótica. Ela sentiu uma tração nas pernas e, através de magnetismo, viu que flutuava de pé no deserto. Vik ainda tentou esticar os braços, mas foi em vão: viu o amigo ser sugado para o centro do portal, onde havia uma penumbra e uma névoa. A energia do Orisi puxou e aprisionou Cosme dentro do portal, que se fechou em seguida.

A queda de Cosme parecia não ter fim: o local parecia um precipício interminável e gelado. Era difícil enxergar as paredes do penhasco com tamanha neblina. A cor cinza tomava conta de tudo, e vozes surgiram por trás do garoto. Quanto mais ele caía, mais frio o ar parecia. "Deu merda, só pode! Pelo menos foi só comigo...", Cosme se consolou ao perceber que não tinha colocado nenhum amigo em apuros. Seja qual fosse o destino que ele encontraria no final daquela queda, era algo que só ele enfrentaria, como sempre achou que seria a própria vida, sem ideia torta.

Atravessando a neblina gelada, ele caiu em uma areia escura, sem conseguir ver o que havia no caminho. Ocasionalmente, enxergava vultos passando ao longe, que pareciam almas perdidas. Ele sentia, graças aos poderes ancestrais que recebera, que essas imagens realmente eram de pessoas mortas. Cosme só não conseguiu identificar se elas morriam no passado ou no futuro. Mas não demorou para que as almas começassem a se aproximar do garoto.

— O que cês querem? Sai, caramba — falou, tentando afastá-las, mas elas pareciam querer tocar seu corpo, sentir o corpo mortal que haviam perdido em algum momento. Estavam obcecadas pela mortalidade presente naquele lugar. Cosme percebeu que precisava se movimentar ou acabaria sufocado pela quantidade de almas que se aproximavam.

Ele tentou afastá-las, mas ali, naquele local, elas eram capazes de segurar seus braços. Ele foi se desviando, empurrando, e conseguiu abrir caminho entre elas, mas estava sem rumo, caminhava em direção a um lugar qualquer. Cada vez mais, as almas se agrupavam atrás de seu rastro. Bem ao longe, ele avistou uma cabana. Imaginou que seria um bom lugar para se esconder, mas, ao se aproximar, o seu caminhar foi ficando cada vez mais pesado.

Uma alma surrada, com marcas nas costas e um olhar agonizante, tentou se aproximar, emitindo um som, como se fosse um pedido de socorro. Aquele olhar, por um segundo, tocou o coração de Cosme: era um homem negro que estendia a mão, lembrou seu pai. "Esse lugar lazarento! Tomara que meu velho não esteja aqui..." O pensamento sobre a morte do pai explodiu quando um grito surgiu no meio do nada.

— Azekel! Azekel... — Uma alma perdida tirou dos pensamentos de Cosme o sobrenome de seu pai, Octávio.

Aquilo estraçalhou o coração do moleque. Toda a coragem e a ousadia que ele tinha começaram a ser extraídas

de seu corpo, enquanto as almas escutavam pensamentos e viam as lembranças que vazavam na neblina eterna.

Quando percebeu, a cabeça estava longe, e as pernas ficaram pesadas, como se estivessem amarradas em bolas de chumbo. "Perdi, é isso", pensou, se entregando ao exército de almas que envolvia seu corpo. Elas puxavam os braços dele e carregavam o corpo mortal, imóvel, para longe da cabana, levando-o para a parte mais densa e fria da neblina.

#NÃO ANDE COMO UM CYGEN

A lembrança de Cosme sendo sugado pelo portal ainda pulsava na mente de Vik. Depois de conseguir controlar o movimento do exoesqueleto, ela foi para trás, fugindo do raio de sucção, virou o rosto e gritou pelo Brabo.

— Perdemos ele, Juba. Tudo isso pra agora perder ele...

As palavras da amiga atingiram em cheio a ansiedade do menino. Apesar de seu cérebro agora funcionar como o de uma máquina, seu coração ainda era o de um jovem medroso. Ele sentiu palpitações, que dessa vez fizeram seu corpo entrar em um tipo de curto-circuito, afinal Cygens não foram feitos para tais emoções. A velocidade de pensamento desacelerou, e a visão começou a se fechar.

Do cubo, Tsavo fazia o máximo para se comunicar com Juba, instruindo-o a se acalmar. Mas sua ajuda tinha limites, pois ela havia ficado isolada da humanidade por anos. Então, para ela, tudo aquilo era mais uma questão de falta de controle do que qualquer outra coisa. E esse tipo de pensamento não o ajudava em nada.

— Eu sei que preciso aprender a controlar isso. Você não está me ajudando em nada, sabia? — disse Juba para o cubo.

Como agora era um Cygen, mesmo se tivesse em mãos um adesivo contra ansiedade, o item não funcionaria, e, quanto mais nervoso ou ansioso ficava, mais o garoto se sentia perdido.

— Preciso de alguma coisa pra acelerar minhas ideias, Vik. Por favor, me ajuda ou eu vou desligar.

Prestes a ver o amigo em apuros, Vik não hesitou. Apesar de a amizade ser recente, eles já se conheciam o suficiente para ela entender como acalmá-lo. Juba estava com o cubo nas mãos, e a garota foi para perto dele, flutuando com a ajuda do exoesqueleto. Assim que estava ao lado do jovem, colocou a mão no artefato.

— Não sei se pode me entender, Tsavo, mas vamos tentar: você consegue emitir pulsos de 150 BPM, por favor?

— Mesmo sem muito ritmo, a menina bateu as mãos no cubo tentando imitar a frequência que queria. Juba, tocado, acompanhou a amiga, acertando o ritmo e se concentrando também. Empolgada, Vik comandou: — Agora, vai!

A guardiã aprisionada no cubo se concentrou e passou a acompanhar os dois, expandindo o cubo de acordo com a batida que a garota pediu: era a frequência do trap que acalmava Juba.

Não demorou para o menino se apegar ao som, sincronizando-o com os próprios movimentos e com o pulso de Cygen para restabelecer o processamento de ideias. Juba se sentou e olhou para a amiga, sorrindo como alguém que havia encontrado uma parceira que realmente estava ali por ele.

— Tu não dá pra trás mesmo, Vik, te curto demais, mina. Valeu por essa.

Vik sorriu, tensa. Sabia que o pior ainda não tinha passado. Cosme ainda estava desaparecido, mas pelo menos um dos amigos estava bem.

— Desde que me entendo por gente parece que todo mundo que a gente conhece nessa cidade abandonou a gente ou quer que a gente desapareça. Pra mim, é difícil viver com esse sentimento de que não somos nada, sabe? Eu não quero abandonar o Cosme nem você. A gente tem que estar junto pra tudo que aparecer.

— Tamo juntão, Vik. Não vou deixar o Cosme, seja lá onde ele estiver... — O cubo brilhou, se comunicando novamente com Juba. — Tsavo tá dizendo que ele não se perdeu, mas que corre perigo, sim. Ele foi parar na encruzilhada das almas, parece que a gente ainda tem chance de encontrar ele e o Olho Solar.

— É, mas vai ficar bem mais difícil a gente se virar sem ele aqui.

— Foi tu mesma que falou, Vik, a gente não tem escolha, né? Já é ou já era.

Eles se levantaram do chão, onde estavam sentados sob a sombra da grande rocha que os abrigava, e foram em direção ao destacamento. Vik sugeriu que Juba usasse uma viseira com enormes lentes redondas para esconder o olho cygen, único traço que podia delatar de cara sua condição.

— Não esquece que nagastianos odeiam Cygens, hein? Eles vivem em guerra até hoje, então não dá bobeira, mano.

O destacamento dos pilotos, para onde os amigos se dirigiam, ficava bem próximo ao Lago Sagrado do deserto de Adze. Vik aprendeu rapidamente que a energia do exoesqueleto não durava muito tempo, por isso precisou voltar à cadeira. Não existia muita explicação para a existência de um lago verdejante, cristalino e fundo no meio do deserto, a não ser o fato de que o próprio lago era uma divindade precipitada na areia: um orixá, uma deidade, um deus, um orago. As várias tradições que existem ao redor do deserto faziam surgir em peregrinações anuais para beber e se lavar naquelas águas, que também foram o local escolhido pelos nagastianos para dar início à Batalha das Maltas.

Apesar de ter a mente na busca do Olho de Sumé, Vik esticava o pescoço para tentar uma oportunidade de ver a Rainha Hanna no meio do agrupamento das tantas equipes reunidas. "Daquela vez eu estive tão perto...", lamentava-se em pensamento. Estandartes erguiam-se por todos os lados; tambores, espadas e lanças celebrativas de madeira empilhavam-se ao redor de barracas cheias de cor e som.

— As maltas mais importantes ainda não chegaram — comentou Juba quando percebeu os olhares da amiga.

— Acho que são os dias das seletivas, então essas devem ser as equipes que disputam uma chance para entrar na batalha de última hora.

— Bora desenrolar essa história da antena do satélite de transmissão das corridas, depois a gente pode dar um tempo encostado por aqui e, se pá, dá pra encontrar alguns pilotos mais famosos. — Juba também conhecia a fama das batalhas e sabia da importância que aquele encontro teria para Vik.

Nos dias de seletiva, muitos novos corredores, para provar competência, procuravam se mostrar de várias maneiras. E não era apenas correndo que se ganhava fama na Batalha das Maltas. Mecânicos e hackers podiam ser reconhecidos pelas inovações, defesas e armas que conseguiam incorporar nos veículos. Alguns deles trabalhavam de forma independente: eram os acopladores. Eles vinham de todos os lugares de Nagast para oferecer seus serviços, porém nem todos eram confiáveis. A maioria queria mesmo era enriquecer com criptocréditos, o dinheiro digital que valia por ali. Alguns faziam de tudo para isso, inclusive havia golpistas que prometiam invenções para carros, mas, após receberem o dinheiro, desapareciam. Os acopladores aproveitavam os dias que antecediam a batalha para tentar a sorte, pois só nesse período a presença deles era permitida no destacamento.

Vik e Juba atravessavam a multidão e os acampamentos abarrotados de carros e armaduras ornamentadas. Tamanho era o vai e vem no destacamento que dois jovens como eles não chamavam a atenção. Fora de Sumé, era mais comum encontrar pessoas que tinham substituído partes do próprio corpo. Alguns preferiam braços e pernas robotizados, por isso a cadeira de Vik não chamava tanta atenção na multidão. Ela parecia corresponder exatamente às necessidades da garota, adaptando-se à sua movimentação ou se tornando o exoesqueleto quando ela precisava se levantar. Eles foram juntos em direção à antena. Juba estava extasiado com tanta tecnologia criativa: canhões sônicos, bloqueadores de IA, silenciadores de motor, dispositivos de defesas automáticas... Parecia o paraíso para a mente do menino. Sua mente cygen analisava cada dispositivo e conseguia processar melhorias, identificando falhas e reconhecendo os falsos projetos oferecidos por alguns acopladores.

— Vambora, Juba! Cara, olha pra frente!

Quando percebeu o amigo totalmente entretido com as máquinas, a menina o puxou pelo braço. Quando se viraram, ambos trombaram com dois acopladores nagastianos, um homem com braços fortes e uma mulher com pernas torneadas e cabelos longos com mechas coloridas. Eles carregavam suas ferramentas de mecânicos em um cinto com bolsos, usavam óculos e dispositivos comunicadores, além de um cordão de prata com dois machados cruzando-se so-

bre um anel de cobre. A velocidade da batida desalinhou os óculos que escondiam os olhos cygens de Juba. Vik imediatamente percebeu o risco que corriam, então se moveu para a frente do amigo, escondendo-o enquanto ele arrumava os óculos novamente no rosto.

— Por aqui, vem logo — Vik sussurrou, conduzindo Juba para o outro lado.

— Será que eles perceberam? Eu não fui com a cara deles, não sei por quê.

— Cara, eu acho que eles são acopladores que moram no Quilombo de Nagast, aquele que foi criado depois da revolução, saca? Aqueles cordões que eles usavam tinham o símbolo do Quilombo. Essa galera odeia os Cygens, eles perderam muitos amigos nas guerras e, se tivessem percebido que você é um, não nos deixariam escapar.

— Não tô enxergando mais eles por perto, demo o nó neles, acho que tá suave.

Vik acelerou para a porta da antena de transmissão da rede, que era justamente o que mantinha os tecnogriots conectados, transmitindo imagens para todas as cidades que acompanhavam as batalhas. Ela era gigante, de aço blindado, e estava cravada na areia, o teto parecia uma redoma, como as fazendas de Sumé. Do cume, saía uma haste fina e alongada, com uma pequena luz brilhante na ponta para identificação. Dentro da redoma, ficava a base da antena, que era circular e se erguia durante a transmissão.

Juba seguiu poucos metros atrás. Com seu toque cygen, conseguiria desbloquear a entrada e conceder acesso para ambos. Os dois estavam tensos com o que poderiam encontrar ali, mas quando o garoto estava chegando perto da amiga, foi atingido por um forte golpe.

— Aí, passa nada fora da tua mira, hein? — falou o acoplador de braços fortes para a parceira, que havia disparado uma arma de pulsão de ar bem na cabeça do Juba.

— Sem erro, cê sabe. Não dá pra vacilar por aqui, tira os óculos dessa coisa, vamo ver se é isso mesmo.

Vik tentou ir na direção de Juba, mas logo percebeu que estaria sozinha contra dois acopladores armados com munição pesada: granadas de choque, redes magnéticas e lanças de corte a laser. Os caras tinham sangue no olho contra os Cygens e sabiam que eram inimigos difíceis de abater, só não contavam que dessa vez o Cygen em questão fosse só o Juba. O moleque caiu, desnorteado.

— Me deixa, caramba, o que cês querem comigo? — ele gritou e se debateu quando a acopladora o segurou para arrancar seus óculos.

— Sinistro, Zack, olha só. Ele tem olhos de Cygen, a pele dele é fria como a dessas coisas demoníacas, mas é escurinha, e o cabelo é crespo igual o nosso.

— Orra, aquelas coisas devem estar evoluindo e criando seres pra se infiltrar em Nagast. Bora levar essa aberração pro Zero, ele vai saber o que fazer com isso.

Zero era o líder do Quilombo Industrial de Nagast, um contrabandista de carros e armas que fora crucial na revolução contra os Cygens. Era lido como um maluco por muitos, sanguinário por outros, mas tinha se tornado um líder respeitado por todos de Nagast. Havia sido um dos fundadores da Batalha das Maltas e era também o atual piloto campeão, da mesma malta que a Rainha Hanna.

O coração de Juba disparou ao escutar o nome do piloto. Ele sabia que Zero não tinha escrúpulos, provavelmente venderia seu corpo ou tentaria usar partes dele, como os olhos, para construir alguma arma de defesa no Quilombo. Com o pânico, o cérebro do menino começou a paralisar e seus movimentos foram ficando mais lentos, até ele desligar completamente.

    Vik percebeu que os acopladores só queriam o Cygen, mas mesmo assim se escondeu atrás do prédio da antena, com o cubo contendo Tsavo. Ficou observando a cena e os viu carregarem Juba para dentro de um veículo e seguirem em direção ao centro do destacamento. Ela guardou aquela imagem na cabeça: a identificação do veículo tinha luzes neon na lateral e símbolos do Quilombo nas rodas. Quando o carro partiu, ela estava desnorteada, não tinha um plano bem traçado, mas sabia que os carros se reuniriam antes de partir, então foi atrás e, incansavelmente, rodou sozinha por uma hora até alcançar os acampamentos ao redor do Lago Sagrado de Adze, quando a noite começava a cair.

#A SENHORA DA ENCRUZILHADA

— Cosme de Azekel! — Um dos espíritos extraiu dos pensamentos do moleque o nome.

Ele estava imóvel, passando de mão em mão, cada alma sugando um pouquinho da sua mortalidade, tornando o jovem, aos poucos, um moribundo naquela região sem vida. À medida que seu corpo era carregado para dentro das neblinas densas daquele lugar, ficava mais gélido e acinzentado, tornando-se um dos espíritos presos na encruzilhada, onde todos os caminhos para mundos e portais se cruzam. Não existiam deuses ali, e os que já existiram foram consumidos pelo vazio, até deixarem de ser poderosos, tornando-se almas sem nenhum propósito de existência.

Porém, antes da criação do mundo dos mortais, uma anciã havia se estabelecido naquele lugar, na cabana que ninguém conseguia alcançar. Tratava-se da Senhora da Encruzilhada. Ela tinha a aparência de um corvo gigante de três olhos, com manchas brancas e vermelhas na face e penas disformes. Vivia dos pactos que fazia com entidades de outros mundos. Desses acordos ela obtinha poder e influência fora das neblinas. No entanto, não era qualquer espírito ou entidade que conseguia um desses tratos com ela, implacável com os espíritos dos mortais, que quase não têm valor naquele lugar.

— Que frio! Meus braços estão congelados... — sussurrou o garoto com um fio de voz para as almas. Elas seguravam sua pele, e ele sentia uma queimadura gelada cada vez que um pouco de mortalidade escorregava para fora de seu corpo.

Quando parecia que nada mais poderia tirá-lo daquela situação, ele sentiu um calor no peito e viu uma luz afugentar os espíritos. Cosme moveu o pescoço e reparou nos cordões de ouro. "As joias são minha armadura." Com um lampejo de esperança, foi capaz de movimentar o braço e segurar o pingente de ouro pendurado no cordão maior. Assim, sua energia se restaurou o suficiente para que ele se libertasse. Quando estava totalmente livre, viu palavras em Orisi surgir e se multiplicar ao seu redor, e então as proferiu, sentindo a energia se transformando em uma azagaia, uma lança curta com uma ponta a laser amarela como chama de fogo, e um escudo de aço com espinhos elétricos.

— Que isso, o bagulho vai ficar loko agora. — Cosme, que ainda não se sentia tão forte, girou a lança ao redor para espantar as almas que o circulavam e percebeu que as armas invocadas tinham um efeito especial sobre os espíritos opressores: a ponta da lança e os espinhos eram capazes de dilacerar cada um deles.

O garoto também emitia uma pequena aura dourada da pele marrom, pois tinha recebido a bênção dos ancestrais que haviam carregado aquelas armas. Seus golpes começaram a abrir caminho naquela neblina, e a luz emitida por eles iluminou o local. Cada golpe que desferia lhe devolvia o sopro da vida. Nada mais parecia abalar o pequeno guerreiro guardião. Ele, que antes já era destemido, agora sentia-se imbatível.

— Azekel! — Seu nome saiu da boca putrefata de um espírito em um tom de lamento, de medo, como se clamasse por misericórdia, mas foi em vão.

— Agora é pocas ideias pra vocês. — Ele avançou com a azagaia até destruir o último dos espíritos que o perseguia.

Quando não havia mais nenhuma alma penada tentando impedir o seu caminho e apenas a neblina atrapalhava sua visão, Cosme resolveu procurar a cabana que tinha avistado anteriormente. "Deve ter alguma porta pra sair daqui, não tem como! É lá dentro, só pode. No meio desse vazio todo, aquela cabana não existe à toa, boto fé", pensou.

Algumas almas fantasmagóricas ainda atravessavam sua jornada. Ele tinha a sensação de que andava horas a fio no meio do nada. Quando algum espírito tentava se aproximar, Cosme o dizimava com golpes certeiros e seguia em frente. Algumas vezes, percebia que estava andando em círculos, noutras sentia-se inteiramente perdido. Contava com instintos e, ironicamente, com a sorte ou a fé para encontrar a cabana. Às vezes, parecia impossível, uma verdade para a maior parte das pessoas que ousava aparecer na encruzilhada. Aquele local era chamado pelos antigos de "O caminho sem volta, o retorno ao nunca e o fim de todas as andanças".

Após horas intermináveis no meio da neblina, Cosme avistou uma sombra parada adiante, cuja silhueta parecia a de uma pessoa com a cabeça de um leão, o cabelo esvoaçante, olhos brilhando de maneira sinistra, diferente dos fantasmas vistos por ele até aquele momento. Essa presença o encarava de um jeito diferente, parecia ter consciência. De fato, para a infelicidade do menino, quando invocou os Orisis, sua presença deixou de ser uma alma sem valor. Ele levantou o escudo com um braço, segurou firme a lança na outra mão e rumou cauteloso ao encontro da entidade.

— Ó, seja lá quem for aí, se for pra bater de frente, vou até o final pra sair desse inferno.

Quanto mais próximo chegava da figura, mas tinha certeza de que não era uma alma. O corpo parecia cheio de símbolos, o rosto era magro, como o de uma anciã. Algumas argolas de ouro esticavam-lhe o pescoço, a figura até pareceu um ser mortal. Mas o menino não se deixou enganar: sem perder tempo, gritou enfurecido, golpeando o peito daquela coisa com a lança. Ele atravessou a figura com sua azagaia, olhou ao redor e não a viu mais.

— Era só mais um desses malditos fantasmas — pensou alto, sentindo-se aliviado.

Então, alguém tocou seus ombros. Ele se virou, mas não viu ninguém. Sentiu outro toque, virou-se novamente e ela estava lá: a anciã. Golpeou ela novamente e viu que a lança partiu a figura pela cintura. No meio da neblina espessa, várias sombras se aproximaram, todas com a mesma aparência da anciã. Ele atacou uma por uma. Quanto mais atacava, mais imagens dela surgiam. De algum lugar, ouviu a voz rouca da senhora advertindo-o.

— Ainda é possível se cansar aqui nessa encruzilhada, mas não recomendo muito, almas cansadas são consumidas facilmente pela neblina. É isso que a alimenta.

— Quem é você? Nenhuma alma falou comigo até agora... tá a fim de briga? Se é esse teu lance, tenho de montão pra tu.

As imagens da anciã, multiplicadas na neblina, começaram a se integrar. Cosme ficou parado com a lança na mão, preparado para um novo ataque, enquanto observava e era observado.

— Guarde suas armas, meu jovem. Elas não são mais úteis aqui, nem funcionam contra mim. — A sombra se aproximou, revelando sua face mortal, centenária, com grandes dreadlocks, adornados por anéis de cobre, ouro e circuitos eletrônicos. Cosme percebeu que os anéis no pescoço dela também misturavam ouro com aço de máquina e circuitos. Aquela senhora que parecia ter centenas de anos tinha tatuagens místicas e vários dispositivos tecnológicos. Parecia saída de uma das lendas dos malungos. O pai de Cosme contara várias para o moleque. Uma delas era a história de uma sacerdotisa que utilizava dispositivos computacionais para ampliar seus poderes ancestrais. Uma senhora chamada de Oráculo de Nagast. Ela havia liderado o Distrito por séculos, mas depois desapareceu por eras. O garoto reconheceu várias tatuagens e estava quase certo de que era ela, a anciã das lendas que seu pai contava, então baixou a guarda e recolheu as armas.

— Tô ligado quem você é, mas desculpa não conhecer seu vulgo.

— Meu nome não importa, jovem. O que importa é que ninguém invoca um Orisi aqui ou no mundo dos mortais sem despertar o interesse de entidades poderosas. Agora estou aqui para levar sua alma até a Senhora da Encruzilhada. Imagino que você deva ter visto a sombra dela passar, um corvo gigante que estava te observando desde que você fez essas armas surgirem.

O menino pensou por um segundo e se deu conta de que, no meio daquela neblina, suas lembranças ficavam embaçadas, mas tinha reparado, sim, que uma sombra de pássaro estava ao seu lado quando ele imaginara estar perdido, minutos antes.

— Então não adianta baixar a lança agora, né?

— É, você vai precisar bastante dela — respondeu a anciã.

#VOANDO BAIXO

— Tamo envenenado, Cavera.

Quem disse isso foi Trischia, a Hacker da Malta de Ossos. Ela tinha olhos cor de caramelo e usava um batom amarelo, que desenhava o contorno de sua boca e dava volume aos lábios. Trischia ajustava a tela dos capacetes, modificando os desenhos de caveira que apareciam para torná-los mais assustadores. Sua função na Malta era cuidar de toda a parte tecnológica e guiar o piloto da melhor forma possível.

O piloto, Cavera, já estava com o capacete ajustado. Acostumado à rotina da Batalha das Maltas, não via a hora de pilotar a máquina. Mas, por ora, ria e experimentava um modificador de voz, deixando a risada cavernosa.

— É só veneno pra segurar esses cybercapoeiristas e quem mais tiver no caminho. Com os brinquedinhos novos que a gente conseguiu, tecnologia daqueles Cygens, vai sobrar nada, tá ligado?! — Nesse momento, Cavera levou um soco no ombro e olhou para trás, zangado, pronto para confusão.

— Qual é, vacilão?

— Qual é o quê, Cavera? Fica aí abrindo a boca demais antes da Batalha começar e eu que sou vacilão, tio? — Era Ferrugem, o Guardião da equipe, que cuidava da defesa da máquina e tentava garantir que eles se classificassem bem.

Ele tirou o capacete. O cabelo curto raspado nas laterais tinha pontas vermelhas, seu olhar era feroz, parecia ser o mais velho e o mais sangue nos olhos do time. Cavera logo entendeu a mensagem e baixou a bola.

— Cê tem razão... Mas e aí, viu alguma coisa boa pra nóis?

Vik, que escutava tudo escondida atrás de alguns pneus, tinha visto Ferrugem circulando pelo lugar. Ele não era nada discreto e parecia tentar observar as outras Maltas.

— Parece o mesmo de sempre, as principais Maltas são as mesmas. O resto é um monte de zé ruela que não vai sobreviver nem à primeira etapa da Batalha, só ferro-velho com umas artilharias meia-boca, dessa vez encontrei até uns novinhos aqui. Tomara que fiquem longe, ninguém mandou brincar de corrida, se baterem de frente com a gente...

— Vamo passar o carro — completou Cavera. Todos colocaram o capacete e gargalharam.

A menina se afastou. Decidiu não perder mais tempo no destacamento. Aquela era a última noite que permitia a presença dos acopladores. No dia seguinte, as finais das seletivas decidiriam as últimas Maltas que entrariam na disputa pela coroa. Ela ficou atenta a qualquer coisa que pudesse ajudá-la tanto a achar o amigo quanto a encontrar o Olho Solar de Sumé.

O acampamento estava lotado. Algumas fogueiras foram erguidas e tambores, cavacos e pandeiros davam o ritmo aos festejos noturnos. Fora da área das fogueiras, alguns corredores exibiam carros tunados, modelos velozes, magnéticos, blindados e muito charmosos, com luzes neon, gigantescas rodas cromadas, pinturas metalizadas coloridas e motores de última geração que eram originalmente silenciosos, mas foram modificados para roncar como bestas selvagens. Claro que não podia faltar o sistema de som com speakers quânticos e impulsionadores de graves, alguns chegavam a se tornar verdadeiras armas sônicas, mas ali, naquela hora, tocavam os beats mais sinistros.

Um dos corredores era conhecido como Poeta Sintético. Ele tomou o microfone e deu o papo: flow pesado, rimas cheias de *punch lines*, mandando provocações para os outros competidores, o que fazia todos gritarem, rirem e curtirem a vibe daquela noite pré-seletiva final: "Meu flow é pesado, como o pé que acelera nessas estradas da vida, correndo pelas vielas... sem medo, sem erro, sem dó, na Batalha das Maltas, não importa seu porte, perdeu o foco vai cair, sem choro, sem drama, sem sorte".

"Ninguém vai reparar que eu tô vasculhando o destacamento dos pilotos", pensou Vik. Ela era bem esperta e, antes de entrar em cada barraca, procurou o estacionamento dos carros. Se aqueles dois acopladores fossem tentar uma seletiva, precisariam preparar o veículo para a Batalha. Sua cadeira moldou-se como exoesqueleto e ela planava pelo local de pé.

Fora das barracas, quem conseguiu notar que Juba estava tentando se conectar foi Tsavo. O cubo reagiu na bolsa amarrada à cintura de Vik.

— Ei, o que está acontecendo? — A menina só conseguia sentir o cubo se expandindo vagarosamente. — Você sabe onde o Juba tá?

Vik e Tsavo combinaram naquele momento uma forma de comunicação: o cubo se expandiria duas vezes para uma afirmativa e brilharia para chamar a atenção da garota. A entidade aprisionada no cubo cygen guiou a menina até onde Juba estava. No local, aparentemente não havia nada além de uma pilha de ferramentas e peças para veículos ultratecnológicos, motores de propulsão avançados e armas, granadas de luz e de som espalhadas em caixas.

Juba estava imobilizado quando acordou. Seus olhos estavam vendados e ele estava em uma rede, amarrado, longe de qualquer aparato tecnológico que pudesse ser acessado pelos seus poderes. Ele sabia que o cubo estava com Vik, mas também sabia que ela e a onça não conseguiam se comunicar. Ele esperava que estivessem bem.

"E agora?", Juba tentava se acalmar para pensar. Ele não conhecia todos os poderes dos Cygens e procurava entender se havia algo que poderia ajudá-lo. Começou a se concentrar nos sons do lugar. Alguém batia ritmadamente em alguma coisa de metal, e uma broca furava algo. Identificar os sons e separá-los estava ajudando. Quanto mais se acalmava e afastava o pensamento do pânico de sua mente, mais ele percebia algo que não conseguia compreender. Era como se estivesse sentindo a presença de outras Inteligências Artificiais ao seu redor, mas sem poder estabelecer contato.

Não pôde elaborar o pensamento, porque percebeu que Vik estava lá. Começou a se debater para tentar chamar a atenção dela. Ele estava amarrado em um canto, escondido atrás de prateleiras com enormes caixotes por cima.

— Juba? — sussurrou a garota.

É claro que os acopladores não deixariam um arsenal desprotegido. O sussurro dela ativou dois autômatos que pareciam os robôs da Malta de Aço, o grupo liderado por Zero, chefe do Quilombo Industrial em Nagast. "A Malta de Aço. São robôs capoeiristas", deduziu Vik. Ela se adiantou, mas em vez de utilizar golpes da arte marcial dos ancestrais de Nagast, os autômatos ergueram metralhadoras que disparavam pequenas bolas de laser, que ricocheteavam nas paredes e atravessavam matéria orgânica. Eles dispararam na direção em que ela fugira. Uma das bolas passou de raspão no braço da menina, acima da tatuagem feita por Tsavo, e uma gota de sangue escorreu. A dor lembrou Vik da sua frágil condição de mortal. Lutar contra autômatos assassinos era bem diferente de escapulir de tutores da Academia. Ela segurou o ombro quase chorando. Mas algo se agitou dentro dela.

Ela sabia que não podia parar. Juba estava preso e, naquele momento, dependia dela. Cosme também precisava de ajuda. Vik não poderia deixar na mão aqueles que a acolheram e a trataram como igual. Ainda mais depois de todo o tempo que ela passou se sentindo invisível. "Não, eu não sou vacilona", Vik pensou, buscando coragem para agir.

Ela então se moveu, os circuitos nanorrobóticos no exoesqueleto se ativaram, e ela teve a mobilidade acelerada. Seus instintos a faziam desviar, flutuando, dos projéteis ricocheteantes, e, ao mesmo tempo, ela atravessava o barraco, tentando sentir alguma mensagem de Tsavo que a ajudasse a localizar Juba. Vik então girou, baixou o tronco e, sentindo a força nos braços, pegou uma lata pesada de uma prateleira e a arremessou longe para distrair os autômatos que a perseguiam. Percebendo uma movimentação por ali, raciocinou rapidamente: "Essa prateleira se deslocou, deve ter algo aqui".

Acelerou novamente e, dessa vez, investiu o corpo contra a prateleira, que fez um grande barulho, movendo-se lateralmente e revelando Juba, amarrado por baixo dos caixotes. "É isso!" Ela foi para perto do amigo e jogou os caixotes vazios longe para bloquear as bolas de laser.

Os robôs se aproximaram e liberaram uma lâmina a laser, que começou a perfurar e estraçalhar os caixotes, avançando na direção dos dois. Vik tirou as amarras da boca e dos olhos de Juba. Ela não conseguia mais perceber emoções nos olhos digitais do amigo, parecia que a transformação tinha atingido um outro estágio; a mente dele era, cada vez mais, como a de um Cygen. Mesmo assim, ele a encarou por alguns segundos com esperança e com uma confiança que nunca depositara em mais ninguém.

— Atrás, Vik — Juba tentou alertar a menina, mas uma lâmina atravessou o ombro dela, exatamente onde já havia sido atingida. Ela gritou de dor.

— PROTOCOLO DE ANIQUILAÇÃO DE INVASORA. — A voz do sistema de defesa fez os olhos dos autômatos se incendiarem. Um deles manteve o ombro da garota espetado, enquanto o outro transformava os próprios braços em um canhão e ativava o catalisador a laser para incinerar Vik.

A dor, o desespero e o medo de falhar atravessaram o coração dela, mas, simultaneamente, ela sentiu uma fúria mística, e uma espécie de aura de luz branca emanou do seu corpo. O sangue no ombro flutuou da tatuagem. Ela sentiu o braço queimar, como se o desenho estivesse sendo forjado como ferro derretido sobre seu corpo. Vik despertou os poderes do Olho de Sumé contido na tatuagem e entrou em um tipo de transe. A aura tomou conta do corpo da garota, e a íris de seus olhos desapareceu. Na mente ela sentiu as batidas do coração de uma fera de proporções titânicas que parecia ser a origem de toda a luz. Quando o laser do canhão foi disparado, ele atravessou seus ombros e foi para fora.

A luz emanada pela garota cresceu, foi se expandindo em pulsos intermitentes que se tornavam mais velozes e mais fortes, dilatando-se até tomar toda a barraca e explodi-la, causando danos a todos os equipamentos e arremessando longe os autômatos. A energia mística poupou apenas Juba: nenhum vestígio ou destroço causou danos ao amigo. Ainda em transe, ela liberou as mãos de Juba. Em seguida sua aura voltou ao normal, e a luz desapareceu.

— Cê é loka, o que foi isso, mina?

— Sei lá, é a primeira vez que acontece, mas é algo que sai dessa tatuagem que a Tsavo colocou em mim. Por uma fração de segundo eu quase senti como se o Próprio Sumé estivesse aqui. Deve ser alguma proteção do Olho Lunar. O importante é que salvou a gente. — Vik percebeu que a condição de portadora do Olho de Sumé seria mais complexa do que esperava. Ela perdera a consciência durante o ataque, mas tentou não pensar nisso, evitando novas preocupações naquele momento.

— Tá certa, mas peraí... Cuidado! Eles estão se regenerando pra atacar de novo! — Juba viu os restos dos autômatos se aglomerando com força magnética para recuperar o formato e não pensou duas vezes: correu e segurou o crânio de um deles, acessando sua programação central e desativando ambos. — Agora acabou! — exclamou, aliviado.

Eles se abraçaram. A sensação de ser salvo por alguém era nova para o moleque, que só conhecia o escárnio dos colegas. "Que cidade canalha, essa Sumé. No meio de tanta merda, a gente perde a capacidade de sentir que existe alguém pra apoiar a gente de verdade."

— A gente precisa correr, Juba! Aqueles dois acopladores vão voltar depois dessa bagunça. Devem estar ligados, de olho no sistema de defesa.

— Boto fé, vamo aqui por trás. — O garoto levou Vik para o fundo da barraca, abriu uma das portas protegidas por codificação, e os olhos dela se encheram com a visão mais maravilhosa que ela poderia ter depois daquele momento horrível.

— É isso mesmo que tô pensando, Juba?

Os acopladores tinham projetado um carro para a Batalha das Maltas que estavam escondendo para a última seletiva. O veículo tinha faróis de centelha que ofuscavam os oponentes, motor ultrasilencioso de combustão sônica e rodas de polímero resistente a qualquer rochedo.

— Vai precisar de umas melhorias, eu sinto as falhas do sistema, mas vai ser útil pra gente desaparecer daqui e dar o troco nesse bando de vacilões.

O garoto se aproximou e, com seu toque de Cygen, conseguiu destruir as travas e acessar as chaves de controle do veículo.

— Acho que vamos precisar de uma piloto... manja onde tem uma por aí?

— Eu sempre falei que dirigia melhor do que qualquer IA.

— Bora testá, mina.

— Mas será que eu consigo?

Antes que a dúvida se instalasse, o exoesqueleto de Vik se modificou novamente: nanorrobôs envolveram suas pernas, subindo como um fio pelas costas da menina até os ombros, transformando-se em luvas de piloto e, por fim, cobrindo a cabeça com um capacete estilizado, colorido e vibrante como a personalidade da garota. A coroa atravessada pela espada de fogo surgiu na parte mais alta, brilhando quase como um holograma.

— Eita, sinistro! Malandra que visual louco esse, Vik! — Juba ficou atônito com a roupa de piloto da amiga e entendeu que o Salão do Destino já havia previsto grande parte dos seus passos.

Motivada pela transformação, ela não perdeu tempo e se ajustou ao banco do carro. Os nanorrobôs dos pés logo se integraram ao sistema de câmbio digital do veículo. Ela escorregou os dedos pelo volante de formato horizontal, com as bordas maiores, como asas de borboleta. Vik estava maravilhada, sentia-se pertencente e pronta. Ela se lembrou do pai de repente, de como ele dizia para evitar riscos que desafiassem a ordem natural das coisas. O medo a atingiu como um grande peso sobre os ombros. "É mais fácil agir quando tudo fica no mundo dos sonhos." Juba percebeu uma breve insegurança e entendeu o que aquilo significava. Esticou as mãos sobre as da amiga, como se carregasse junto um pouco daquela aflição, e reforçou os dedos dela no volante.

— Obrigado por me salvar, Vik. Sem você a gente nem tinha começado tudo isso. — As palavras conseguiram rasgar a insegurança da menina ao meio.

— Ainda não terminamos, Juba. Só me agradeça quando estivermos todos juntos de novo. Senta aí, eu consigo! — Os nanorrobôs obedeceram ao controle do veículo, que reagiu instantaneamente.

NOVA PILOTO IDENTIFICADA, VIK. A mensagem surgiu no painel. Os vidros do carro estavam escuros, mas, quando o motor roncou, o modo translúcido foi ativado e ela pôde enxergar o caminho para fora dali. Vik assumiu o volante, deu partida e, pela primeira vez em muito tempo, sentiu-se viva. Tinha total controle do movimento dos pedais e do volante. Sentia o carro e acelerava sempre que via a oportunidade. Por baixo do capacete exibia um sorriso satisfeito, parecia que ninguém a pararia. Nem mesmo o pai.

Vik aprendera a dirigir em simuladores de corrida das Batalhas das Maltas. Contra a vontade do pai, baixara os modelos de modo clandestino e aprendera a lidar com pistas retas e sinuosas, fizesse chuva, sol, garoa ou tempestade. Entre uma leitura e outra durante os estudos da Academia, Vik arranjava tempo para se atualizar sobre os mais novos painéis de carros das Batalhas das Maltas. Não havia nada daquele mundo que ela não conhecesse. Apesar de já ter desistido de pegar no volante de um carro por causa da cadeira, ela estaria pronta se precisasse. E estava — Juba era a prova.

Com essa certeza, mesmo que momentânea, em mente, ela segurou o câmbio com firmeza, sentindo a rotação do motor com facilidade, e saiu rasgando em velocidade pelo deserto para longe do centro do destacamento.

#PELA GLÓRIA DE SUMÉ

Araquém se banqueteava com doce de cupuaçu, sua sobremesa favorita, após ter comido grandes lascas de porco assado, com molho agridoce e suco de cajá. Os pratos estavam perfeitamente adornados ao seu redor, feitos pelo chefe de cozinha da Mansão. A mesa era de madeira natural envernizada e tinha cadeiras para oito pessoas, porém o integrante do Conselho dos Cardeais comia sozinho, como preferia. A sala era repleta de janelas e, em uma delas, as imagens do centro de Sumé sendo reerguido depois da confusão estava aparente. Era entre uma garfada e outra que ele maquinava suas manipulações na Cidade-Complexo. Seus métodos de persuasão eram bastante agressivos e intimidadores, o que conferia a ele o status de chefe informal do Conselho. Todos os outros deviam-lhe favores ou simplesmente tinham medo de confrontá-lo.

— Conselheiro, desculpe interrompê-lo, mas tenho notícias sobre os jovens que invadiram o Salão do Destino — disse um Cardeal que se aproximou.

Pela patente exibida na vestimenta, classificada de acordo com a quantidade de pedras de jade incrustadas no ombro, Araquém o reconheceu imediatamente como o Comandante Geral da força policial de Cardeais. Ele segurava uma pequena esfera de aço e a lançou ao lado da mesa de Araquém. Ela parou no ar, bem entre os dois, e projetou as informações já conhecidas dos três jovens: nome, onde moravam, nome dos pais, entre outras informações.

— Espero que não me traga indigestão com suas palavras, nossa Cidade-Complexo depende das informações que conseguirmos.

— Sim, nosso sistema de defesa identificou todos os outros jovens no Palácio de Ygareté, e, como mandado, fomos atrás dos seus pais. O primeiro é Juliano Danso, filho de um casal de comerciantes de peças tecnológicas e sistemas de IA, eles não sabem nada sobre o próprio filho, não estavam em casa e nem sabiam que o garoto tinha amigos. — O Cardeal respirou antes de continuar, prevendo a fúria de Araquém com o que diria. — O problema está nos dispositivos computacionais do garoto.

— Ora, não vá me dizer que o pirralho fazia parte de alguma força rebelde. Essas pragas estão se espalhando e infectando até as crianças, a gente já mostrou por muito tempo a face da piedade de Sumé, precisamos ensiná-los a força da violência.

— Não, não, Conselheiro. O problema é o que não achamos: o menino desenvolveu uma criptografia própria. Se ele acessava nossa rede, era como um fantasma, não deixava rastros. É um hacker, não temos como ler as mensagens ou rastrear os equipamentos. É como se ele estivesse o tempo todo sentado na cadeira no quarto.

Araquém se levantou com velocidade, empurrou a cadeira e a mesa, os pratos balançaram e um dos copos se espatifou no chão. As feições do homem não eram nada agradáveis, chegando a amedrontar o mensageiro.

— Os melhores Cardeais dessa Cidade-Complexo não conseguem quebrar a criptografia de um moleque mimado que vivia sozinho?

— Estamos trabalhando nisso agora, senhor. Só peço um pouco mais de tempo. Mas veja, pelo menos temos informações sobre o segundo garoto, Cosme de Azekel. Esse sempre foi problema: segundo os tutores da Academia, é um desajustado e provavelmente a mente por trás de toda essa contravenção. O pai era nagastiano.

O símbolo Orisi do Salão do Destino surgiu no holograma, e as peças começaram a se juntar na mente do Conselheiro. Os filhos legítimos de Sumé haviam utilizado a linguagem dos ancestrais de Nagast para selar o templo. Eles acreditavam que qualquer criança capaz de decifrar esse código seria reconhecida como um prodígio pelo sistema de ensino da Academia. Era como eles pensavam que se protegeriam, mas não contavam com um jovem desacreditado. O silêncio do superior enervava o comandante, por isso ele continuou:

— O pai do menino já está morto, e a mãe sobrevive com a ajuda de uma senhora em Sumé, são praticamente duas idosas. Elas não têm ideia do envolvimento do moleque com qualquer força rebelde.

— Se ele é descendente de Nagast, ele é rebelde por natureza. O mais perigoso entre todos. Faça uma busca na casa dele, destrua o que for possível, encontre qualquer coisa que possa parecer uma relíquia. Esse povo conta histórias onde não se escreve, nós precisamos aprender a lê-las.

— Tem mais uma, Victória Luena, a filha de um devoto de Sumé. A menina perdeu os movimentos das pernas ainda nova, aparentemente ela nunca deu problema, não parece ser uma ameaça. O pai veio até nós, disse que reconheceu na filha uma mensagem do Pai-Fundador. — A imagem de Arthur e de Victória foi projetada pela esfera metálica.

— E qual mensagem esse homem acredita ter recebido de Sumé, que eu, um dos Filhos Legítimos, não teria recebido antes?

— Ele diz que ela foi acometida por essa doença como um aviso para todos os sumerianos, sobre como deveriam dobrar seus joelhos e ser mais fiéis às leis do Compêndio de Wyra. — O Conselheiro esboçou um sorriso.

— Bem, em tempos difíceis alguns homens se apresentam para serem aprimorados pela fé. Quero saber até onde esse propósito é vigoroso. Precisamos acelerar o projeto das Charias — comandou Araquém em um tom que encerrava a conversa.

— Eles estarão prontos muito em breve, senhor.

Os Cardeais estavam tentando controlar os espíritos abadons nos dois sobreviventes do Salão do Destino, construindo armaduras tecnológicas para manter a consciência dos meninos enquanto estivessem com os espíritos no corpo.

O Conselheiro voltou a aproveitar a sobremesa e a observar as movimentações dos Cardeais pela tela na janela. Para Araquém era apenas uma questão de tempo até que o controle da Cidade-Complexo fosse restaurado. Enquanto ele comia, a projeção da Suserana Djalô, criada por IA, era transmitida aos sumerianos.

"Não temam! A nossa Cidade-Complexo está em paz, os Cardeais enfrentaram uma pequena turbulência no Palácio. Infelizmente, vocês sentiram, e isso acabou atrasando as celebrações do nosso sagrado Dia da Escolha. O sistema de segurança está de volta e, em breve, iniciaremos o rito para que a Glória de Sumé seja mantida com a escolha das novas gerações."

#DOMINANDO O ORISI

A anciã se aproximou de Cosme. Quando ela caminhava, a neblina se abria e uma pequena luz acinzentada a rodeava. Ela confirmou que ele precisaria da lança, mas não para atacá-la.

— Eu não sou sua inimiga. Para salvar meu povo, fiz um pacto com aquele corvo, a Senhora da Encruzilhada, e hoje sou sua mensageira, trabalho a seu comando por toda a eternidade.

— Tá doida, tia? Pra que tu fez um acordo desse? É zoado demais! — Cosme recolheu a arma e prestou atenção.

— Era a única alternativa. Minha alma já estava encomendada, e meus poderes iriam com ela para a criatura que comandava o exército dos Cygens contra meu povo...

— ...em Nagast. Eu tô ligado, meu pai contou várias histórias dessa galera, os malungos, né? — A mensageira da encruzilhada se espantou novamente com as artimanhas do destino, ao perceber que estava diante de um descendente de Nagast.

— Pois bem, criança, todos os poderes que tenho aqui nascem e acabam com aquele corvo. Ela é dona da minha existência, mas ainda tenho alguns truques que posso ensinar, como o controle do Orisi, uma linguagem criada pelos ancestrais e ensinada a um grupo muito especial de mortais para manter a paz e a harmonia entre os mundos. Com a guerra que começou em Nagast, os Cygens assassinaram todos os sacerdotes, oráculos e mestres de Orisi, eu fui uma das únicas sobreviventes, até o surgimento de um poderoso mestre no meu Distrito. — A anciã analisou Cosme com um olhar preocupado e curioso. — Acho que nenhum outro oráculo poderia prever que um rapazinho como você despertaria esses poderes.

— Qual é? Vai me tirar agora? Tá vacilando demais pra quem veio de Nagast.

— Jovens nunca entendem... Garoto, me escute. Tudo o que acontece está conectado. O que acontece no mundo dos mortais é refletido no mundo dos ancestrais e vice-versa. Seu Orisi significa alguma desordem a caminho.

— Isso quer dizer muita treta, né?

— Talvez, mas também uma oportunidade. No passado, nosso povo foi empurrado para um mundo desordenado, destruíram nossa identidade, tentaram acabar com nossa cultura, juntaram pessoas de regiões diferentes, que falavam idiomas diferentes, apenas para gerar conflito. Foi exatamente no meio dessa desordem que preparamos a resistência e promovemos uma revolução. Se há pessoas, em ambos os mundos, que sabem sobreviver em uma desordem, é o nosso povo. Agora, veja só: a sua lança criada por Orisi é uma perturbação nessa encruzilhada, ela repele toda energia fantasmagórica, dilacera e, por isso, é capaz de destruir a magia daqui.

A anciã fez um movimento com as mãos e apontou uma direção qualquer, impossível de identificar no meio da neblina. A fumaça se dissipou na direção que ela indicou e, ao longe, a cabana surgiu. Velha, madeira escurecida, envolta por lodo e com uma cerca de arame farpado. Cosme se lembrava exatamente daquela visão, era a cabana que pretendia alcançar.

— É a morada da Senhora da Encruzilhada — a anciã explicou ao garoto.

— Vou furar ela toda —respondeu Cosme, se achando o maioral.
— Você seria estraçalhado, rapaz. Seus poderes são impressionantes, mas não deixe que eles ofusquem seu bom senso. Querido, veja se me entende, existem outros seres poderosos por aí, lembre-se sempre disso. Alguns infinitamente mais fortes, quase como divindades. — Cosme bufou para essa palavra, mas entendeu o que ela queria dizer. — Vou criar uma distração para o corvo, e você invade a cabana. Lá você vai encontrar uma porta com muitos cadeados. Procure o que tem o meu nome gravado e destrua o cadeado, isso vai me libertar do pacto. Faça isso por mim, e eu enviarei você de volta para casa.

"Não deve ser só isso, tipo, chego lá e quebro um cadeado", pensou o garoto. Ele encarou a senhora:
— Vou passar sufoco, né? O que tem lá?
— Você encontrará o maior e mais amedrontador de seus inimigos. — Um silêncio se fez quando os olhares deles se cruzaram por alguns segundos, mas ela continuou: — Aprendi a acreditar no poder que os jovens têm de mudar a realidade. Você conseguirá, apenas não esqueça meu nome, criança.
— Só dizer, tia.
— Eu sou Moss.

Cosme ficou impactado, pois agora tinha a certeza de estar diante do Oráculo de Nagast — a lendária criadora dos malungos — e se pegou pensando nessas ironias do destino: aquela lenda precisava do moleque para existir. Isso era exatamente como ele pensava que deveria ser a vida, afinal as divindades só existem pois os homens insistem em contar suas histórias.

#A ÚNICA ESCOLHA POSSÍVEL

Vik atravessava o deserto levantando poeira, atropelando pedregulhos, deslizando na areia em alta velocidade.

— Uma rocha, Vik, desvia... — Juba gritava, desesperado com qualquer movimento mais brusco.

Ele se agarrou ao gancho magnético do teto e ajustou os cintos de pressão e segurança do banco, quase se esquecendo de que segurava o cubo de Tsavo. O garoto se encolhia no banco, sua aflição era visível para Vik.

— Tô vendo, cara. Eu não vou matar a gente, fica tranquilo! Tô no comando aqui.

Ela sentia que tinha nascido para o volante e, agora que estava ainda mais hábil por causa dos reflexos amplificados que ganhara de Sumé, sabia exatamente o que fazer e como se movimentar, mas ainda persistia nela a insegurança sobre o que era realmente capaz: até onde poderia acelerar e quanto conseguiria controlar o veículo naquela velocidade. Sempre que ela se questionava, derrapava. Na primeira vez que ela tentou uma curva, não parecia tão difícil contorná-la, pois era uma curva bem aberta.

"Caraca, eu tô mesmo dirigindo essa máquina? Eu disse que seria a melhor piloto que existe, mas... será que sou mesmo?", ela pensou e entendeu que, de fato, qualquer ideia é muito mais interessante quando fica no plano dos sonhos, mas a realidade tem implicações pesadas demais, o que ela percebeu bem na hora da curva. A máquina derrapou e saiu da rota. Com a velocidade absurda em que estava, atravessou um banco de areia, e o atrito fez o veículo desacelerar. O motor sônico criou um vendaval de areia, Vik se assustou e se atrapalhou com os controles. Juba resolveu tocar nos comandos do painel, mas os dois começaram a se esbarrar.

— Deixa comigo, relaxa. Vai, deixa… — disseram juntos quase a mesma coisa, enquanto se estapeavam para desligar os motores. Vik acertou uma cotovelada na testa de Juba.

— Orra, qual é, mina?

— Desculpa, foi sem querer, Juba. — Envergonhada, ela começou a prestar mais atenção aos movimentos. Eles saíram do carro e começaram a observar até onde o veículo estava enterrado na areia.

— O que rolou aqui, Vik? — Juba tentou entender sem parecer que estava julgando a amiga.

— Acho que vacilei, pensei besteira e perdi a concentração.

— Não desacredita, não! Cê sabe que é a melhor que nós temos, não sabe? Mas aí, sério, amanhã cedo é a seletiva da Batalha das Maltas, e isso significa que a gente não vai mais conseguir rodar por aí procurando o Olho de Sumé. Aquele plano de usar o satélite não vira mais, tá ligada?

— Tô ligada. — O som de vários tecnogriots surgiu. Deu para perceber que estavam distantes, mas se aproximavam rapidamente. Juba pegou os óculos digitais e cobriu os olhos de Cygen.

— Corre, Vik, corre… — Como sempre, o primeiro ímpeto do menino era de fuga, se esconder. Ele passou para a traseira do carro e deu o primeiro passo para se afastar, mas foi impedido pela amiga.

— Calma, Juba, confia em mim, pô! Eles não vão fazer mal dessa vez.

Os drones passaram sobrevoando o carro, eram centenas deles. Estavam se espalhando por todos os cantos do deserto de Adze para transmitir a competição. Parecia que não tinham notado os dois jovens com o carro meio soterrado, mas, minutos depois, dois drones se aproximaram. O coração do menino acelerou mais que um carro de batalha e quase pulou para fora da boca. Os tecnogriots escanearam o veículo.

— MALTA NÃO IDENTIFICADA. RESTAURAR ACESSO AO VEÍCULO.

Os artefatos de escaneamento emitiram pulsos magnéticos que estremeceram o veículo de Vik, até afastar o último vestígio de areia que encobria a máquina.

— PROCURANDO PILOTO. — Os drones circularam os amigos. — IDENTIFICAÇÃO...

A menina encarou Juba como se dissesse com os olhos "vem comigo" e se comunicou com os tecnogriots.

— Eu sou a piloto, Vik Luena.

— PILOTO IDENTIFICADO.

Os drones coletaram e registraram as informações do motor do carro e partiram, seguindo os demais tecnogriots. Juba se aproximou, encostou na amiga e sorriu.

— Que isso, Vik? Tá tirando onda?

— Foi a única forma de escapar, Juba. O deserto vai ser tomado por essas coisas agora.

— Acho que tô sacando sua parada. A única saída que a gente tem pra encontrar o Olho Solar é competindo na Batalha das Maltas. Vixe, tu não marca bobeira, hein,

Vik? — Juba percebeu pelo olhar dela que a ideia já estava formada. — Olha, eu sei uma forma de rastrear essa relíquia. Quando você explodiu aqueles robôs, minha mente processou várias informações da energia deles, deve ser bem parecida com a do Olho que a gente precisa encontrar. Eu consigo programar um algoritmo pra identificar ela pelo sistema computacional do carro. Se sobrevivermos à seletiva, a gente vai conseguir rodar o deserto de Adze pra identificar a localização do outro Olho de Sumé.

— O que Cosme diria nessa hora, tem alguma ideia? — Mesmo distante, a memória do amigo mantinha o grupo unido: os dois imaginavam que ele diria alguma coisa inusitada ou uma frase de incentivo que faria tudo parecer mais fácil.

— É nóis por nóis... — A menina já conhecia o outro amigo o suficiente para completar a frase com Juba: — e tudo pra nóis!

Vik ligou os motores novamente. Àquela hora da noite, apenas os pirilampos circulavam pelas estradas, iluminando o caminho para fora do destacamento. Existiam pontos de apoio para pilotos em toda a extensão de Adze e era exatamente para um desses postos avançados que Vik se dirigia. Para disputar a seletiva da Batalha das Maltas, eles precisariam abastecer o veículo com o combustível ativador do motor de combustão sônica.

— Consegue hackear alguns criptocréditos, Juba?

— Consigo, mas essas moedas são difíceis e demoradas de processar, só dou conta de arrumar um pouquinho. Agora, de repente, assim... se eu passar mais tempo processando ou conseguir uma fonte de energia mais potente...

— Sem chance, mano. Vamos precisar pra agora mesmo.

— Então vou começar agora, assim acho que dou conta de conseguir pelo menos o suficiente pra abastecer essa máquina e, se pá, dar um visual novo pra gente não ser reconhecido por aqueles acopladores, se ainda tiverem por aí.

Juba desejava ter acesso à tecnologia nanorrobótica capaz de moldar o próprio formato de acordo com o toque cygen, mas infelizmente não existia nada disponível naquele momento, apenas o cubo de Tsavo, e eles não se desfariam dele, então conseguiram criptocréditos suficientes apenas para uma pintura cinza fosca. "Vai servir, tá belê", pensou o menino. Eles adormeceram no veículo se preparando em sonhos para a corrida mais perigosa de suas vidas.

O estresse dos últimos acontecimentos os deixou tão cansados que nem repararam na hora. Metade do dia havia se passado quando a garota acordou. Havia muito barulho no posto avançado: motores acelerados, pilotos correndo em direção aos veículos, um vai e vem danado.

— Bora, Juba, acorda! Vai começar. — O menino acordou com o berro de Vik na orelha, quase teve um infarto, seus olhos ficaram vermelhos de raiva e assustaram um pouco a amiga, que recuou.

Depois de se desculpar e pedir para que Vik nunca mais gritasse com ele, o menino fez uma vistoria no veículo, ajustando os últimos códigos de defesa para a IA.

— Acelera essa fita então, vamos pro destacamento.

Vik atravessou as areias em direção ao centro de destacamento novamente. Uma centena de carros congestionava a entrada, dificultando a travessia. Existia todo tipo de blindagem, porém as que faziam mais sucesso eram feitas com chumbo e lata. Os carros pareciam verdadeiros monstros. Tinham aparência de velharia, mas escondiam alta tecnologia debaixo de camadas espessas de lata.

    Havia um grande telão no céu, projetado por drones, que mostrava todos os competidores empilhados no deserto, esperando pela última chance de participar da Batalha das Maltas. Além da tela, drones carregavam caixas de som potentes, capazes de transmitir música com qualidade de definição até o fim de Adze. O batidão comia solto, pancada atrás de pancada, recebendo os competidores durante a tarde. Juba acompanhava com o pé e com os dedos o ritmo, superempolgado com o som. Alguns veículos se esforçavam para fazer o ronco dos motores se destacar. Os pilotos se encaravam, se apontavam, se ameaçavam.

    — Vai passar nada, tiozão — gritou um, com capacete de palhaço.

    — Vô arrancar o sorriso dessa cara feia, velho. Vai marcando com essa lata na minha frente pá tu ver — respondeu outro.

    As equipes tinham até o cair da noite para se reunir e ajustar os últimos preparativos dos carros e das defesas digitais. Essa espera até a largada era o período em que o maior número de sabotagens poderia acontecer. Juba e Vik tentavam passar despercebidos entre tantas máquinas e equipes. O menino pegou na mão da amiga.

    — Essa parada é séria mesmo, né?

    Ela sorriu, concordando. Era um sonho estar ali, nunca que seus pais permitiriam e nem ela acreditava que conseguiria. Estava muito feliz, mas a lembrança de Cosme estava na cabeça dela. O jovem malungo olhava e tocava Vik com um carinho especial demais para ela. Seu coração se derretia todo com o jeito ousado do amigo, ele fazia muita falta.

— Ia ser melhor com o Cosme aqui, ele saberia o que responder se um desses babacas tentar tirar com a nossa cara.

— Real, ele ia mandar o papo.

— Vamos responder na pista, então, Juba.

Enquanto ela falava com o Cybergenizado, os dois acopladores que o haviam raptado passaram ao lado deles. Ela se escondeu.

— São eles! — falou e apontou para os perseguidores.

Juba entrou rapidamente no veículo e ficou bem escondido atrás dos vidros escuros. — Se liga, a gente não vai poder ficar andando por aqui, é perigoso demais.

Ao entrar no veículo, Juba reparou em algo muito estranho: o painel digital estava completamente desconfigurado. Ele tocou no painel e com seus poderes de Cygen sentiu uma peça nova no veículo, então pediu para a amiga olhar debaixo das rodas traseiras, onde ela encontrou um chip implantado que estava infectando a IA da máquina.

— Eita, esses caras são ligeiros, já tão tentando tirar a gente da competição. Alguém deixou isso pra ferrar com nosso carro — comentou Juba, impressionado.

— Fica esperto, então. Daqui a pouco começam a convocar os primeiros carros pra largada.

Quando a tardezinha deu lugar aos primeiros raios lunares, o telão se acendeu novamente. Uma mulher armada até os dentes, com o cabelo liso e alongado, surgiu na tela. O letreiro mostrava seu nome: Keisha.

— Não vou perder o tempo precioso de vocês aqui, então serei breve. Escutem. A Batalha das Maltas revela os melhores dos melhores entre pilotos, guardiões e hackers. Gente que vive desacreditada, que tava até na merda, tem que entender que tem algo especial dentro de si, a capacidade de ferrar com quem tenta ferrar com vocês! — Ela falava com firmeza, estimulando a galera.

A multidão foi à loucura com as últimas palavras. Nagastianos ou sumerianos, todos que estavam ali compartilhavam uma realidade mais dura do que as elites de cada cidade ou distrito. Keisha continuou:

— Mas... calma! Aguenta aí, galera. Eu disse que um de vocês merecia estar aqui, mas só tô vendo um punhado de lata velha pronta pra se arrebentar toda. Ainda tem um caminho longo pra participar da Batalha das Maltas. Esta noite será a última seletiva, a última chance pra dez equipes provarem que não são zé povinho. — O discurso foi interrompido por gritos de animação e roncos de carro. Keisha sorriu e continuou. — Cês têm que vencer na marra, sem caô, sem vacilo. Pra entrar na batalha, vocês vão correr no deserto, sem luz, sem esperança, sem porcaria nenhuma, exatamente como a gente correu na revolução de Nagast para derrubar a maldita muralha dos Cygens.

Na menção aos androides, as vaias começaram. Juba se encolheu, baixando a cabeça e segurando a lateral dos óculos. Ele sentiu o coração dar uma batida a menos quando notou que Vik, empolgada com o discurso, parecia se preparar para fazer coro. Felizmente, a garota só estava animada mesmo e não falou nada.

Lá na frente, a mestre de cerimônia continuou:

— Se dobrar o volante errado, já era. Se tropeçar em uma das armadilhas na areia, já era. Se trombar com um dos nossos robôs, já era. Ninguém vai facilitar esse jogo, então podem derrubar essa postura fajuta de bandido, quero ver quem sustenta a bronca depois da linha de chegada. Boa sorte pra todos e que vença a melhor Malta!

As provocações recomeçaram entre os pilotos. Juba olhou ao redor, percebeu algumas pessoas observando sua equipe desfalcada e imediatamente ficou aflito, se desconectando da lógica cygen. "Eles vão perceber que não temos guardião, vão vir nos derrubar primeiro." Mas não conseguiu elaborar esse medo todo, porque Vik, já dentro do carro, bateu na lateral do veículo e o chamou com uma empolgação que só um piloto de primeira viagem tinha. Juba sorriu, o medo foi esquecido, e o desafio, aceito.

Os motores foram ligados e uma grande roda se abriu, com carros acelerando em círculo. Cada carro tocava uma música diferente: trap, rap e funk se misturavam exatamente como na noite do ataque histórico da revolução de Nagast. Alguns guardiões subiram nos carros, prenderam seus pés com magnetismo e seguraram escudos, pistolas e canhões. Vik percebeu a agitação do amigo e perguntou:

— Que tá pegando, Juba?

— Pesado demais, Vik. Eita! Só tem lugar pra dez equipes, mas tô vendo centenas aqui.

— Se concentra, que a gente não tá em tanta desvantagem assim. Você consegue sentir se algum carro tiver conectado na rede ou transmitindo algo? — Juba respondeu que sim com a cabeça. — Então você vai ser nosso guia, falô? Coloca seu fone, foca em proteger a gente, me avisa do que estiver por perto, procura armadilhas e qualquer coisa pelo caminho. Eu dou conta de chegar lá.

— Chega de papo furado — gritou Keisha. — Liguem essas velharias, vamos ver se elas sobrevivem até o outro lado do deserto de Adze.

Muitos gritos foram dados em resposta. Os drones sinalizaram uma contagem regressiva. Vik ligou a máquina. "Não adianta correr agora, vamos passar pelo meio." Quando os primeiros carros partiram, ela ficou parada no lugar. Juba olhou para ela e percebeu que estava tranquila, então entendeu que era parte do plano. Foi uma estratégia arriscada: os veículos que vinham por trás explodiam os combustores dos motores, aceleravam levantando terra e poeira e arrebentando pedras pelo caminho com suas rodas de aço e carbono alterado, eram como lâminas no solo. Outros quase nem tocavam o chão, devido aos propulsores magnéticos, empurrando a areia em alta velocidade. Eles cortavam a lateral dos carros mais lentos, criando um vácuo que desestabilizava os oponentes. O carro de Vik vibrava e balançava de um lado para o outro, ela controlava o volante para restabelecer o eixo e evitar que outro veículo os atropelasse. Nenhum corredor queria ser eliminado no começo da Batalha, por isso também evitavam atingi-los naquele momento. Ela esperou mais alguns momentos.

— Agora! — gritou a menina, quando achou estar no meio dos veículos. — Segura, Juba, vambora!

O carro rasgou a noite no deserto.

#A SOMBRA DO PASSADO

Cosme caminhou em direção à cabana por um bom tempo. Olhava ao redor e só enxergava a neblina espessa, fria e mórbida da encruzilhada. Foi se aproximando e o solo foi ficando pantanoso, escuro, parecia um lodo. Moss ficou para trás, ela não podia enfrentar a dona de sua alma por causa do pacto que selara no passado. Um crocitar de corvo soou na neblina sombria, atravessou os ouvidos do menino e congelou sua alma.

— Som sinistro pra caramba, cê é loko! Deve ser o caminho, né? Será que quanto mais perto da saída, mais perigoso fica? — O garoto estava impressionado.

O que ele ouviu foi um grito desafinado, como o som de garras arranhando vidro. A sabedoria das ruas de Sumé havia ensinado ao moleque que nada vem fácil, por isso ele já tinha se preparado para o pior. Ele seguiu e, por sorte, a Senhora da Encruzilhada ainda não o observava, só deixara sua sombra espalhada, na forma de outros corvos de três olhos, rondando o local.

Os corvos voavam em círculos no alto da cabana, afastando qualquer alma atrevida que pudesse tentar invadir os domínios de sua senhora. Cosme segurou o colar de ouro e algumas palavras Orisi surgiram em sua mente. Ele começou a movimentar as mãos e desenhar Orisis no ar. Os símbolos brilharam e se transformaram novamente na lança e no escudo dos ancestrais. Ao chegar à entrada da cabana, os corvos precipitaram-se em um ataque simultâneo para espantá-lo. O rapaz os afugentou destemidamente com os golpes da azagaia que lhes rasgava os corpos sombrios.

— Sumam daqui, sombras lazarentas! — gritava, enquanto golpeava uma a uma.

As sombras se dividiam e se espalhavam pela neblina, retornando ao encontro de sua Senhora. Cosme abriu a cerca e deu o primeiro passo. Sentiu o peso de todas as péssimas escolhas que fizera na vida dificultando o movimento de seus pés. Aquele solo lodoso tinha a maldição de, como um pântano, carregar para o fundo a pessoa que o atravessava, mas fazia isso com o peso do ressentimento que ela carregava.

Os passos seguintes ficavam cada vez mais pesados. Muitas lembranças ruins passaram pela mente de Cosme. As torturas e a doutrinação dos tutores de Sumé ressurgiam, e ele rememorava cada frase ríspida que ouvira enquanto tentava caminhar:

"Você é um incompetente, vamos educá-lo sob nossas diretrizes mais rígidas."

"Se trabalharmos com o máximo de rigor, você poderá, ao menos, herdar uma posição entre os mais medíocres moradores de nossa Cidade-Complexo, o que será muito maior do que a posição que seu falecido pai herdou."

"Essa revolta vai enterrá-lo da mesma forma que enterrou o seu pai, seu desajustado! Abandone essa postura inútil e aceite o que estamos lhe oferecendo tão generosamente."

Cosme era um moleque ousado, difícil de dobrar, obstinado na própria consciência, mas era ainda muito jovem, então cada frase maldosa que ouvia arrancava dele um pedaço, que ele fingia não existir. Ele se fragilizava muito principalmente quando falavam de seu pai. Era um assunto tão doloroso que ele o tinha trancado a sete chaves, tanto que o menino era incapaz de conversar sobre isso até com a própria mãe. Nos dias que sabiam serem importantes para a memória que tinham dele, ambos só se olhavam e se recolhiam à própria tristeza.

A distância entre a cerca e a porta da cabana havia parecido bem menor antes do primeiro passo. "Melhor eu voltar. Vou parar por aqui, deve ter outra forma de sair dessa encruzilhada." Ele ameaçou parar, mas nessa hora sentiu o pé afundar um pouco mais e lembrou de seu corpo desfalecendo ao ser sugado pelos espíritos perdidos daquele lugar.

"Nem ferrando, pô..."

Moss tinha uma sabedoria especial para reconhecer o potencial e a humanidade dos jovens que encontrava. E ela sabia que existia algo poderoso em Cosme que o tornava capaz de enfrentar o lodo da cabana. Percebia o fogo no olhar dele, o mesmo dos jovens perdidos nas periferias de Nagast, a força de quem foi tão massacrado e ficou tão sem escolhas que desenvolveu uma raiva súbita da realidade, canalizando-a para se manter em movimento. Ele acreditava que conseguiria. Não foram os deuses que entregaram esse poder a moleques como Cosme, foram os próprios homens que, ao serem dobrados até não aguentarem mais, os tornaram resilientes e cada vez mais fortes.

"Vai me derrubar coisa nenhuma."

Com o apoio da lança, Cosme se ergueu do pântano, e a raiva que emergira apagou o ressentimento, tornando-o imune ao feitiço do lodo. Ele andou, então, sem peso algum, até a porta principal.

"Aquela anciã disse que eu enfrentaria meu pior inimigo, e ela tava certa! Meu medo não vai me derrubar daqui pra frente."

Infelizmente, a ingenuidade de Cosme não o deixara perceber que aquele lodo era apenas um teste para investigar suas fraquezas. Seu pior inimigo ainda estava por vir. A porta era leve e se abriu sem requerer esforço algum. As paredes que sustentavam o teto do barraco eram feitas de madeira velha, barro e palha seca. O interior do lugar cheirava a mofo e podridão. Ali não existia neblina, apenas restos que pareciam ser carcaças de animais, mas eram de almas perdidas devoradas pela Senhora da Encruzilhada. Atraídas por poder, acabavam entregando sua existência para o corvo em batalhas violentas.

Cosme andou de um quarto a outro e só via restos de almas estraçalhadas no chão. A luz corria para fora do barraco, que ficava cada vez mais escuro. Ele escutou o crocitar de corvos se aproximando: eram as sombras da Senhora da Encruzilhada que se aproximava novamente. Ele preparou as armas, parecia estar em um labirinto. Seu colar de ouro iluminava um pouco o caminho no começo, mas, conforme ele foi imergindo lentamente na completa escuridão do barraco, o colar foi se apagando. Ele sentia algo terrivelmente sombrio caminhar sobre seus ombros, sem conseguir identificar se era bicho, alma ou gente.

— Moss?

Lembrou novamente da anciã, mas, em vez de sua voz, escutou novamente um crocitar e se assustou, tropeçando em uma pedra e caindo de cara na porta da encruzilhada, uma estrutura grossa de aço enferrujado com incontáveis cadeados por toda a extensão. O ouro do colar reluziu e ele pôde ver onde estava. O garoto se levantou e começou a procurar o cadeado com o nome da velha Oráculo de Nagast. Cada cadeado trancado era um pacto selado com uma entidade ou alma, viva ou morta, que podia ser do mundo dos mortais ou dos ancestrais. Eram muitos. Enquanto procurava, Cosme chegou a pensar que a ajuda de Juba ali seria ótima. "Aquele cabeludo ia manjar esses códigos todos, é a cara dele."

— Pera, é isso, se eu ficar caçando esse cadeado vou achar é nunca, deve ter outra forma.

Ele refletiu sobre o caminho até a cabana e percebeu que toda a encruzilhada era ativada por memórias passadas, revividas de forma dolorosa. Fechou os olhos e tentou se lembrar do primeiro encontro com a anciã, quando achava que ela fosse um ser das trevas no meio da neblina. O medo e o desespero tomaram conta de seu coração, e esse sentimento ativou a memória necessária para encontrar o cadeado. Escutou dentro da cabeça a voz dela dizendo: "Não esqueça meu nome." Pensou com força no nome da anciã, Moss, e, ao abrir os olhos, um dos cadeados pareceu brilhar mais do que o ouro em seu pescoço. "É aquele", pensou e se aproximou do cadeado, percebendo que nele estava escrito o nome da Oráculo.

— Pacto encerrado! — Preparou a lança para golpear o cadeado, mas sentiu algo puxar a azagaia de sua mão. Levou um susto e ficou perplexo. — Que merda é essa?!

Ele olhou para trás e viu que uma presença estava escondida nas sombras. Seu cordão de ouro iluminou o rosto magro, bruto, do homem negro de cabelos longos e soltos com tatuagens marcantes pelo pescoço e olhos castanhos.

— Pai?! — Cosme arregalou os olhos e quase caiu no chão, tamanho o susto que levou. — Você tá aqui? Na encruzilhada?

— É, eu tô, mas não botava fé em olhar pra sua lata aqui, carinha. Eu tentei te fazer um moleque bom e tu virou um trouxa preso nessa neblina que nem eu. Qual é, Cosme? Vou te transformar em homem de verdade agora!

O garoto ficou confuso e perdido. Era a voz de Octávio, o rosto de Octávio, mas ele não queria acreditar que a morte levara seu pai para aquele lugar de desolação e ódio. Poucas vezes experimentara a fúria e a correção do pai, então sabia exatamente o que estava por vir. Aquilo tinha marcado sua memória de forma permanente. Octávio esbofeteou o rosto do filho com uma força descomunal. "Como posso me defender do meu pai?" Ele se lembrou da anciã avisando que enfrentaria seu pior inimigo, mas não esperava que fosse alguém tão familiar. Octávio não deu brecha pra Cosme se recuperar e começou a espancá-lo com chutes e tapas.

— Para, pai, para...

— Seu otário, olha onde foi parar! Deixou sua mãe sozinha pra ficar se metendo em encrenca, seu canalha! Tá achando que a vida é fácil pra nóis? Vai ficar dificultando mais ainda? Agora vou te dar a surra que você merece e ainda não recebeu na vida.

Cosme largou as armas e começou a chorar, porque as palavras do pai lhe doíam mais do que as fortes porradas que levava.

— Calma, pai! Para com isso! Vamos sair daqui, por favor...

Mas o homem se enfurecia cada vez mais e respondia com mais e mais bofetadas, tão fortes quanto socos.

— Ninguém vai sair daqui, Cosme! Agora tu vai é comer desse pão amassado que eu comi, isso é pra manter você fora dessa zorra toda.

Por um momento, enquanto soluçava em seu choro, Cosme tentava entender por que o pai estaria preso na encruzilhada. Podia até fazer sentido, já que Moss estava na mesma situação, mas se existisse uma chance de aquilo não ser real, ele precisava saber e, para isso, tinha que investigar. Enquanto lutava com o fantasma do pai, o cadeado com o nome de Moss se apagava e sumia entre todos os outros.

Octávio voltou a investir contra o filho. Ele se aproximou do garoto com uma sequência de tapas e chutes. Cosme se lembrou dos últimos anos de vida do pai, amargurado pelo descaso da sociedade de Sumé. O homem nutrira um azedume pela vida que se transformara em um jeito extremamente rude de tratar todo mundo, menos a esposa, Nilce, e o filho. "Seu pai batalhou muito por nós, meu filho. Ele lutou o que não deveria pra gente ter onde morar e, mesmo assim, não descansou. Continuou levando tanta porrada da vida que lá fora só aprendeu a linguagem da dor. O mundo não foi bom pra ele e ele não sabe reagir de outro jeito", dizia a mãe de Cosme quando o menino perguntava por que o pai sempre brigava com os vizinhos. Na última vez em que o pai ficara violento, Cosme tinha cerca de cinco anos. O homem chegara zangado em casa, com tanta raiva que quase quebrara a porta, tamanha foi a violência com que a fechou. Parecia a mesma força com a qual aquele espírito esbofeteava o menino, mas, no passado, a raiva de Octávio tinha cessado quando Cosme pulou no pescoço do pai, alegre por vê-lo chegar.

— Eu conheço meu velho, ele foi endurecido pela vida, mas tem o coração dos malungos, é bom homem.

Cosme se desviou da última tentativa de pancada e abraçou o pai. Suas lágrimas escorreram pelas costas daquela alma, e o cordão de ouro brilhou mais uma vez, iluminando o abraço dos dois. Naquele abraço cabiam todas as desculpas que ele não conseguira pedir antes de o pai partir. Cabia todo o sentimento entalado, do amor por um pai que deu o melhor que tinha até a raiva por ter sido abandonado tão cedo, mesmo que sem intenção. O abraço não durou muito, mas para Cosme a sensação de tocar o pai, ainda que uma última vez, foi inigualável. Por isso, encheu-se de raiva quando percebeu a lama escorrendo em seus pés. O choro cessou na mesma hora, ele empurrou o espírito e conseguiu pegar a lança.

— Sou comédia não, caramba! Qual é, vacilão? — reagiu Cosme.

Dizendo isso, o golpeou com a lança, na intenção de rasgar o espírito. O ser ainda tentou se esquivar para longe, mas viu um corte surgir no meio do peito e as sombras começaram a se dissipar, desfazendo a imagem de Octávio. O som do corvo voltou a soar mais alto e sombrio. O menino percebeu assombrado que estava diante da própria Senhora da Encruzilhada. Ela se preparava para devorar seu espírito, que não tinha sido subjugado pela ilusão criada com o lodo das lembranças.

— Divertido. Mas sua breve existência termina aqui, garoto. — A Senhora da Encruzilhada crocitou, e a voz gutural ecoou dentro do barraco.

As sombras se reuniram novamente, revelando a forma de um corvo gigante de três olhos com manchas no rosto. Ela disparou para aniquilar o menino e absorver seus poderes Orisi. Tentou bicá-lo uma vez, ele conseguiu desviar. Tentou outras vezes mais, mas ele se protegia com o escudo ancestral. O bico do corvo finalmente atravessou a proteção de Cosme, estraçalhando-a por completo. O animal continuou forçando o ataque até que o menino estivesse encurralado próximo à porta dos pactos, aquela cheia de cadeados. Parecia o fim, o momento derradeiro. Mais um som horrível saiu daquele bico sinistro, antecedendo o último ataque que, dessa vez, foi barrado pela lança, que se partiu ao meio. Sem armas, não restou mais alternativa para Cosme exceto tentar saltar para longe. Quando o corvo investiu novamente contra ele, uma luz barrou seu bico.

— Cosme de Azekel! — gritou Moss. — Você enfrentou seu pior inimigo, é minha vez de lutar contra meus pesadelos.

— Sua alma já é minha, Moss. Eu deveria ter aniquilado sua existência, sabia que me trairia algum dia. Você não passa de hoje!

O corvo soltou um barulho irritado e investiu contra a anciã. No mesmo instante, o menino pegou metade da lança, que estava partida, e fez uma última tentativa de salvar sua vida. Atirou-a na direção do cadeado que desaparecia de sua visão na porta dos pactos. Sua ponta de lança, certeira, quebrou o cadeado ao meio, desfazendo o pacto que a anciã de Nagast tinha com a criatura. Moss sentiu seus poderes aumentarem e invocou novos Orisis. A luz emitida afastou todas as sombras.

A Senhora da Encruzilhada se dividiu em pequenos corvos diante dos olhos deles e espalhou-se pela neblina, rumo ao vazio. Toda a escuridão que habitava a barraca se foi com sua senhora, dando espaço para que uma luz fosca entrasse na neblina das almas. O crocitar dos corvos voou para bem longe dali.

— E agora, tia, como vai ser? — perguntou o menino, aproximando-se de Moss.

— Vou cumprir nosso acordo, eu o devolvo para sua casa.

— Não, pra casa não! — Cosme contou para a anciã toda a história que o fizera parar ali na encruzilhada e de sua busca, com os amigos, pelo Olho Solar de Sumé.

— Vai ficar bem mais tenso agora que vou voltar a pé e sem arma nenhuma. — Cosme se deu conta de que sua situação estava crítica.

— Não é bem assim, meu filho — disse a anciã de Nagast. — Existem vários caminhos para aprender Orisi. Você despertou o caminho criado por um antigo mestre ferreiro e, com ele, será capaz de criar suas próprias armas. Mostre-me o Orisi que utiliza.

Cosme desenhou no ar o símbolo ancestral usado para invocar as armas. Moss guiou a mão dele, ensinando-o a aprimorar a invocação. Depois disso, soprou conhecimento nos ouvidos do jovem para que ele nunca mais o esquecesse.

— Da próxima vez que fizer esse Orisi, use sua imaginação para criar novas armas, os ancestrais também irão abençoá-lo com outras ferramentas para combate. Por favor, não tente abrir novos portais, não quero voltar a encontrá-los nesse lugar onde as esperanças se acabam.

— Saquei! Agora é tu que vai ficar com esse lance de forjar novos pactos, né? — Moss sabia que esse era o destino concebido a ela pelas divindades presentes na criação, que estabeleceram as regras daquele lugar banido do tempo. Ela balançou as mãos afastando novamente a neblina, e um abismo surgiu diante dos pés de Cosme. Ela fez um gesto com a cabeça e o garoto entendeu: o caminho para a Encruzilhada era um abismo, a saída de lá também. Ele se jogou e começou a cair novamente, dessa vez para reencontrar Vik e Juba.

#TERROR NOTURNO

A noite no deserto parecia a de sempre. Havia pirilampos circulando na escuridão das areias quentes, a lua brilhava forte, serpentes saíam para caçar. A diferença estava no som: motores roncando e caixas de som tocando música alta, batidas frenéticas ecoando pelos ventos surgidos do ar, que era cortado pela velocidade dos carros que voavam baixo rumo à outra extremidade de Adze. Centenas de carros corriam na calada da noite, atravessando as areias com faróis apagados. Juba e Vik suavam frio, pois ainda sentiam uma insegurança, um medo típico de quem fazia algo pela primeira vez. Muita coisa estava em jogo.

— Vamos ganhar essa seletiva, Vik? — A pergunta insegura mostrou a tensão do garoto para Vik.

Ela respirava cadenciadamente, segurando o volante e comandando a máquina a mais de duzentos quilômetros por hora. Ela voava baixo na pista sinalizada por leds, que respondiam à proximidade das rodas dos carros. Na cabeça dela, pesava o futuro de Sumé somado à necessidade de reencontrarem Cosme. E tudo isso dependia dessa vitória.

— Não temos outra escolha, Juba. A seletiva acontece apenas na parte do deserto de Adze que fica próxima a Sumé. Precisamos atravessar o deserto inteiro para encontrar o Olho Solar e resgatar nosso amigo. Me ajuda, vai, faz a sua parte. Nesse escuro, a gente pode levar vantagem.

Juba fechara os olhos, mas ainda existia algo hesitante dentro dele. Desde quando Vik jogara o carro no monte de areia, ele queria abrir os olhos para ver se estava tudo bem, mas, quando os mantinha fechados, sentia a presença de qualquer equipamento computacional ativado e conectado naquela região. As imagens, porém, passavam em alta velocidade, parecia tudo confuso demais para ele enxergar. A menina, por sua vez, sentia o coração saltar pela boca. Ela fazia curvas na areia, mas ficara receosa, com medo de tentar manobras mais ousadas. "Preciso ser cautelosa, não posso fracassar dessa vez. Se a gente parar nesse ponto, vai significar desclassificação."

— E aí, mano? Vai ajudar?

Como a primeira parte da pista tinha leds que mostravam o caminho, ainda era possível perceber os carros ao redor e saber a que distância estavam. Os oponentes se encaravam, correndo lado a lado, mas a pista iluminada por leds chegava ao fim e, a partir daquele ponto, era como navegar em mar aberto, cada um por si. Aí, sim, começaria a verdadeira competição.

Juba começou a ficar ansioso com toda aquela pressão. "Não dessa vez, orra! Bora, Juba, malandro", disse para si mesmo e começou a escutar, na própria cabeça, a música preferida. Colocou os fones para silenciar o ambiente e foi seguindo as batidas do trap, que deram coesão aos seus pensamentos. Cada beat organizava as imagens em sua cabeça, e o que parecia bagunçado e acelerado começava a se organizar. Ele tocou o painel do carro com a ponta dos dedos e transferiu para os vidros a projeção de um radar, localizando cada item, veículo e obstáculo que se encontrava pela frente.

— Sou o Brabo, caramba — cantou em voz alta.

Vik sorriu e acelerou rumo ao final da seletiva, ativando o modo silencioso do motor. Muitos competidores amadores não tinham ideia de que, na primeira pista da Batalha, o silêncio era determinante para a sobrevivência. Isso era um retorno à invasão da muralha em Nagast, quando os moradores da favela tiveram que se reunir em segredo e só utilizavam o som dos carros para assustar os inimigos quando estavam bem próximos deles. Algumas Maltas deixavam passar a história da Batalha e não se ligavam nos detalhes, então faziam uma algazarra logo no começo, ligavam os alto-falantes digitais e sônicos, tornando-se alvos fáceis. Segundos depois do final da pista de leds, várias explosões aconteceram.

— Muito amadores ou arrogantes demais. Todo mundo que assiste à Batalha sabe a quantidade de equipes eliminada nessa pista. Não dá pra ver, mas ainda tem uma centena de corredores bem próximos de nós. Quando caem no deserto escuro, os que estão tocando música recebem as primeiras rajadas de mísseis e bombas dos oponentes — explicou Vik ao beatmaker.

Juba sentiu no mínimo quinze explosões, sendo que uma aconteceu muito perto dos dois. Uma máquina voou na direção deles com as portas abertas. Os pilotos estavam resguardados por amortecedores de queda e pelas proteções do veículo. O hacker deles caiu na areia, e o guardião carregava o estandarte da malta, incendiado pela explosão. Ele desceu brigando com o próprio time.

— Falei pra não tocar antes de atingir a muralha, seus babacas! Bando de perdedores! Acabou pra gente, seus ferrados.

Vik seguiu em frente, acelerando na escuridão e desviando das explosões. Ela conhecia tudo sobre a Batalha das Maltas e entendia os desafios que estavam por vir. No percurso, viu aquela cena se repetir algumas vezes: carros atingidos pelos oponentes, Maltas eliminadas por todo tipo de ataque, como corrosão de pneus, pulsos eletromagnéticos e minidrones que atingiam motores. Por um segundo, as projeções de Juba desapareceram da tela, e ele abriu os olhos, espantado.

— O que tá acontecendo, Juba? — Vik farejou que algo estava errado.

— São muitas minas pela frente, cara! Bombas de pulso eletrônico. Perdi até as contas. Mete marcha na fuga, Vik, vai dar ruim demais!

— Se acalma, amigo, preciso de você. Sem a sua visão, a gente não vai passar. — Ela tirou uma das mãos do volante e colocou sobre o punho do amigo. — Vamos conseguir! Pela gente, por Sumé e pelo Cosme, tá?

Ele voltou a se concentrar na música. A projeção que se formara no vidro do carro mostrava centenas de bombas enterradas. Seguindo as instruções do hacker, Vik diminuiu um pouco a velocidade para desviar habilmente de cada uma delas. O volante girava rápido de um lado para o outro, seu tempo de reação era perfeito. Ambos em sincronia. A areia escorregava pelos pneus de liga leve, a roda brilhava e refletia o brilho fraco dos pirilampos. Os carros que sobreviveram à primeira etapa no deserto de Adze usavam motores silenciosos, mas nenhum escapava da visão de Juba, que avisava a piloto quando algum se aproximava. Às vezes, se os concorrentes surgiam na escuridão e ficavam lado a lado, Vik desviava deles e se escondia novamente nas sombras.

"Não temos um guardião, não podemos entrar em batalha."

A nova etapa da seletiva era feita para tirar da competição mais da metade das maltas competidoras. Apenas as blindagens mais potentes ou a tecnologia mais evoluída conseguiria identificar e se proteger daquela quantidade exorbitante de bombas enterradas. Os cortes eram necessários, pois era o mínimo de desenvolvimento mecânico que uma máquina precisava ter se a malta quisesse sobreviver por dez minutos na verdadeira Batalha das Maltas, em que a habilidade das equipes era incomparável, e o nível armamentista era bem mais pesado. Apesar de estarem com um membro a menos, nenhuma das outras equipes contava com um hacker Cygen, por isso a estratégia de Vik estava realmente colocando seu time em vantagem. Ao seu lado, aconteceram várias explosões que, dessa vez, iluminaram o céu com o pulso eletrônico em cores esverdeadas, como fogos de artifício. Os carros eram arremessados na areia, desativados ou simplesmente desmontados pelas bombas.

Algumas maltas aproveitavam-se do caos para eliminar desafetos. Jogavam-se na direção dos oponentes acelerando a máquina para que os outros não tivessem tempo de desviar das minas. Porém, outras maltas pareciam seguir em frente intactas, como se soubessem exatamente a localização do perigo. "Aquelas equipes são perigosas! Já assisti a esta seletiva antes, geralmente são competidores experientes. A gente vai ter que pensar em outra estratégia pra não confrontar eles."

Sem um guardião capaz de proteger o veículo, a estratégia de Vik era "correr pela beirada", passando o mais despercebida possível até alcançar a linha de chegada. O deserto parecia tocar uma sinfonia caótica e mortal: beats, rodas, explosões e roncos de motor para todos os lados. Já não fazia sentido tentar se esconder, não existia mais lugar seguro naquela corrida.

Uma das máquinas sofreu avarias pela explosão de uma das minas e bateu em cheio na lateral do carro de Vik.

Juba até previu a trajetória, mas não deu tempo de ela se esquivar, então eles foram arrastados e quase esmagados por uma pedra.

— Acelera! Bora, malandra! — gritou Juba, abrindo os olhos e desconectando-se de sua concentração cygen.

A garota não precisava de incentivo, já estava manobrando como nunca, sentia o volante responder às suas necessidades mais íntimas de sobrevivência. As rodas derraparam e empurraram um montão de areia pela traseira. Ela acelerou fundo e evitou que o veículo fosse prensado entre as pedras.

O silêncio que se seguiu quando estavam em segurança falou mais alto por alguns segundos naquela noite. Eles nem sequer se olharam, apenas seguiram os planos. Ambos entenderam que um erro significava não existir estrada para retornar nem para o fim da Batalha das Maltas, nem para o lugar seguro e acolhedor em casa em Sumé. Por isso, continuaram focados e atravessaram a área com armadilhas de minas exatamente no momento em que caíam algumas gotas de chuva no deserto.

— Só pra deixar um pouco mais difícil! Mas vamos nessa, se segura aí, malandro — avisou a piloto.

Era a primeira vez que Vik via chuva durante uma seletiva da Batalha das Maltas no deserto de Adze, parecia até estranho. Nuvens pesadas e escuras fecharam o céu de Adze. Naquela nova área do deserto, restavam poucas dezenas de Maltas, as que sobreviveram às etapas iniciais e estavam preparadas para ir de encontro a um desafio muito mais potente.

— Estamos recebendo uma transmissão, Vik — alertou Juba, identificando que vinha do centro do destacamento. Era um holograma de Keisha.

— Parabéns às Maltas que chegaram até aqui! Vocês estão prontas para sentir um pouco do gosto amargo e da porrada que come solta na Batalha das maltas? Nessa nova região da seletiva, uma das maltas vencedoras vai testar as armas, perseguindo cada um de vocês. Em algumas horas, vamos ver quem segura a bronca e quem não passa de um falador no nosso meio. Aproveitem o passeio, ainda tem muita equipe e apenas dez vagas pra Batalha.

Ao final da transmissão, a chuva se intensificou, revelando o corpo dos drones insetoides e invisíveis que circulavam e transmitiam as filmagens pela rede. Estavam espalhados por todos os lugares.

— Eu sabia, Vik! Tem algo de errado aqui — disse Juba quando os primeiros raios e trovões começaram a atravessar as nuvens. Eles faziam um desenho bastante linear, como se estivessem perseguindo alguém. — Essa chuva não tá identificada por nenhum sistema meteorológico na rede, ela tá sendo causada por alguma perturbação.

A menina continuava correndo com o veículo, ainda tentando puxar na memória se essa situação acontecera alguma vez na Batalha das Maltas. Juba percebeu algumas máquinas desacelerando e parando no meio do deserto. Faltava algo para que ele conseguisse entender a situação, até que ele abriu os olhos e resolveu focar a visão de longa distância no brilho do raio que atingira uma das maltas. Ele projetou a imagem para a amiga e deu um zoom, e ela resolveu frear bruscamente.

Vik derrapou imediatamente, manobrando até chegar debaixo de uma passagem pedregosa. Apavorada, ela não pensou em mais nada antes de desligar todo o sistema digital do veículo.

#A MALTA DOS CYBERCAPOEIRISTAS

— Por que desligou tudo, Vik, tá doida? — Bateu uma ansiedade em Juba.
— Cê tá certo nisso? No que viu? É um cara usando os raios pra cair de porrada nos carros, né? — A menina tinha esperança de ouvir de Juba uma resposta diferente, pois ela reconhecera imediatamente o oponente que enfrentava. O aceno confuso do amigo acabou com suas esperanças. — Droga! Só pode ser Leshi, você sabe quem é? Ele é um cybercapoeirista que pode fazer como você. Se tiver alguma coisa ligada, algum dispositivo com eletricidade, ele consegue identificar e atacar. Só vamo sobreviver aqui se ficarmos parados.

Ficar parado, por outro lado, também não era uma boa opção. Pois proporcionava a oportunidade perfeita para um confronto fora dos carros entre guardiões, principalmente dos cybercapoeiristas.

Centenas de anos atrás, um grupo de hackers, malungos liderados por Moss, criou dispositivos que conseguiam otimizar os poderes ancestrais de sacerdotes. Antecedendo batalhas duras, eles começaram a desenvolver uma linguagem de programação com palavras sagradas, ensinadas pela anciã, para invocar espíritos de guerreiros através da tecnologia. Infelizmente, o plano nunca foi concluído e todos eles foram dizimados pelos inimigos. Os sobreviventes abandonaram suas casas e partiram para viver no anonimato, como o pai de Cosme. A tecnologia dos espíritos digitais ficou perdida até ser resgatada durante a revolução contra os Cygens, quando o primeiro desses espíritos guerreiros surgiu. Utilizando golpes devastadores da arte ancestral da capoeira e se movendo como o vento, o cybercapoeirista foi um dos principais aliados contra a opressão dos moradores daquele Distrito e passou a ser um dos guardiões mais temidos das Batalhas das Maltas.

Quando a disputa começou, existia apenas um cybercapoeirista, Bento, invocado pela Rainha das Batalhas, Hanna. Porém, outros hackers habilidosos que estudavam os códigos dos malungos se empenharam até trazer à vida mais espíritos digitais, formando outras Maltas e aterrorizando os oponentes na competição.

A segunda cybercapoeirista a surgir na história dos malungos foi Cínthia, uma mulher alta com um *sidecut* e mechas platinadas em seus cachos de cor azul. Além da ginga, do martelo e da meia-lua mortal que ela executava, a cybercapoeirista era capaz de causar um efeito parecido com a maresia, enferrujando o aço e corroendo circuitos. Essas habilidades ficavam mais perigosas perto de lagos e riachos ou durante a chuva, pois Cínthia manipulava a água para criar campos de proteção. Ela era membro da Malta Oceânica, que tinha o desenho de uma onda feroz sob a lua cheia em seu estandarte e sempre ficava entre as três principais equipes da Batalha das Maltas. Cínthia sempre fora uma guardiã obstinada, com muito foco e assertividade. Quando não conseguia eliminar as máquinas com seus poderes, expulsava os oponentes na base da pancada mesmo.

Mesmo assim, o tamanho da força que a cybercapoeirista tinha para guerra era o mesmo de sua compaixão. Dificilmente oponentes mortais ficavam feridos em confrontos com ela, pois Cínthia acreditava que os poderes deveriam ser utilizados para algum feito muito mais grandioso e heroico do que a competição de carros ultravelozes. Ela se espelhava muito no primeiro cybercapoeirista, considerado um mártir.

Nos anos seguintes ao surgimento da Malta Oceânica, outro hacker nivelou o jogo para seu time, quando invocou Leshi, o cybercapoeirista do trovão. A velocidade dele era surpreendente, talvez insuperável. Seus golpes dificilmente eram previstos pelos oponentes. Cheios de cabeçadas e armadas, carregavam cargas elétricas que repeliam os inimigos como ondas de choque energizadas por átomos quando ele corria entre as nuvens. Leshi era capaz de cair para cima dos oponentes como se fosse um trovão verdadeiro. Ele tinha longos dreads, com uma mecha dourada atravessando a cabeça, seus olhos pareciam carregar o trovão e seu temperamento era muito irritável. Como nunca conhecera o primeiro cybercapoeirista e tampouco lutou numa guerra, ele se empenhava ao máximo para derrotar qualquer oponente na Batalha das Maltas, empregando força total no ataque, quase sempre ocasionando a destruição das máquinas e causando feridas nos adversários. Era membro da Malta do Trovão, que sempre ficara em segundo lugar nas Batalhas desde que Leshi surgira, e a cada ano o cybercapoeirista voltava com mais vontade de vencer e de devastar os outros competidores.

Os cybercapoeiristas promoviam as batalhas mais extraordinárias da disputa. Leshi e Cínthia sempre se enfrentavam nos estágios finais do percurso no deserto de Adze. Seus chutes e golpes giratórios explodiam as dunas de areia do deserto, as forças do trovão do oceano atropelavam a paisagem da região, enquanto os pilotos habilidosos tentavam avançar no meio da fúria da natureza causada pelo gingado mortal dos dois. Esse encontro era celebrado pelos dois espíritos digitais, que não teriam outra oportunidade de testar a potência de suas habilidades dentro do Distrito. Eles só tinham sido superados pela Malta de Aço e tinham vergonha disso, já que, para Leshi e Cínthia, essa malta não tinha um cybercapoeirista de verdade.

A Malta de Aço fora criada por Zero durante a revolução de Nagast. Os autômatos dessa malta foram projetados para atuar na construção civil, por isso eram superfortes e tinham sido treinados nas artes da capoeira por Bento. A vitória deles, porém, não se dava apenas pela capacidade de luta. A equipe evoluía continuamente, sempre aperfeiçoando a máquina e as estratégias de combate.

Os cybercapoeiristas não eram invencíveis, mas, para confrontá-los, era necessário estar extremamente preparado. Desde a última derrota, Leshi e a Malta do Trovão vinham aprimorando suas estratégias. O cybercapoeirista ampliara suas habilidades até adquirir a capacidade de sobrecarregar nuvens, gerando chuva e provocando raios, que ele conseguia utilizar para atacar os oponentes ou para se locomover entre eles. Estava superansioso para testar os novos poderes em combate, por isso, naquele momento, a Malta do Trovão se ofereceu para enfrentar os outros veículos durante a seletiva da batalha.

Durante a Batalha das Maltas, se a equipe tenta trocar uma peça do carro, pode tê-lo totalmente destruído pelo oponente. Vik e Juba, no entanto, parados por um momento, pensavam em como poderiam fazer para atravessar Adze e, de longe, escutavam e observavam Leshi perseguindo alguns veículos.

— Muita gente parou, Vik. Tô sentindo os veículos desligando — alertou o menino.

— A gente vai se preparar e vai dar um jeito, Juba. Confia em mim, caramba. — Ela segurou a mão de Juba com firmeza. O vento quente do deserto atravessou seus cabelos, um pirilampo surgiu diante de seus olhos. Foi uma cena curiosa, porque aqueles bichos costumavam andar em bandos, mas naquele momento pareceu inspiradora. Vik e Juba eram considerados dois jovens bobos, quase crianças perto dos colegas. Eram desacreditados na Academia e nunca imaginaram que sairiam de Sumé, mas agora estavam disputando uma Batalha das Maltas superemocionante e perigosa. Sentiam-se livres como aquele pirilampo, voando de madrugada no meio do deserto.

Vik esticou as mãos para tocar no pirilampo, mas, mal o alcançou, ele explodiu diante de seus olhos, e uma gosma se espalhou entre seus dedos. Ela saltou para trás com o susto.

— Perdeu, babaca! Vocês perderam! — Uma voz foi infelizmente reconhecida por Juba.

Era o acoplador sequestrador que não o tinha identificado. Ele estava na seletiva e tentava derrubar outros veículos. Como Juba havia modificado toda a lataria do veículo, aqueles acopladores não foram capazes de perceber que os jovens dirigiam seu carro reserva, deixado na barraca do destacamento.

Vik girou com velocidade, puxando Juba. Eles escorregaram por uma duna de areia para se afastar do acoplador, mas foram parar justamente diante da parceira dele, que os reconheceu no mesmo instante.

— Ei, ei, pega a visão! Quem caiu que nem patinho aqui na nossa mão? Aqueles pirralhos saqueadores que levaram nossa máquina.

— Haha, parça, é lucro dobrado, então — respondeu o acoplador, que vinha seguindo os dois pela duna. — Resgatamos nossa máquina e a chave do cofre com essa aberração aqui. — Bateu a mão na cabeça de Juba, e o garoto caiu no chão.

— Dessa vez vamos dar cabo dessa aqui. — A acopladora segurou os braços de Vik, que sentiu a tatuagem começar a emanar uma luz branca. Juba viu de relance isso acontecer, mas sabia o que significava. — Joga ela no porta-malas com o moleque bisonho.

Vik ativou o modo exoesqueleto da cadeira, erguendo-se para esquivar. A transformação assustou os acopladores, e ela conseguiu se livrar da mulher. Ela sentiu a respiração acelerar, estava quase sendo tomada pela luz de Sumé novamente.

— Não cheguei até aqui pra nada. Bora, Juba, você não é o Brabo, mano?!

"Ela tem razão", pensou o moleque. Por algum motivo, quase estava deixando a ansiedade tomar conta de novo, mas as palavras da amiga despertaram a lembrança de tudo o que tinha passado naqueles dias. A fuga da Academia, o encontro com o Olho de Sumé, os poderes cygens.

— Esse aqui? O moleque bisonho é nossa chave do cofre, lá no Quilombo a gente vai virar lenda e nem vamos precisar mais dessa seletiva — zombou o acoplador, segurando Juba.

Apesar de aqueles acopladores serem de Nagast, eles tinham ignorado o poder que uma revolta cria na mente de um jovem rejeitado: criado sem fé em si mesmo, sempre tão desacreditado que uma hora só sobra raiva, mesmo que apenas por um segundo. Aí a revolta cria raízes e mostra as garras. A mente de Juba processava as informações como um dispositivo quântico. Ele sentiu como a raiva despertava novos circuitos em seu corpo, assim como o medo, deixando-o mais esperto, mais ligado, ampliando suas capacidades de conexão. Era como se ele enxergasse cada circuito ao redor, mesmo que estivesse desligado.

— Se é o Brabo que vocês querem, é o que vão ter. — Juba colocou a mão na pistola a laser do acoplador, tirou os óculos, e seus olhos de Cygen giraram, exibindo zilhões de informações.

— Sai, moleque, tá maluco?

O acoplador apertou o gatilho, mas a arma já estava desabilitada. Juba a reconfigurou e usou a energia do laser para dar uma descarga no oponente, que caiu ao senti-la atravessando o corpo. Sua parceira se afastou e apontou uma arma para Juba.

— Aperta esse gatilho, tia. Vai! — disse o beatmaker.

— Vik aproveitou que todos estavam focados nele e se moveu, lançando o corpo em cima deles, derrubando a acopladora na areia. A luz branca ainda emanava de seu braço. Juba olhou para a tatuagem dela e percebeu uma quantidade de energia exorbitante fluindo do desenho. Era uma energia mística, e os dados processados deram uma ideia para o menino. Ele ativou a mensagem de localização para o piloto dos acopladores, que ligou o veículo e foi em busca dos outros.

— Bora, Vik. Vamos sair daqui antes que o piloto desses vagabundos chegue aqui. — O acoplador estava quase se recuperando da descarga e sua parceira ainda estava curvada, sentindo dor.

— Ainda não acabou, seus babacas. Vai dar muito ruim pra vocês no final, vão vendo. Ainda tem uma estrada longa essa noite. Vamos trombar vocês de novo, sem dó — disse o acoplador.

Vik e Juba voltaram correndo para o veículo e chegaram em silêncio. A raiva tinha diminuído, e os olhos de Juba voltaram para a rotação comum. Ele colocou os óculos para escondê-los dos outros corredores.

— A gente devia ter feito algo pra tirar aquele dois do nosso caminho, agora vão ficar na nossa cola. — Vik estava preocupada, e com razão.

— Calma, Vik. Eles tão no terror agora. Tu não disse que aquele cybercapoeirista consegue identificar a eletricidade? Se liga nessa, coloquei um hackzinho no dispositivo deles que, quando entrarem no carro, vai dar um comando pro gerador da máquina, o bagulho vai ficar loko, pique gerar alguns zilhões de quilowatts. Vai vendo.

Vik olhou para Juba sorrindo. Os acopladores entraram no veículo com sangue nos olhos para perseguir os dois, sem saber da armadilha. "Alguém envenenou essa máquina, vamos rodar", pensou o piloto antes de conseguir avisar os outros.

Ele notou o céu se fechando e tentou arrancar com o carro, mas uma batida sequenciada de palmas o distraiu bem a tempo de ver o raio caindo em terra, e, na frente do carro, o cybercapoeirista. Leshi apareceu já com o chute de bênção preparado, um pé estendido na frente do corpo, e o braço contrário defendendo o rosto, um ataque ainda silencioso, mas carregado de significado.

— Com uma tecnologia tão frágil assim vocês não teriam chance na Batalha das Maltas. Tô fazendo um favor para vocês — disse o representante da Malta do Trovão

antes de magnetizar novamente o ar com seu gingado, se preparando para a armada, o chute com o lado externo do pé em que o corpo dá um giro de 360 graus por trás e que abriu o teto do veículo.

Então Leshi desceu em uma esquiva. Fez um role antes de girar em um aú, uma estrela em que as mãos não tocam o chão, e espalhar um campo magnético que empurrou os acopladores para fora do carro. Assim, conseguiu finalizar com o golpe martelo, feito com o peito do pé, deixando a lataria toda amassada e o motor despedaçado. O cybercapoeirista, satisfeito com o trabalho, desceu para a posição da cadeira e relaxou antes de pular de volta aos céus, procurando um novo adversário.

De longe, na segurança do próprio carro, Vik e Juba só soltaram o ar quando não conseguiam mais ver a silhueta de Leshi nos arredores.

#O ESTRANHO NO DESERTO

Mesmo sem serem seguidos pelos acopladores, Vik e Juba enfrentavam um grande desafio no deserto de Adze. Eles ainda precisavam atravessar a linha de chegada para ter o direito de participar da Batalha das Maltas, mas, se ligassem os dispositivos do veículo, atrairiam o cybercapoeirista do trovão. Mas Juba tinha vários truques na manga. Mesmo antes de se tornar um Cygen, já era capaz de entender algoritmos complexos dos servidores de Sumé, isso fora apenas amplificado pelo cérebro de androide. Além do mais, a tecnologia cygen era baseada na fusão das linguagens ancestrais com programação cybernética.

— Tive uma ideia, Vik. Quando a gente tava enfrentando aqueles babacas, tinha uma energia vazando dessa sua tatuagem, não tinha?

— Eu senti também, mas não sei se consigo controlar. Ela só aparece e vai tomando conta de tudo, sabe...? — Vik passou a mão no braço, sentindo o relevo da tatuagem, agora sem nenhuma sensação de calor.

— Relaxa! O lance é esse: vamos trocar a fonte de energia dessa máquina. Se pá, a gente usa essa energia ancestral pra fazer o carro correr, vai ficar louco demais! Saca?!

A ideia poderia parecer absurda para a maioria dos moradores de Sumé, mas não para Juba. Empolgado, ele saiu do carro e começou a desmontar o motor da máquina ali no meio do deserto. Era como se ele conversasse com o metal. Tocava nele e sabia exatamente qual peça precisava abrir, qual tirar e qual deixar no lugar. Seus olhos literalmente brilhavam, sua mente fazia conexões, interpretava e criava os algoritmos de programação dos dispositivos para receber a nova fonte de energia que impulsionaria os motores do veículo. Vik observava tudo com orgulho do amigo, da segurança que ele transmitia, de como ele estava controlando a ansiedade e conhecendo a si mesmo. "Cosme ia adorar ver esse moleque mandando ver aqui", refletiu, pensando no amigo.

    Algumas dúvidas ainda a perturbavam. Será que eles conseguiriam encontrar o Olho de Sumé no percurso da Batalha das Maltas? Onde Cosme estava? Será que estava bem? Tsavo não tinha dito mais nada sobre o portal que Cosme abrira. Será que era cheio de perigos? Ela se perdia nessas questões, mas tinha certeza de que o garoto de cabelo loiro-pivete ainda contava com sua turma de parceiros desajustados.

    — Ele ainda tá por nóis — comentou Juba, entendendo que o olhar perdido da amiga significava que estava pensando em Cosme. Ela assentiu com a cabeça e ele continuou — Tô falando sério, capaz daquele pretinho marrento ainda participar da Malta com a gente, não duvida, não. Lembra quem convenceu a gente a confinar o espírito da onça?

    Os dois começaram a gargalhar quando o plano de Juba ficou evidente. O menino pegou o cubo com Tsavo. A onça do mundo ancestral estava em repouso, mas ainda expandia sua energia dentro do cubo cygen selado com uma biotecnologia reagente a poderes místicos. Era a peça perfeita para substituir o gerador elétrico da máquina.

    — Vamo correr com a energia da nossa amiga aqui, tá ligada? A gente vai de Tsavo — disse Juba, rindo da própria piadoca.

Quando ele conectou o cubo, o carro recebeu imediatamente a energia do espírito aprisionado e foi envolvido por uma aura mística, iluminando levemente sua silhueta na escuridão de Adze. Juba batucou na lataria do carro, feliz com a artimanha.

— Agora é comigo e Tsavo, entra aí. Bora fazer essas Maltas comerem poeira. — Sem perder nem um segundo, a menina se ajeitou no banco do piloto, pronta para acelerar em direção ao percurso final da seletiva.

O motor fazia um som diferente, como um ronco bestial, poderoso, antigo.

— Se os Deuses não querem nos abençoar, a gente precisa enganar a sorte e pegar emprestado uns dons pra fazer acontecer.

Juba falou exatamente como um Cygen. A menina o olhou desconfortável, mas preferiu não pensar muito: eles tinham assuntos mais urgentes no momento. Pisou no acelerador e fez a poeira voar na pista.

Mais à frente no percurso, Leshi continuava perseguindo os outros competidores, atravessando-os com raios e partindo veículos ao meio com seus chutes mortais. Vik e Juba seguiram em frente e perceberam pelos radares que alguns competidores também tinham dado um jeito de ficar invisíveis para o cybercapoeirista.

— Esses hackers são os bichão mesmo, artilharia pesada e uns dispositivos criados exclusivamente pra batalha. Tô imaginando o que vamos trombar depois da seletiva, Vik.

— Vamos manter o foco, Juba. A gente não tá aqui pra vencer a Batalha, né?

Vik alertou o amigo no momento certo. Eles haviam acabado de receber uma nova mensagem de Keisha. Quinze equipes tinham atravessado a área onde o cybercapoeirista Leshi estava e se dirigiam para a fase final da seletiva.

— Não se emocionem muito com sua conquista até aqui, corredores. Vamos adicionar um pouquinho de treta nessa fase final. São quinze carros se aproximando da linha de chegada, mas há apenas dez vagas para a Batalha das Maltas, e eu não quero ver nem um a mais atravessando a linha. Se tiver onze carros, ninguém passa. É dez, pode ser menos, ia ser até melhor do que ver a cara feia de alguns do outro lado do Deserto. Deem seus pulos aí, é hora de colocar os guardiões de cada Malta para trabalhar!

A mensagem abalou os dois jovens. Não bastava atravessar o deserto, eles precisavam garantir a eliminação dos outros competidores, mas, sem Cosme, não existia chance de um ataque bem-sucedido. Para dificultar ainda mais, todos os veículos recebiam a localização das outras Maltas. Era um jogo aberto de demolição.

— A gente tem que acelerar e ficar se esquivando, pelo menos até cinco veículos serem eliminados, Juba.

Vik dirigiu em círculos, afastando-se dos outros pontos que surgiam no radar que o hacker projetava na tela. Ela tentava manter uma distância segura dos outros veículos, mas temia que essa estratégia revelasse sua fraqueza. "Vão perceber que estamos fugindo de confronto, isso vai acabar atraindo eles, que vão vir com tudo pra cima da gente."

O tempo passava devagar, a tensão estendia preciosos minutos. Eles viam os carros indo em direção uns aos outros, mas, curiosamente, todos pareciam evitar o embate direto. Então alguns guardiões saltaram das máquinas e começaram a perseguir os outros veículos na areia. Ainda estava escuro, momento perfeito para uma emboscada. Logo houve a primeira explosão: dois guardiões trocaram tiros no meio da pista, um deles se escondeu e conseguiu lançar granadas magnéticas sobre o veículo adversário. O guardião usava uma armadura militar, provavelmente roubada e modificada do exército de Nagast. Era pesada, fazendo-o parecer bem maior, com quase dois metros de altura; ele parecia ter dificuldade para caminhar na areia, mas compensava dando saltos a longas distâncias.

— Acelera, Vik! Tem dois carros na nossa cola! — Juba pressentiu a mudança de rota de duas Maltas, que já tinham percebido a movimentação evasiva dos jovens.

A areia escorregava para longe dos pneus. Juba sentiu o coração exasperado novamente, pois, sem tocar nas máquinas, ele não conseguiria manipular ou infectar os dispositivos computacionais delas. Daquele jeito, suas habilidades tornavam-no apenas um expectador. Felizmente, Vik sabia operar bem o veículo, Tsavo e ela tinham uma linguagem própria. A menina traçou de repente uma trajetória elíptica para enganar as outras Maltas e, na primeira curva, parecia estar dirigindo para uma colisão.

— O que cê tá fazendo, Vik?! — gritou Juba totalmente aflito, quase sem o apoio da lógica cygen.

A jovem o ignorou e continuou, astuta. A piloto não tinha medo de trombar com os oponentes. Ela pensou no dia em que perdera os movimentos das pernas: atravessara uma multidão, e não parecia muito diferente agora, só que tudo se passava em uma velocidade absurda. Tsavo e o carro respondiam com facilidade, como se entendessem os movimentos. A garota sentia confiança no volante daquele carro que roncava como uma onça. Quando entrou na reta, Vik viu os dois perseguidores vindo em sua direção. Dois guardiões abriram a escotilha e subiram no carro. Tinham canhões a laser e metralhadoras sônicas.

Juba se exaltou ainda mais, mas antes que perdesse o foco, seus olhos cygens identificaram a movimentação da garota como se estivessem decodificando um código de programação cheio de variáveis ou em um ritmo muito característico dela. A amiga era maneira demais. Juba percebeu que ela mantinha a trajetória de elipse, o que colocava os outros dois oponentes de frente um para o outro, enquanto seu veículo rosnava na areia do deserto e atravessava pelo meio em fuga. Assim que passaram, os dois guardiões começaram a se digladiar, e Vik e Juba seguiram para longe.

— Orra, Vik, quase me mata de susto. Avisa da próxima vez que quiser meter a gente no meio da treta, mina.
— Juba respirou fundo, enquanto a garota sorria.

Nesse momento, um vulto surgiu no meio do deserto, os pirilampos se afastaram, o vento cantou nos vidros do carro. "Armadilha!", pensou Vik, girando com velocidade o volante e derrapando para não atravessar o vulto. O volante não respondeu como ela queria, Tsavo tentou ir para o sentido contrário, e os sistemas hidráulicos deixaram de funcionar por alguns segundos. Vik respirou fundo e xingou baixinho, se recuperando do susto. Não podia baixar a guarda, perder o controle do veículo naquele momento tiraria os dois da Batalha e os planos iriam por água abaixo. A piloto tentou equilibrar o volante, porém sentia que aquela manobra era difícil demais para ela. Juba a olhava apreensivo e colocou as mãos nos ombros dela para dar uma força. A jovem fechou os olhos, apertou os dedos no volante e fez a curva em alta velocidade. O carro deslizou mais uma vez na areia, os pneus pararam de responder, os dois foram direto de encontro ao vulto. Tsavo dessa vez tinha tomado o controle e ia em alta velocidade em direção à figura. Quando atravessaram a fumaça, pareciam ter sido transportados para fora do deserto. Viram-se dentro de um desfiladeiro, e o carro caiu em direção a uma parede rochosa. Vik gritou, Juba colocou as mãos no rosto, mas o veículo atravessou a rocha, saindo do outro lado do vulto: ainda estavam no deserto.

— O que foi isso? Perdemos? — Juba olhou incrédulo para a frente: ainda estavam em Adze.

— Não sei, uma anomalia, talvez... — respondeu Vik com cautela.

— Que nada, rapá, é só um portalzinho pra encruzilhada, tá ligado? — A terceira voz respondeu em um tom ardiloso. Sem acreditar, Juba e Vik olharam para fora do veículo, de onde a voz surgira, ao mesmo tempo em que o vulto se dissipava, e viram o amigo desaparecido.

— Cosme?! — Eles saltaram para fora, esquecendo momentaneamente que a seletiva para a batalha ainda estava acontecendo, e se abraçaram com vontade. Vik apertou o amigo forte, e ele enrolou uma das tranças dela no dedo, enquanto retribuía o abraço. Ali perceberam como eram importantes um para o outro.

Juba ficou sem graça com o abraço demorado dos outros dois e resolveu acelerar o assunto:

— Cara, explica aí, como que pode?

— Maluco, pareceu um sonho, ou um pesadelo, saca? — respondeu Cosme, se afastando ligeiramente de Vik. — Mas tô firmão, encontrei uma anciã dessas lendas que a gente escuta desde pivete, e ela me ajudou a voltar, a chegar aqui. Acho que vou esquecer é nunca daquela tiazinha. Quando as coisas se acalmarem, eu conto tudo.

Quando a empolgação do reencontro diminuiu, Vik percebeu que havia uma mensagem de Keisha para os corredores: "Se você estiver ouvindo isso, é porque sobreviveu à seletiva. Agora tem dez minutos para atravessar a linha de chegada se quiser competir na Batalha nas Maltas. Bota essa joça pra correr, anda!".

Ela apressou os amigos, ligou os motores, e juntos partiram para encontrar o destino. Àquela altura, a máquina otimizada por Juba com o cubo cygen já não estava suportando toda a energia gerada pelo espírito ancestral, Tsavo, que estava agitada desde que Cosme voltara e ficava abrindo e fechando portais. O carro falhou outra vez, por poucos segundos os motores desligaram.

— Agora não, caramba! — A menina bateu com as duas mãos no volante com raiva e o carro voltou a funcionar. Parecia estar tentando pegar no tranco, como se a onça estivesse tentando se mover dentro da máquina. Eles, então, conseguiram continuar o percurso.

#DE VOLTA A SUMÉ

A madrugada chegava à metade, e o deserto estava silencioso. Poucos veículos corriam nas areias quentes. Algumas estrelas cruzavam o céu, mas nenhuma delas era mais rápida que as maltas que disputavam a corrida. Nove equipes tinham sobrevivido à disputa. Vik, Cosme e Juba eram uma delas e aceleravam incansáveis em direção ao final da seletiva.

O carro deles respondia de forma diferente. Vik sentia uma energia fluir entre suas mãos e o volante. Parecia se comunicar com a máquina: o motor entendia suas necessidades; os freios antecipavam-se nas curvas, o acelerador pedia por mais força na pisada e o motor roncava como uma fera.

— O que é isso? Cês colocaram a Tsavo no motor? — Cosme perguntou ao amigo, quase sem acreditar.

Juba apenas fez sinal afirmativo, concentrado no mapa à frente.

— Moleque bom — disparou Cosme, sentado no banco do meio, esticando o cinto de segurança ao máximo.

Até ali, ninguém além de Vik tinha percebido que o espírito da onça parecia ter ganhado força, integrando-se ao veículo, graças à tecnologia cygen. De uma coisa, no entanto, a menina sabia: não dava para manipular forças ancestrais e esperar inércia como resposta. Isso era conhecido pelos antepassados dos jovens. Ela tinha medo, mas não havia nada que pudesse fazer. Eles descobririam aquilo por experiência própria e aprenderiam da maneira mais difícil. Ela só esperava que ficasse tudo bem.

Enquanto o Sol começava a surgir, Tsavo levava os três à linha de chegada. Muitos tecnogriots estavam preparados para fazer imagens dos vencedores. Foi também o começo de novos folguedos: tambores e estandartes esperavam os carros, bandeirolas espalhavam-se por todos os lados, e os veículos foram escoltados por outros carros ornamentados com caixas de som e brasões. Soldados, com armaduras e coroas de lata sobre os capacetes, andavam ao lado das equipes, cortejando-as até as garagens montadas em tendas. Para cada equipe, havia um soldado, que se posicionava, sobretudo, próximo às oficinas das equipes famosas.

As maltas mais antigas enfeitavam a garagem com as cores do brasão: a Malta Oceânica usava o azul e o branco, a Malta do Trovão usava a cor púrpura, e a Malta de Aço usava a cor de carbono. Elas ostentavam também as cores das medalhas de acordo com a classificação na última Batalha: o brasão da Malta de Aço, campeã, era revestido com ouro, simbolizando a realeza. Os emblemas das outras duas, a segunda e a terceira colocadas, respectivamente, eram revestidos com prata e cobre, simbolizando sua posição como príncipe e capitão na hierarquia do reinado das maltas.

— Parabéns às maltas que chegaram aqui, é agora que a corrida vai começar a ficar realmente louca. Duvido que continuem até a próxima etapa. — Keisha fechou o cortejo da manhã com a provocação aos corredores. Era verdade que muitas equipes subiam de categoria na seletiva e não retornavam para a corrida seguinte. Ou os veículos eram completamente destruídos pelos adversários ou os integrantes fugiam do combate, gerando desclassificação para todos do time.

— A gente não tem nem nome ainda, como vai ser? — Juba perguntou aos amigos.

— Malta dos Brabos, os melhores da zorra toda. — Empolgou-se Cosme, olhando para a oficina que estava disponível para eles.

Cada malta tinha uma garagem bem equipada, com estrutura e ferramentas muito úteis para a manutenção dos carros. O jovem guardião estava animado com a situação. Observava as outras equipes espalhadas, algumas na oficina, outras em tendas com comida e sofás aparentemente muito confortáveis. Ele sentia-se importante, e sua postura indicava isso. Vik parecia pensativa, ela queria notícias dos pais. Pensou em mandar uma mensagem para a mãe, mas foi alertada por Juba de que os sistemas de defesa dos Cardeais emitiram um alerta para todos eles desde o acontecimento no Palácio de Ygareté. Ele avisou que, segundo registros dos servidores da Cidade-Complexo, sua família havia sido interrogada pelo conselho, mas foram liberados e retornam para casa à espera de notícias.

— Deixem de besteira, a gente tem que focar na missão, o Olho Solar de Sumé. É só por isso que a gente tá aqui... — Vik estava saindo da máquina, agora completamente desligada. Mesmo assim, o motor do carro roncou ao fim da frase da garota. Todos se assustaram.

— Tá viva essa coisa aí? Parece! — Cosme passou a mão sobre os faróis do carro.

— Deve ser a onça — Vik disse para os dois, com certo respeito na voz. — Acho que de algum modo ela passou pra máquina. O carro agora é Tsavo.

— É sim. Tô sentindo a presença dela em cada circuito. — Juba observava o carro com os olhos de Cygen e enxergava a aura ancestral correndo por cada engrenagem.

O barulho do motor parecia um chamado para voltarem à missão, exatamente como Vik havia lembrado, além de um aviso da promessa que haviam feito para a onça no Salão do Destino.

— Então é ela que tá sobrecarregando os sistemas! Ferrou, irmão. Ela tem vontade própria — disse Cosme, irritado. — Se essa coisa não funcionar, não vai ter nem Batalha das Maltas nem Olho de Sumé.

Juba tentou acalmar o amigo se atendo aos fatos: precisavam de peças de reposição para a corrida e, por sorte, a Batalha das Maltas só começaria dali a duas noites, o que daria tempo aos vencedores da seletiva para consertar as máquinas.

— Só precisamos de novas peças, mas não podem ser normais, precisamos de componentes com tecnologia suficiente pra dar conta da engenharia cygen. Eu acho que sei onde podemos conseguir elas, já que não tem acopladores por aqui — disse Juba, por fim.

Bateu um sentimento muito estranho nos três amigos. Retornar para Sumé tão cedo significaria encarar toda a cidade e as consequências da fuga do palácio. Precisariam retornar sem fazer qualquer aproximação com as famílias para não as colocar em risco. Eles então esperaram as outras equipes se acomodarem nas garagens para encontrar um caminho livre na estrada e partir para a Cidade-Complexo.

A seletiva havia sido no hemisfério norte de Adze, bem próximo a Sumé, mas, agora, na Batalha das Maltas, eles fariam a travessia para o hemisfério sul, próximo a Nagast, onde o vencedor seria coroado. Ali eles teriam a oportunidade de rastrear o Olho de Sumé ao longo do deserto.

#O RENASCIMENTO DAS CHARIAS

— A contenção não está funcionando direito, transfira a conexão dos coletores de elétrons para a gaiola, vamos tentar uma retroalimentação.

Os engenheiros de Sumé tentavam conter os espíritos da Charia a todo custo desde que identificaram a Lua de sangue e o Eclipse nos corpos dos irmãos Arandu. Ambos estavam presos em duas câmaras de ressonância formadas por anéis que giravam em direções opostas, gerando o campo magnético contentor.

O magnetismo criava uma dança de luzes na sala. Era um lugar amplo, cheio de engenheiros e técnicos das ciências da Cidade-Complexo. Os mais antigos orientavam sobre o que deveria ser feito, pois contavam com a experiência e conheciam histórias de como os primeiros homens de Sumé utilizaram técnicas similares para construir o Salão do Destino.

— Já conseguimos conter um espírito antes, mas transferimos para um cubo cybersintético. Nunca tentamos controlar espíritos dentro de crianças antes, não sei o quanto elas são capazes de suportar tamanha tortura. É uma aflição que não fica apenas no corpo; corrói seus próprios espíritos — explicou um dos técnicos mais antigos.

Ele aparentava ter quase sessenta anos e usava óculos com lentes digitais, devido ao alto grau de miopia e a um enorme desvio ocular. Todos ficavam em silêncio para escutá-lo. Era um dos nomes mais renomados de Sumé, um dos intérpretes das leis científicas encontradas no Compêndio de Wyra e um dos supervisores do Salão do Destino, onde mantinham Tsavo como guardiã.

    Os garotos se contorciam e gemiam de dor, pareciam sentir a pele arder e os esturros das onças ensandecer os ouvidos. O processo todo era muito doloroso, mas Araquém queria resultados e avisou a todos que não permitiria que a vida dos dois colocasse em risco toda a cidade. As Charias estavam ligadas à profecia de destruição de Sumé; de acordo com os registros, a batalha que elas travariam com a Onça mística seria um dos motivos para a devastação de tudo o que o Pai-Fundador construíra. Foi por isso que o Conselho de Cardeais, liderado pelo primo de Djalô, decidiu influenciar a profecia, mantendo o controle sobre a Charia, usando-a para impedir quaisquer problemas que os três jovens invasores do Palácio de Ygareté pudessem causar.

    — O legado dos filhos legítimos é mais importante do que qualquer coisa. Sem ele, esta cidade cairá. Use todos os recursos disponíveis para conter as Charias, mesmo que isso leve à destruição de ambas — avisou o conselheiro.

    — Estamos chegando perto — o engenheiro respondeu.

    Os espíritos rondavam o campo magnético tentando escapar, mas pareciam mais fracos à medida que a energia gerada era absorvida pelos anéis das câmaras. Os meninos aparentavam boa resposta, apesar dos gritos e urros de dor. A cor avermelhada na pele estava sumindo e eles retornavam à coloração normal. Quando o técnico deu o sinal, eles reverteram o magnetismo da câmara e inseriram as peças das hiperarmaduras, que começaram a se fundir em volta dos Arandu.

— As leituras anomalísticas estão diminuindo. Liberem os gases calmantes, vamos colocá-los para dormir. Avisem ao Conselheiro que elas estarão prontas em algumas semanas.

Ninguém teve ousadia o suficiente para repassar tal recado, sabiam que Araquém não esperaria semanas para ter novas armas contra a profecia de destruição da cidade disponíveis. Ele queria testá-las o quanto antes, mesmo que isso colocasse os Arandu em grande risco. Havia rumores de que um grupo de pessoas se recusava a obedecer tanto às escolhas do Pai-Fundador quanto à hierarquia de acesso restritivo que os Cardeais e Sacerdotes tinham escolhido para os códigos sagrados do Compêndio de Wyra. Essa era uma preocupação muito pequena, que ocasionalmente passava pela mente do Conselheiro, mas que estava totalmente ligada ao avanço das culturas estrangeiras em solo sumeriano.

Seu sonho era ampliar a grandeza da Cidade-Complexo para outros lugares, levar a crença no Pai-Fundador e todo o senso de justiça e organização social ensinados por Ele para os vários cantos do mundo. Araquém estava muito certo da realização de sua visão e, por mais que ainda temesse a profecia da destruição, ele duvidava que três crianças desajustadas, sobretudo uma garota que nem movia as pernas, fossem capazes de se tornar uma ameaça real. Mas a história era perfeita para avançar com os planos que tinha para restaurar a determinação do povo na crença.

"As Charias se tornarão armas que poderão suprimir qualquer forma de insurgência, elas se tornarão a outra face da justiça. Quando a imagem e a palavra de Djalô não forem mais capazes de inspirar, surgirão nas noites mais escuras para assombrar nossos inimigos."

Como nenhum outro técnico teve coragem de alertá-lo, o próprio engenheiro-chefe levou a mensagem para Araquém, que estava no salão de acesso ao seu quarto. Quando o homem mais velho chegou, imediatamente notou dois cubos luminosos que planavam em cada canto do espaço, deixando a atmosfera aconchegante. A decoração do quarto era de tecido e madeira, e havia um tapete bem adornado, projetando hologramas de grama e flores que reagiam aos movimentos de quem pisava. A leve brisa chegava aos aposentos por um sistema de ar natural.

— Conselheiro, temo que os meninos, ou melhor, as Charias ainda estejam instáveis. Quer dizer, não sabemos realmente como elas vão reagir quando acordarem.

— Pelo que sei, os Arandu sempre foram bons garotos. Eles foram criados por um dos Cardeais, não me parecem um problema. Eu só preciso saber se são suficientemente disciplinados para trabalhar em nome do Pai-Fundador.

— Bem, creio que isso eu não consiga responder.

— Então vamos colocá-los à prova. Quando acordarem, pergunte tudo o que sabem sobre o Salão do Destino, sobre a história de Sumé e, se derem respostas boas o suficiente, coloque-os na busca pelas outras crianças. Imediatamente!

#NADA PARA ENCONTRAR EM CASA

Ao se aproximar da Cidade-Complexo, viram no Topo a paisagem já conhecida, com as fazendas em redomas funcionando normalmente. Alguns moradores se impressionaram ao ver um dos veículos da seletiva entre eles e vibraram. Crianças acenaram e adultos gritaram palavras de incentivo e de provocação. Juba jurava ter ouvido alguém gritar "Vai sobrar nada dessa lata". Mas riu, pois nunca imaginou que seria notado por alguém, algo que ainda não havia conseguido com os beats, mas que se tornara possível graças aos poderes recebidos no Salão do Destino.

Quando Tsavo se aproximou do Centro de Sumé, o clima mudou. Um alerta tinha sido emitido em busca dos três, e a imagem deles estava projetada em visores, sendo transmitida pelo sistema de segurança. Confirmaram a informação de que os Cardeais da Cidade-Complexo atribuíram aos jovens a culpa pelo apagão tecnológico que acontecera em Sumé, atrasando o Dia da Escolha. Alguns moradores acreditavam que uma maldição recaíra sobre todos, pois, desde aquele dia fatídico, pessoas vinham sendo atingidas por visões noturnas grotescas. Os três também foram acusados pelo desaparecimento dos irmãos Arandu. Muitos desses sinais e maldições estavam descritos no Compêndio de Wyra, mas tornaram-se lendas interpretadas pelas pessoas de acordo com o nível de acesso que tinham aos dados sagrados. Poucos conheciam a verdade e a gravidade do que estava por vir.

— Essa onça disse que eles ficariam bem. Vacilona! Não dá pra confiar nesses espíritos, cara — gritou Cosme, e o motor do carro acelerou rancoroso.

— Não vai dar pra avançar, merda! Ferrou tudo. — Juba sentiu a insegurança voltando e pensou em retornar, mas o próprio Cosme o convenceu de que a melhor chance deles seria conseguir o que precisavam em Sumé.

— Sem tempo, irmão. A gente já passou por coisa pior. Eu pego mal é com o que devem ter falado da gente. Tão pintando a gente de criminoso, enquanto tamo querendo salvar esse esculacho de lugar.

— Alguma vez foi diferente? Quer dizer, Sumé sempre acabou com nossa autoestima, empurrou nossa família pra essa história toda de Dia da Escolha, fez a gente invisível no meio de todo o entulho religioso deles... mas, sabe, a gente não se diminuiu, olha só. Eu acho que, quanto maior e mais livre for nosso desejo, mais pesada será a reação de Sumé. Essa cidade parece que tá viva e querendo nos engolir.

— E se alguém quiser nos engolir, a gente faz vomitar. — Cosme olhava para a entrada do Centro de Sumé. Depois virou o olhar para os amigos, que o retribuíram como se pensassem exatamente a mesma coisa.

Juba arquitetou um plano para atravessarem o piso central de Sumé e colocou um dispositivo computacional de pulso nos amigos. Pareciam pulseiras simples, mas estavam codificados para enganar qualquer escâner de identidade.

— O lance é ser ligeiro e evitar aglomeração. A gente não pode ser identificado. Bota esse bonezinho aí no cabelo, faz um laço, sei lá. Se ajeita aí com uns pano pra ficar diferente. — Cosme apontou para o cabelão do amigo, enquanto Vik, ágil, já amarrava o cabelo em um coque diferente, colocando óculos como disfarce.

O hacker do grupo era o único capaz de contactar seu fornecedor, conhecido como Jogador Caro. Ele era famoso por conseguir peças difíceis, diziam que era capaz de obter qualquer equipamento de Nagast. Juba até tinha acesso às coisas vendidas pelos pais, mas eles não deixavam o filé dos dispositivos para o menino. Era fácil encontrar o fornecedor, bastava acessar qualquer fórum em servidor ou mensageiro de games e deixar a mensagem. "Aqui é só jogador caro, chama quem quer subir o nível." Os bots do fornecedor conseguiam interpretar o perfil do usuário e, se estivesse seguro com chaves de ocultação do Nexo central, uma mensagem dele surgia para o jogador. Mas Juba era cliente das antigas e nem precisava da senha, tinha acesso direto. O fornecedor já sabia da esperteza do Brabo e que as mensagens que trocava com o moleque eram seguras. Juba, um covarde convicto, não queria ser rastreado por ninguém.

"Saudações, Jogador, aqui é o Juba. Tô precisando de umas peças diferenciadas hoje."

Minutos depois, a resposta surgiu:

"Cê é ligeiro, maninho, aquele drone desapareceu mesmo, gostei de ver! Tá pensando em um drone mais potente, mais high tech?"

O fornecedor pareceu espantado quando leu a nova demanda de Juba: peças cygens, tecnologia cybersintética e dispositivos com cabos de controle de energia ancestral, tudo coisa fina, raridade em Sumé, mas abundante em Nagast.

O Jogador Caro desapareceu e ficou em silêncio por alguns minutos. Depois voltou:

"Peça diferenciada, preço diferenciado, manja?"

Claro que o beatmaker entendia isso e tinha convertido a IA do veículo para minerar criptocréditos desde que saíram do deserto de Adze. Quando a negociação estava finalizada, ele recebeu a localização aonde as peças chegariam: uma garagem pequena, num local próximo ao Templo dos Cardeais, a sede da força policial de Sumé.

"Desculpa, maninho, dessa vez não rola entrega grátis, sabe como é arriscado manter essas fita aqui. Te mandei um acesso codificado pela velha rede, ela vai abrir a porta da garagem pra ti, tudo nosso. Vou mobilizar aqui pra chegar no tempo previsto, vai demorar algumas horas, mas consigo tudo. Valeu pela parceria e pela consideração."

Esperaram com atenção redobrada até descerem para o Centro de Sumé. A paisagem estava bem diferente: as luzes piscavam ou estavam mais fracas, e algumas casas estavam no breu, completamente no escuro. O apagão tecnológico criado pela explosão do Olho Lunar havia deixado vestígios físicos na dinâmica da sociedade. Os Cardeais faziam rondas em grupos e havia projeções com o rosto dos jovens por toda parte, além do código 163 do livro de Regras e Punições Sociais, um anexo do Compêndio de Wyra, indicando o grau de periculosidade de cada um dos procurados. As imagens alternavam-se com um memorial digital criado para os Arandu, supostamente desaparecidos.

— Duvido, esses dois são babacas demais pra desaparecer. Não dizem que coisa ruim não morre? — comentou Cosme.

Um frio atravessou Vik na espinha. Era um presságio ruim, ela ficou apreensiva. Colocou um sobretudo que quase tocava o chão, bem maior que o necessário, mas que disfarçava o exoesqueleto que planava. A Cidade-Complexo estava um pouco gelada, pois o sistema de aquecimento também passara a falhar devido à explosão. A pele arrepiada fez com que a menina descartasse o pensamento, focando em si mesma por um segundo.

Os três continuaram mantendo uma certa distância entre si e evitavam usar os meios de transporte e comunicação disponíveis, comunicando-se apenas pelos dispositivos de pulso, pelos quais também se acompanhavam pelo GPS. Cada esquina parecia um novo desafio. O receio de serem descobertos pairava sobre os jovens. Agora era tudo muito mais sério do que uma correção de tutores da Academia. A sensação de ter a mente pisoteada pela doutrinação forçada ainda deixava marcas em Cosme. Ele era o único do grupo que entendia os limites éticos quebrados pelos Cardeais para defender o sistema de crenças. Vik sentiu-se mal novamente, a tatuagem acendeu uma pequena luz, e a energia crescente emanada por ela foi percebida por Juba.

— O que tá rolando, mina?

— Não tô me sentindo bem, acho que tô um pouco confusa, deve ser todo esse estresse.

Algumas imagens disformes surgiam em lampejos em seu pensamento. Pareciam micropesadelos, medos aprisionados. O amigo a acolheu, segurando-a pelo braço. Um Cardeal começou a se aproximar, então ela afastou Juba.

— Me deixa, vai.

Ele se afastou e a menina continuou o caminho. Ao passar, o Cardeal fixou o olhar nela por alguns segundos. "Acho que me reconheceu", pensou Vik imediatamente.

O homem usava a roupa de rotina, tecidos longos com um peitoral robótico em que havia a carranca de Sumé, a onça feroz com olhos de jade e dentes de marfim, um traje utilizado apenas dentro da cidade. O Cardeal foi se aproximando e Vik fez sinal para os amigos se esconderem; mas Cosme resolveu acelerar o passo em direção à amiga.

— Se ele tentar pegar a Vik, vou causar aqui! Vou fazer um estrago no canalha, se prepara, neguim — avisou Juba pelo comunicador.

O Cardeal então tocou o braço de Vik.

— Precisa de ajuda, menina?

— Nã... não, senhor — respondeu, hesitante.

— Ok, você sabe que não é seguro ficar andando por aqui, já escutou as histórias do abadon, não é? Se precisar, busque a nossa ajuda.

Vik se deu conta de que os Cardeais não imaginavam encontrá-la caminhando com as próprias pernas, como parecia estar por conta do exoesqueleto; por isso nem se ligaram em seu rosto. Isso a faria ganhar algum tempo entre os vigilantes menos cautelosos. Porém, a história do abadon ficou na mente da garota. Ela entendia que aquilo significava uma parte da profecia. "Será que fizemos certo em retornar para a cidade?", questionou-se, retornando para os amigos.

— Não foi nada, tá tudo bem. Bora pegar essas peças e sumir daqui, Juba — avisou a eles.

Juba seguia caminhando em posição avançada, enviando a localização para os parceiros. Todos acreditavam que o transporte autômato seria um erro básico para a identificação dos três, então atravessaram os prédios e os quarteirões da cidade a pé. Algumas vezes, encontraram o caminho que os levaria de volta para casa, e a vontade de voltar à vida normal — mesmo que fosse pequena e ruim demais para quem eles haviam se tornado — era gritante. Sabiam, no entanto, que o sentimento de normalidade não era uma escolha segura para qualquer jovem marginalizado.

    Quando a vontade batia, eles viravam os olhos e encaravam a realidade com a maturidade que só os ancestrais poderiam ter entregado a eles. Por algum motivo, Vik sentia um peso cada vez maior sobre os ombros. A tatuagem brilhava muito, e os micropesadelos se espalharam na mente dela; ruídos, gritos e outras sensações estranhas tumultuavam seus pensamentos.

    Faltavam apenas alguns quarteirões para Juba, Cosme e Vik alcançarem a garagem indicada pelo Jogador Caro. Eles atravessavam uma grande feira popular, onde se podia comprar e vender de tudo, desde frutas e carnes a equipamentos eletrônicos. Existiam ali inúmeras raízes e folhas sagradas, com aromas fortes, utilizadas tradicionalmente na culinária de Sumé. A feira só acontecia em dias específicos e, por isso, estava extremamente movimentada. Ter o ponto de encontro próximo a um lugar como aquele era algo que agradava a Juba. Para ele, a multidão era fundamental para que passassem despercebidos.

    Vik caminhava atenta, olhando ao redor. Cada barraca chamava a atenção dela, mas o anseio para encontrar logo o Jogador Caro e seguir com o plano era mais forte. Avançando pelo quarteirão, Vik foi interpelada pelo intenso cheiro adocicado que exalava de uma das barracas de doces, lembrando alguma sobremesa caseira de mandioca ou batata d'água, típica de Sumé. O cheiro a tomou, e foi quando a energia nos ombros dela começou a se expandir e a garota entrou em um novo transe, possuída pelos poderes do Olho de Sumé.

#AS CHARIAS

A tatuagem da menina irradiava uma luz branca, que descia dos ombros dela e circulava por seu corpo, atingindo as barracas ao redor. O sobretudo que ela vestia se rasgou, exibindo o exoesqueleto energizado. Pequenas faíscas se soltavam, atingindo equipamentos; eles esquentavam e depois se incendiavam, chamuscando o ambiente.

— Vik, volta, volta pra gente... — Cosme se aproximou, tentando fazer a amiga retornar do transe.

Ele viu semelhanças entre a manifestação da menina e a da anciã, Moss, então sabia que aquilo era coisa das deidades. Porém, não conseguia se aproximar, pois o calor e as ondas elétricas que vinham da luz branca eram mais fortes do que o normal, e, por isso mesmo, assustaram a multidão. Vendedores correram para se afastar. A garota não conseguia controlar, como da primeira vez, os poderes que se manifestavam. Juba analisou os picos de energia; eles estavam elevados, aproximando-se aos da grande explosão do Olho Lunar no Palácio de Ygareté.

— Cosme, a gente precisa tirar ela daqui. Vai dar ruim, vamos perder a chance de pegar as peças. Se os Cardeais baixarem aqui, a garagem não vai abrir pra ninguém...

— Calma, Juba, caramba! — ralhou Cosme, passando a mão no rosto enquanto observava a amiga queimar tudo. — Vai dar bom. Vai lá pegar as peças, a gente precisa delas, e eu fico aqui com ela.

— Mas a gente precisa dela...

— Eu sei, Juba. Por isso vou ficar aqui. Não vou deixar nada acontecer com a Vik. Confia.

Os dois trocaram um olhar que misturava preocupação, fé e confiança. Juba saiu em disparada em busca das peças, enquanto Cosme tentava ajudar a amiga. O beatmaker se sentia mal por abandonar os amigos em um momento tão arriscado e crítico como aquele, mas concordava com Cosme que precisavam tanto das peças quanto de Vik. Então seguiu, confiando inteiramente no que o guardião faria.

Cosme soltou um suspiro ao ver o amigo se distanciar. Tentou falar, gritar, com Vik, mas a energia que vinha dela abafava sua voz. O menino também fez sinais para que ela se afastasse das barracas, temendo um grande incêndio, mas o fogo já se espalhava pela feira. Vik estava aprisionada em visões-pesadelos: imagens da cidade completamente devastada, pessoas chorando e sombras de monstros se aproximando. Quanto mais ela sonhava, mais a energia de seus poderes se intensificava, atingindo e castigando aquela região. Diante de seus olhos, as sombras dos pesadelos foram ficando cada vez mais reais.

A sensação de opressão que sentira durante a vida inteira se intensificava mais e mais. Parecia que nunca estaria livre de tanto sofrimento. Os momentos de liberdade por trás do volante eram como memórias distantes. A tristeza a consumia. Ela olhava através do fogo e nem conseguia distinguir o que era visão e o que era realidade. Via duas onças negras se aproximando pelas costas de Cosme: eram os espíritos perdidos das Charias. Sempre espreitando e planejando o próximo ataque. Será que pessoas como ela e os amigos jamais conheceriam a paz? De repente, sentiu que as sombras lançaram correntes sobre suas pernas e mãos.

— Me ajuda — suplicava, olhando para Cosme.

O garoto era incapaz de enxergar as correntes e as sombras, mas sentiu um calafrio nos ombros, como se algo pesado atravessasse o ar em direção à menina. "Tem alguma coisa sobrenatural aqui!", pensou Cosme e, por isso, achou que aquele era o melhor momento para utilizar o Orisi das armas ensinado pela anciã na encruzilhada. O guardião então fechou os olhos e se lembrou exatamente do desenho da escrita sagrada, começando a invocar o Orisi e ativando a relíquia de ouro no pescoço.

Imaginou as armas adequadas para o momento. Não queria uma lança, desejava algo mais pesado. Então focou toda a sua energia naquela projeção. O ouro do pescoço dele se expandiu como uma armadura no meio de roupas largas e ombreiras tecnológicas. Braçadeiras e um peitoral de aço surgiram como proteção. Seus movimentos continuaram e, quando completou o Orisi, um canhão se materializou em suas mãos e peças robóticas douradas cobriram seus ombros. Cosme abriu os olhos e reparou instantaneamente em suas novas armas.

— É disso que eu tô falando, malandro.

O Orisi também permitiu que o garoto visse as sombras. Seus olhos demoraram pouco a se acostumar com a sensação de estar em outro mundo. As cores pareciam limitadas, destacavam-se o ciano, o magenta, o amarelo e o preto. Ele reparou nas correntes amarelas que duas figuras utilizaram para aprisionar Vik. Aqueles seres pareciam jovens com hiperarmaduras de onças. Um deles tinha olhos magenta no capacete, enquanto o outro tinha tons de ciano nos leds oculares. Sem pensar duas vezes, ele carregou o canhão com plasma e disparou um tiro poderoso na direção de um dos oponentes, acertando-o em cheio e causando uma pequena explosão. Uma das correntes que aprisionavam Vik se soltou, e ela começou a forçar a outra.

Antes que Cosme conseguisse mirar na outra sombra, percebeu que a primeira atingida se movimentava velozmente, saltando em grande velocidade na sua direção. Ela se aproximou rapidamente e acertou um chute no canhão, desviando o disparo para o alto. Cosme conseguiu ver os detalhes da hiperarmadura: parecia feita do mesmo metal que suas novas braçadeiras. Os pés dela deixavam um rastro de fumaça negra e as luvas eram compostas por garras afiadas.

— Sumam daqui enquanto há tempo, vamos consertar a merda que vocês fizeram — disse o lutador com capacete de olhos ciano ao atingir o canhão de Cosme.

— Sei lá de onde vocês saíram, mas vou meter o pé nessas bundas de lata se continuarem com as mãos na minha parceira.

Cosme jogou o canhão para trás dos ombros, socando o capacete do oponente. Seus punhos estavam envoltos pela energia do colar de ouro, amplificando sua força natural. Ele agarrou a corrente presa em Vik e a arrebentou, arremessando-a contra a outra sombra. Ambos, desestabilizados, não conseguiram manter a menina aprisionada. Vik soltou-se. A energia de sua tatuagem expandiu-se com um estrondo, se espalhando para as barracas do quarteirão. A ira e a vontade de destruir tudo abandonaram a mente dela, findando o transe. Os ambulantes já estavam longe quando ela se aproximou de Cosme.

O cenário começou a ficar caótico. O fogo estava por todo o lugar, as barracas ardiam em chamas e, naquele momento, uma força-tarefa dos Cardeais estava a caminho para controlar a situação. Eles usavam roupas de combate — armaduras mais pesadas e fechadas nas canelas, capacetes que pareciam espelhos de vidro negro, escudos com carrancas de onça reluzindo o esverdeado dos olhos bestiais — e caminhavam em uma marcha pesada e lenta, guiados pelo Cardeal de capacete totalmente verde que usava um tecido de guerra sobre os ombros da armadura. Desde o acontecimento no Palácio de Ygareté, Araquém havia solicitado que os sacerdotes montassem uma força-tarefa para lidar com ameaças vindas de poderes místicos, identificados no Salão do Destino, junto ao projeto das Charias. Essa tropa seria utilizada para a expansão da fé no Pai-Fundador.

"O bem de Sumé deve ser a meta de cada indivíduo nesta cidade."

Cosme e Vik não conseguiam se mover mais rápido do que as duas sombras. A de olhos magenta tinha lava escorrendo da armadura e seus golpes eram capazes de queimar. Ela emitia um pulso sonoro como um rugido, que empurrava e golpeava à distância. As duas sombras circundavam os jovens e tentavam acorrentar a garota novamente, mas as pernas de Vik estavam fortalecidas pelo exoesqueleto, as artérias nanorrobóticas reagiam com velocidade e força. Mesmo fora do transe, a energia que irradiava da tatuagem ainda estava presente em seu corpo, e assim ela aproveitava para empurrar as sombras quando passavam por perto.

Cosme resolveu trocar socos com a sombra de olhos ciano, porém, quanto mais ela se movimentava, mais levantava uma fumaça escura e espessa, dificultando a visão dele. A sombra saltou do meio da nuvem de fumaça e tentou cravar as garras no garoto, mas ele colocou as duas mãos na frente e um escudo místico surgiu, dissipando a fumaça e iluminando o local.

— Tava sentindo mesmo falta de um escudão dos bons. — Cosme olhou a palma de suas mãos e viu que havia um Orisi desenhado nelas.

Acuados, Vik e Cosme acabaram encostando-se um no outro. O toque do amigo emocionou Vik, lágrimas escorreram pelos seus olhos.

— Sem chance de a gente parar aqui nessa cidade, ainda mais nessa situação, Cosme! Não cheguei até aqui pra nada. — As palavras saíram soluçantes da garganta da menina.

Quando ela parecia estar mais emocionada, a tatuagem voltou a brilhar, e seus olhos também. As sombras circundavam os dois com as correntes, preparando-se para aprisioná-los.

— Vou abrir caminho, Vik. Tu vai nessa e encontra o Juba.

Cosme mirou o canhão em algumas barracas vazias e chamuscadas, pensando que ali podia abrir uma rota de fuga.

— Dessa vez não, a gente vai junto. Nem que a gente tenha que destruir tudo pra passar — Vik contestou o garoto.

Ela canalizou o que restava da energia da tatuagem e colocou as mãos no canhão de Cosme. Uma das sombras se movimentou novamente na direção do menino, mas o disparo saiu antes. A rajada do canhão alimentado pela menina incinerou tudo o que estava à frente, causando uma explosão que espalhou escombros por vários quarteirões. Vik continuou segurando o canhão e direcionando a rajada, virando-o na direção dos Cardeais, que usavam escudos de proteção que cancelavam energias místicas, mas, mesmo assim, sofreram com o laser estraçalhando suas armaduras.

Quando o tiro se dissipou, os escombros começaram a cair. As duas sombras foram arremessadas pela explosão e as correntes foram rompidas. Elas estavam com a armadura danificada, mas ainda se levantavam para outro ataque. A sombra de olhos ciano começou a criar uma nova corrente a partir da fumaça. Os olhos de Vik brilharam novamente, e dessa vez a energia alertou o guardião, que puxou assustado o canhão das mãos da amiga, não parecia ser ela. Percebeu que o transe estava retornando.

Vik se virou para ele com uma expressão tensa. Mas, antes que Cosme pudesse falar qualquer coisa, o silêncio pós-explosão foi quebrado com o ronco de motores. Os dois olharam na mesma direção, e Vik pareceu relaxar. Os amigos viram Juba atravessando a fuligem e os estilhaços sobre uma moto com rodas gigantescas, modificada com um para-brisa eletrônico.

— TEMPO PARA A COLETA, 30 SEGUNDOS...

Ele alcançou Vik e Cosme em uma velocidade estrondosa.

— Cê sabe dirigir esse treco? ... Ô, moleque brabo! — Entusiasmou-se Cosme, antes de perceber mais duas motos se aproximando na mesma velocidade, mas sem ninguém pilotando.

— Sabe demais, e sabe salvar a gente quando é preciso. Segura no guidão quando as motos passarem — respondeu Vik.

Ela se lançou e se segurou em uma das motos. Sem olhar para o lado, soube que Cosme se ajeitava na outra. A rota estava traçada por Juba e ia para fora do centro de Sumé por uma rota alternativa, passando pelo subúrbio.

Os três veículos se alinharam em fila e correram por fora das ruas, cruzando algumas vielas. Juba passou na

frente da casa dele, e poucos quarteirões depois foi a vez de Vik. Eles não olharam, não falaram nada, apenas seguiram. As motos autômatas seguiram para o Topo de Sumé. Os três voaram alto na rampa formada por uma das dunas e desfrutaram a sensação de liberdade em cima daquelas rodas potentes. Já que diziam que eles não podiam tocar o céu, então eles resolveram tomá-lo para si.

Deixaram muita destruição naquela região de Sumé. O bairro foi praticamente destruído pela energia da garota. Havia vestígios do incêndio por todos os lados, construções derrubadas pelas faíscas que saltavam de seu corpo, e tudo estava arruinado pela explosão do campo místico que envolvia a menina. Os Cardeais sentiram o peso do fracasso novamente. Sob as ordens de Araquém, eles elegeram um novo líder para a Força-Tarefa, um dos homens mais fanáticos da causa, fanático o suficiente para usar qualquer estratégia pelo bem da Cidade-Complexo, alguém que só queria o melhor para a família, segundo as próprias crenças, e que conquistou um espaço entre sacerdotes. Ele não teria quaisquer escrúpulos para defender a causa e, provavelmente, sacrificaria, os próprios filhos para proteger o alvo de sua devoção.

Arthur Luena, pai de Vik, agora reconhecido pelos Cardeais como O Missionário, era o homem escolhido.

— Senhor, as Charias falharam, não conseguiram parar aquela aberração. Nossos registros identificaram a mesma força gerada na explosão do palácio — avisou um dos Cardeais.

— É ultrajante ouvir essa sua ladainha sobre a falha daqueles dois! — vociferou o líder dos Cardeais.

— Olhe ao redor, Cardeal. Olhe a destruição a nossa volta! Nós falhamos miseravelmente! Não há nada mais a fazer, senão dobrar nossos joelhos e clamar ao Pai-Fundador por mais poder para proteger sua construção. Leve as Charias de volta, vamos fazer aprimoramentos com os novos dados coletados nessa batalha.

O Missionário não foi capaz de se aproximar o suficiente para perceber que a aberração sobre a qual os soldados discutiam era a filha que ele desejava tanto reencontrar. Arthur criara para si a história de que Victória havia sido sequestrada pelos delinquentes ou sido raptada por um abadon, assim como os irmãos Arandu. Ele queria acreditar em qualquer coisa, menos que ela estivesse feito as próprias escolhas. Não aceitava que ela contrariasse os dogmas de Sumé.

#A MALTA INDOMÁVEL

Após uma fuga cheia de adrenalina, os jovens encontraram um lugar seguro e pararam os veículos. Eles desceram das motos e se esconderam atrás da cúpula de uma fazenda de aipim.

— Tudo certo com as peças? — Vik e Cosme observaram Juba abrir o compartimento da moto e tirar de lá peças cybersintéticas de Cygens.

— Tá na mão! Mas o que foi aquilo? Aqueles dois que estavam lutando com vocês? O bagulho tava ficando louco.

— Acredito que sejam as Charias, as Onças da Noite, inimigas de Sumé. Eu vi elas nos meus pesadelos, mas tem alguma coisa diferente, parece que elas estão mais cruéis — respondeu prontamente a menina.

Cosme fez uma cara de desconfiado.

— Não só parece... eles estavam com hiperarmaduras bem parecidas com as dos Cardeais da força policial de Sumé, rolou alguma modificação real, mas... É, também... tinham poderes místicos. Cê se ligou que eles estavam querendo você, né, garota? — Cosme ergueu os punhos como se estivessem acorrentados, lembrando à amiga o que tinha acontecido.

— Não estão atrás de mim, tão atrás do primeiro Olho de Sumé, Tsavo escondeu os poderes do Olho em mim. De algum modo, eles identificaram que eu estou carregando aquele Orbe do Salão do Destino.

Juba e Cosme já haviam percebido que existia algo muito poderoso na menina. Era uma força capaz de devastar muito mais do que simples quarteirões, como acabara de fazer. Juba também presenciara essa energia quando fugiam dos acopladores. A própria Vik sentia isso, e seu maior receio era machucar os amigos com esses poderes. Ela sabia que queria ter destruído tudo em Sumé e se desviou do próprio pensamento, não era algo com que gostaria de lidar naquele momento.

— Faz sentido, mas tá ligada que a gente não anda a pé, nem sozinho, Vik. — Cosme abraçou a menina e olhou para Juba. — Quem mexer com um de nós vai arranjar encrenca com todos. Vai ficar pequeno.

Por um momento, eles se acalmaram, e Juba decidiu voltar a atenção para as peças novas que usaria para reparar o carro.

— A gente tem que ficar esperto, vou levar algumas horas pra modificar nossa máquina. Vocês ficam vigiando aí.

Cosme conhecia aquela região como a palma da mão. Sua família viera das fazendas de Sumé, e ele ainda conseguia se virar ali. Sabia que existiam pequenos produtores que trocavam alimento, quentinhas e sucos produzidos por eles mesmos por tecnologia da Cidade-Complexo, como um escambo. Eles tinham algumas ferramentas sobrando no bagageiro do carro, por isso o guardião sugeriu procurar esses produtores em uma única moto, para despistar qualquer um que estivesse procurando o grupo.

Eles voltariam com algumas quentinhas, mesmo que não servissem de muita coisa para Juba, que a cada dia se parecia mais com um Cygen, necessitando cada vez menos de comida orgânica. Na verdade, nem ele percebia que seu corpo trocava energia com o motor e se alimentava vagarosamente dos dados que o sistema fornecia.

"Se percebesse, já teria surtado", pensou Cosme.

— Bora lá, mas quem vai na garupa é você — disse Vik, saltando para uma das motos e colocando o capacete de piloto, que usava quando dirigia Tsavo.

O amigo subiu atrás dela, todo desajeitado, mas segurou em sua cintura. Cosme notava cada vez mais a beleza de Vik: os cabelos trançados, a pele que ficava ainda mais bonita no final da tarde e o coração destemido, que fazia dela uma das melhores companhias para as suas loucuras. "A atitude dela derrete qualquer vagabundo, tô perdido."

Vik e Cosme foram até uma fazenda de aipim e conseguiram fazer com sucesso a troca. Mas as quentinhas só estariam prontas dali a um tempo, na hora do jantar, por isso resolveram subir na cúpula e observar o sol, que começava a se esconder no céu de Sumé. Sentindo-se confortável, o guardião entrou em detalhes com a amiga sobre tudo o que vivera na encruzilhada. Falou do medo de morrer, do encontro com o espírito corrompido do próprio pai e da anciã que lhe ensinara o Orisi da guerra.

— Tive medo de não encontrar você novamente, Cosme. — Em algum momento, a piloto ficou acanhada, mas revelou o receio que tentara esconder de Juba e de si mesma durante os momentos em que estavam sem o amigo.

Cosme esticou as pernas, que estavam apoiadas contra o peito, e se inclinou levemente na direção da amiga enquanto esboçava um sorriso nervoso.

— Sabe... tu sempre botou fé em mim, a única pessoa lá na Academia que me enxergava como um cara normal, quando todo mundo só achava que eu era o pior demônio que tinha pisado em Sumé. Cê me deu força, quando nem sabia que tava dando. — Ele deixou a mão direita se aproximar e segurar a mão esquerda da amiga, entrelaçando os dedos com carinho e cautela.

Naquele momento, mesmo com tudo o que estava acontecendo, os dois permitiam-se sentir algo que lhes fora negado durante a maior parte da juventude.

— Você também! Desde que perdi os movimentos das pernas, todos foram horríveis comigo, menos você e, depois, o Juba. É horrível passar por isso, as pessoas olham como se estivéssemos quebrados, como se fossemos imprestáveis.

— Que se ferrem! Você nunca foi imprestável pra mim...

Os olhos deles se cruzaram sob os últimos raios de sol. Eles foram incapazes de resistir à beleza do momento e, depois de passarem por emoções tão tenebrosas, decidiram se arriscar em um sentimento mais acalentador. Vik colocou uma trança atrás da orelha, depois pegou a mão do menino e colocou em sua cintura. Ele a segurou com desejo e aproximou a boca dos lábios carnudos da menina.

O pôr do sol chegava ao fim, selado pelo beijo que eles deram, libertando-se das amarras que os impediam de sentir qualquer indício de desejo e paixão. Era a primeira vez que beijavam alguém. Foi desengonçado — ele beijou um pouco da bochecha dela, e ela estranhou —, mas depois sorriram, e Vik puxou o queixo de Cosme, retribuindo o beijo. Eles se abraçaram e descobriram juntos a sensação de começar a amar alguém.

— Pensei que nunca teria chance com você — disse a menina. Quando o beijo acabou, Vik estava radiante e sentia-se íntima o suficiente de Cosme para revelar seus pensamentos.

— Cê é loka, Vik? Tu é muito gata, seu estilo, seu jeito... Eu que não pensei que ia rolar de verdade.

— Sério? Mas eu era tão deslocada...

— E eu era o trombadinha da Academia.

Os dois sorriram e, em seguida, ficaram em silêncio por alguns segundos. Depois sorriram ainda mais, compartilhando e aproveitando o momento.

— Agora a gente tá aqui, no Topo da cidade. O céu parece o mesmo sobre nossas cabeças. — Vik levantou-se e observou o crepúsculo surgindo.

— E ainda vamos ter que salvar a cidade praqueles mal-acabados que ferraram nossas vidas. Quer dizer, o mundo capotou e agora eles que precisa de nóis... mesmo sem saber, haha.

— Não sei onde isso vai dar, Cosme. — Vik entrelaçou os dedos com os dele. — Mas, pra mim, já valeu muito a pena. Já realizamos todos os sonhos que podíamos ter. Já fomos além de tudo.

— É verdade, linda, mas ainda dá pra ter um pouco mais. Os ancestrais sabem da responsa que é dar poder pra um pretinho ambicioso que nem eu, a gente não para, a gente vai além. Vamos salvar essa joça de cidade e vamos vencer a Batalha das Maltas, bota fé?

— Como que cê falou mesmo... "Firmão pelo que é certo"? — A menina fez o sinal com as mãos como Cosme ensinara para Juba dias antes.

Eles ficaram de chamego mais um tempo e depois desceram, quando receberam sinal de que as quentinhas estavam prontas. Voltaram de imediato para o local onde o amigo hacker estava e comeram assistindo-o mexer no veículo.

Juba trabalhava na conexão da tecnologia cygen com as peças do carro. Era um veículo nagastiano de última geração e, ainda assim, não era páreo para a conexão com a carga de energia promovida pelo cubo cybersintético com o espírito de Tsavo. "Se essa Onça Mística quase fritou o cubo, deve tá fritando os circuitos do carro por dentro só por estar ali", pensou o hacker. Seus poderes cygens permitiam uma comunicação íntima com qualquer dispositivo computacional. Ele sentia os circuitos e era capaz de projetar sua consciência dentro dos dispositivos. Enquanto mexia no motor, percebeu a presença de Tsavo espalhada por todo o carro. Era como um chamado: ficava mais forte nas peças perto do cubo. Antes, quando ela estava apenas no cubo, eles se comunicavam tranquilamente, mas ali parecia haver alguma coisa que Juba não estava compreendendo.

— Não dá pra confiar nessa coisa, fi. Tá louco, se pá é uma armadilha... — resmungou.

Sem avisar o amigo, Juba decidiu mergulhar sua consciência nos circuitos para interpretar a mensagem de Tsavo. Direcionou seu olhar cada vez mais para dentro dos sistemas do motor, percorrendo cada detalhe do veículo, sentindo-se mais e mais próximo de Tsavo. A energia que o chamava fortaleceu-se com sua presença e parecia dominar todos os circuitos. Em determinado momento, frustrado, Juba decidiu retornar, abandonar o plano de encontrar a onça, mas já era tarde: estava aprisionado. Sua consciência foi sugada para as profundezas do cubo onde Tsavo estava, e ele se viu no meio de uma escuridão completa, imóvel e indefeso.

A sensação era pesada, a escuridão parecia se dobrar sobre seus ombros. Existia uma aura de ira em todo o lugar. Quando a chama vermelha surgiu do nada, Juba sabia que Tsavo estava enfurecida com o aprisionamento, ela queimava de ódio. O fogo se moveu ferozmente, o rugido gutural ecoou pelo vazio.

O fogo aumentou em sintonia com o rugido na escuridão. Como uma explosão na direção de Juba, o rosto de Tsavo se formou no meio do fogo, abrindo a boca como se fosse devorá-lo. Ele ficou imóvel, praticamente sem emoções, por sua condição de Cygen, e se entregou ao destino. O crânio de fogo da onça parou diante de seus olhos e ficou ali por alguns segundos, com as presas saltadas para fora.

— Você está mudado, pequeno.

— Isso não devia te causar espanto, foi tu que me deixou assim. Eu e todos os meus amigos.

— Hum... Eu entreguei o poder que vocês tanto desejavam para mudar o próprio destino e vocês retribuíram me aprisionando naquele espaço apertado e, agora, nessa máquina. Eu deveria aproveitar o momento para massacrar sua consciência, aniquilar por completo as sinapses do seu cérebro.

— E aí? Depois vai fazer o quê? Ficar aqui entulhada nesse carro pra sempre? Passar o resto da eternidade nesses circuitos, esperando ajuda das deidades imortais? Vai ficar a pé, cê sabe.

Tsavo já estava ciente deste dilema, e só havia uma forma de mudar sua nova realidade. A Onça de Fogo começou a se dissipar e suas labaredas se transformaram em eletricidade estática. Ela foi se espalhando por toda a escuridão, revelando os circuitos nas paredes onde a eletricidade tocava. Todo o seu corpo foi absorvido pelos circuitos, depois uma nova projeção digital surgiu na frente de Juba.

— Eu aceitei ajudá-los nessa busca, então ofereço minhas bênçãos a essa máquina para fazer dela mais forte e mais rápida, mas, quando tudo isso acabar, vocês me devolverão ao Mundo dos Ancestrais. Vamos selar esse trato?

Apesar do tom da onça, negociar com uma entidade era novidade para Juba, mas ele sabia que não havia nada de ingenuidade ou amadorismo ali. Seus poderes de Cygen seriam capazes de extrair Tsavo do cubo que alimenta o carro, mas como ele e os amigos fariam pra levá-la de volta ao Mundo dos Ancestrais? Essa dúvida era o suficiente para fazer o garoto congelar de ansiedade, porém, com a lógica e a ousadia de um Cygen cada vez mais presente, Juba lidaria com os riscos quando eles chegassem.

— Já é, fechado. Agora, diz aí, tu sabe onde tá o Olho Solar? Eu criei um algoritmo para rastrear a energia idêntica à da Vik, mas ainda não tenho nenhuma pista.

— Se eu soubesse a localização, os primeiros sumerianos, utilizando aqueles equipamentos do Salão do Destino, teriam extraído de mim essa informação, não acha? — respondeu a onça, impaciente. — Mas há uma coisa que escapou da atenção de todos eles. Quando Sumé partiu da

Cidade-Complexo, deixou pedras talhadas com várias gravuras, que os primeiros sumerianos usaram para construir o Salão do Destino. Essas pedras foram deslocadas, elas antes estavam em Adze. Quando carregaram as pedras, o deserto chorou e, de suas lágrimas, formou-se o Lago Sagrado. Suas águas suplicam eternamente pelo retorno das pedras talhadas para que a justiça seja feita e os homens devolvam o que roubaram do deserto.

— Bonita história, mas não vejo como me ajuda.

— É o máximo que posso dizer. Não acredite que eu vá olhar novamente para esse seu rosto, garoto. Temos um pacto, não uma amizade. Mantenha seus poderes bem longe dos meus circuitos ou eu aprisionarei você aqui novamente para fritar esse seu cérebro cygen. Você foi abençoado com inteligência suficiente para lidar com esse enigma. Lembre-se: o destino imposto a você e a seus amigos foi ocasionado por vocês mesmos quando invadiram aquele porão.

Quando Tsavo liberou sua consciência, Juba retornou ao seu estado normal com um solavanco. Mesmo um tanto confuso, ele rastreou com os olhos a energia da onça ocupando o veículo. A aura que emanava foi absorvida pela lataria, e Tsavo modificava as estruturas da máquina, aumentando os faróis, escurecendo os vidros, ampliando a frente com uma grade que lembrava suas presas. Ela deu mais aderência às rodas e fez do motor uma verdadeira usina de energia. Foi então que Juba notou os amigos à sua volta.

Cosme e Vik haviam notado que o hacker tinha ficado estranhamente imóvel, e logo desceram do local onde estavam para se juntar a ele. Juntos, seguiram observando as mudanças no veículo, sem acreditar no que viam. A máquina tinha um design dos mais lindos já vistos. Esportivo e feroz, hipertecnológico e místico, algo nunca visto nem em Sumé nem em Nagast. Chamaria atenção na Batalha das Maltas. A tinta parecia ser de cores de fora deste mundo, e os dois se lembraram imediatamente do mundo das Charias, pois a cor interagia com as luzes e simulava uma invisibilidade na escuridão, parecia biossintética. Pequenos detalhes, como labaredas de fogo, estavam desenhados nas rodas, e as turbinas do motor lembravam o fogo do próprio Sumé.

— Mano, cê envenenou essa nave, tá pesado, vixe.

Cosme correu para abrir a porta e ver os bancos de couro e uma cabine com uma gaiola de proteção para os corredores. Vik sentiu uma atração instantânea, era um chamado da própria Tsavo para que ela controlasse o veículo. Ela percebeu na mesma hora as bênçãos ancestrais na máquina, confirmadas pelo amigo ao explicar aquela transformação.

— Quer dizer que ela tá fechada com a gente? — perguntou Vik, passando as mãos no volante após entrar no carro.

— Mais ou menos. Quem controla é você ou o piloto automático do sistema computacional, mas ela pode desligar o motor ou colocar mais potência nele, dependendo do que quiser. Meio o que já aconteceu antes, mas agora ela tá mais no controle. Vai ter que ganhar a confiança daquela onça.

Vik sorriu enquanto tocava o veículo. Sabia que não seria tarefa fácil, mas sentia uma afinidade com Tsavo, sentia-se como a escolhida por ela para liderar essa equipe. A onça respondia ao seu toque acelerando levemente o motor, fazendo-o roncar. Cosme olhou para as estrelas aparecendo no céu límpido e percebeu uma nuvem de pirilampos indo em direção ao deserto de Adze.

— Precisamos voltar, essa madrugada vai começar a Batalha — disse o menino.

— Então, qual vai ser? A Malta dos Brabos, mesmo? — perguntou Vik.

— Ahn, como é, novinha? — Cosme segurou os braços dela, escorregando os dedos até a mão.

— O nome da Malta, lembra? Juba que deu essa ideia.

— Era zoeira, esquece, nome mó zoado esse. — O hacker ficou envergonhado pela ideia ruim.

— Se liga, garoto, a gente vai encarar uma porrada de carro de guerra, cybercapoeirista do trovão e tudo mais e nem nome temos? É tipo subir no palco, fazer o show e ninguém saber o nome da banda, né não?

Juba parou atônito. Vik estava certa, aquela era a hora do show que eles tanto desejaram. Claro, no caso dele os riscos eram bem maiores do que divulgar um beat, poderia ser uma aventura sem retorno, então precisava ser em grande estilo. Ele pegou peças de dispositivos excedentes e começou a fazer um som batendo os pés, um beat só para ele; em questão de minutos, construiu um bastão. O entregou para Cosme sem floreios.

— Você é nosso guardião, não é? Carrega isso. — Juba apertou um botão e o bastão se esticou. No topo, os nanorrobôs começaram a tecer um estandarte nas cores verde e roxo como o cabelo de Vik, vermelho como os olhos de Juba e com farpas platinadas como as mechas de Cosme. No centro, a carranca de uma onça com um coração flamejante na boca. "Mente afiada e coração indomável" era a frase estampada.

— É isso! — A menina correu para perto dos amigos e olhou para o brasão. — Nós somos a Malta Indomável.

— Vixe, arrepiou agora, pretinha. — Cosme sentiu a importância e a responsabilidade de fazer parte de um grande time pela primeira vez.

#ECLIPSE E LUA DE SANGUE

Eles se preparavam para partir. Vik observava a lua brilhando no céu escuro e quente do deserto. Estava tão iluminada que ofuscava o brilho dos pirilampos. Ela reluzia em tons avermelhados, o que os antepassados chamavam de Lua de Sangue. Um tempo bom para caçar e realizar rituais de oferendas aos deuses. A menina fixou o olhar no satélite por alguns segundos e viu um pesadelo atravessar seus olhos: um eclipse encobria toda a superfície lunar e uma escuridão mais pesada espalhava-se pelo deserto. A menina sentiu-se desolada e solitária mais uma vez.

Juba foi o primeiro a perceber a amiga assustada. Ele chamou o nome dela e colocou a mão sobre seus ombros. Os braços dela estavam queimando, então ele chacoalhou a garota, e ela voltou antes de entrar em outro transe.

— Que foi, Vik? — perguntou Cosme já ao lado dos dois, demonstrando aflição.

— Estava tudo escuro, era um eclipse total da lua. — Vik olhava novamente para o céu e a Lua de Sangue permanecia lá.

Os antigos também acreditavam numa simbologia relativa à Lua de Sangue: ela seria sinal da presença de abadons. Nenhum dos três amigos se lembrou dessa antiga crença, porém Cosme resgatou de sua recente memória a última vez que Vik tivera pesadelos tão lúcidos.

— Vamos ficar juntos, isso não é um bom presságio. Juba, rastreia o lugar. — Ele começou a invocar seu Orisi, reconstruindo com seus feitiços o canhão e as placas de ouro protetoras sobre o peito.

Eles ficaram de prontidão, mas o menino Cygen não encontrava nenhum drone ou autômatos perseguindo-os. O vento soprava normalmente.

— Parece que foi alarme falso. — Cosme abaixou o canhão.

Tsavo estava próxima a uma das exuberantes redomas de vidro de uma fazenda, espelhando a luz que a lua emitia. Exatamente dentro desse espelho, havia duas sombras que não faziam parte da paisagem. Elas caminhavam em seu passo gingado carregando correntes amarelas em direção à menina outra vez e, sem que ninguém percebesse, saíram do espelho e investiram contra Vik. Os brilhos magenta e ciano de seus olhos denunciavam: eram as Charias novamente. As correntes rasgaram a escuridão em direção aos braços e pernas da piloto, que estava próxima de Tsavo e de costas para as sombras.

— Atrás de você, Vik — gritou Cosme, antes que as correntes atingissem um campo invisível e fossem repelidas pelo ar. — O que foi isso?

— Tecnologia cygen, campo de repulsão magnética. É uma proteção básica que instalei no veículo pra Batalha das Maltas. Enquanto a gente tiver perto dele, pequenos ataques não vão nos atingir — respondeu Juba com a voz um tanto exaltada. — Dessa vez, a gente tá preparado pra essas coisas.

— Sei lá o que cês tão querendo aqui, mas vão achar nada — gritou Cosme, energizando o canhão em direção às sombras.

— Vão achar, sim. Aqui tem muita treta pra elas. — Vik fechou os punhos e sentiu o fogo crescendo em seu braço.

As Charias correram em direção aos três; queriam golpear o canhão de Cosme. A velocidade delas era nitidamente maior que a dos amigos, mas a confiança deles, unidos, parecia insuperável. Quando elas se aproximaram, Juba lançou duas argolas nanorrobóticas para o alto, que perseguiram as sombras e fecharam-se nos calcanhares delas, abrindo-se em mais duas camadas de tornozeleiras tão pesadas que retardaram a movimentação das Charias.

— Toma, suas vacilonas. — Juba havia coletado no próprio Nexo informações sobre as duas e sobre o confronto com Vik. Os dados estavam em câmeras de vigilância do local, então não foi difícil acessá-los. Como precaução, ele preparou defesas que seriam úteis contra oponentes com a mesma velocidade na Batalha das Maltas.

— 'Xá comigo agora, rapaziada. — Ao se lembrar de que no último encontro o laser não funcionara, Cosme ajustou o canhão para um tiro congelante. Ele correu em direção a elas e fez sinal com a cabeça para Vik. — Uma mãozinha aqui, rola?

A menina entendeu o plano e avançou junto, usando o exoesqueleto. O moleque saltou o mais alto que pôde e, abençoado pelos ancestrais, subiu uns dois metros e fez o disparo. A rajada congelante atingiu em cheio as sombras, tornando a armadura delas mais frágil. Foi quando Vik as golpeou com chutes potentes, o fogo de seu corpo atravessando a armadura que elas usavam.

A fumaça gelada do canhão de Cosme se dissipou, e eles viram que as Charias tiveram as hiperarmaduras danificadas. Apenas um dos olhos ciano brilhava em um dos capacetes, e o topo do outro estava rachado.

— Tá fácil achar que vão pegar a gente de surpresa pela segunda vez. — Vik se aproximou de uma das Charias.

— Vocês colocaram tudo isso a perder, a gente tá tentando consertar, cambada de imprestáveis. — Com a voz digital falhando no capacete, as ofensas foram reconhecidas pela garota.

— Não pode ser... espera! — Ela segurou o capacete que estava quase rachado e começou a puxá-lo. Cosme se juntou à menina. Segurando o corpo da hiperarmadura, Vik colocou o pé no peito da Charia e arrancou, enfim, o capacete por completo.

— Não ferra, orra — Juba gritou, observando tudo.

— Seus bundões dos infernos. — Cosme socou a cara do garoto debaixo do capacete.

— Lénon Arandu, esse outro na armadura é o canalha do teu irmão mais velho, né? — Vik já estava agarrando o capacete da outra Charia.

— Vocês só trazem problema pra nossa cidade, não entendem nada. Aquilo que fizeram lá no Olho de Sumé deu início a um cataclisma geral.

Tsavo havia dito que era impossível definir os efeitos da explosão. E, aparentemente, os dois garotos, que também haviam sido afetados pela energia mística, tornaram-se muito suscetíveis a receber a força de criaturas ancestrais.

— A gente tava tentando impedir isso, seus babacas, até vocês tentarem aprisionar a Vik. Voltem pra casa do papai antes que a gente dê outra surra em vocês, vacilões. E não garanto deixar seus dentes na boca na próxima. — Cosme estava realmente exaltado, aqueles dois o perseguiram durante vários anos na Academia.

— Não! Vocês têm que entender que ninguém é capaz de reescrever o destino que as divindades escolheram para nós, nossos passos já foram desenhados por Sumé. Cada ação que vocês acreditam ter realizado está sincronizada perfeitamente com a música que o Pai-Fundador toca, estamos dançando ela nesse exato momento. — O irmão mais novo rompeu a tornozeleira com as mãos.

A luz da Lua de Sangue banhava sua hiperarmadura, e a do Eclipse, a do irmão: seus circuitos estavam sendo restaurados vagarosamente. Caíque ergueu-se.

— Quando vocês saíram do salão, fomos salvos pelos Cardeais. Eles nos ajudaram a despertar os poderes de Onças Místicas, da Lua de Sangue e do Eclipse. Elas são renegadas e temidas por toda a Cidade-Complexo, mas são manifestações do próprio Sumé, como a luz e as coisas bonitas do dia. Todas têm origem no mesmo criador, nós somos parte de Sumé, a parte que o mantém em equilíbrio, que impede que sua ira devaste sua criação, e, por isso, essas duas onças vivem duelando com ele. Elas colocam um freio na ferocidade que recai sobre o povo.

Os dois garotos haviam recebido doutrinação religiosa durante a maior parte da vida, obedeciam a tudo e acreditavam em qualquer coisa que os sacerdotes ensinassem sobre o Compêndio de Wyra. Mesmo assim, após os experimentos que controlaram os espíritos ferozes nas armaduras, eles foram submetidos a procedimentos dos Tutores para garantir que acatassem quaisquer ordens diretas da Força-Tarefa criada por Araquém.

As palavras dos dois fizeram algum sentido para Vik, mas mesmo assim aquele discurso ainda flertava com o fanatismo que a fizera sofrer por tanto tempo. Então a jovem se afastou com cautela e deixou a Charia se levantar. Lénon caminhou até a redoma que espelhava a lua, mergulhou a mão no reflexo e retirou de lá novos capacetes, intactos, um para si e outro para o irmão. Mas um som de aviso vindo de Cosme chamou sua atenção.

— Vocês deveriam se entregar, deixar que o Conselheiro cuide do nosso destino, ele será benevolente com vocês e ajudará com suas dádivas, reestabelecendo o equilíbrio de nossa Cidade-Complexo — Lénon tentou convencer os três.

— Deixa de papo, jão. Vai na maciota, fica suave que, por enquanto, a gente tá só conversando — respondeu Cosme, preparando um tiro.

As Charias fizeram que sim com a cabeça, voltando a se aproximar e olhando para Vik. Ela se adiantou.

— Eu sou a portadora de um dos Olhos de Sumé, o Lunar. É o que vocês querem, impedir que ele desperte e destrua toda a Cidade-Complexo. É nosso desejo também, então não precisam mais nos perseguir.

— Sempre tão estúpida, né, Vik? Parece que só piorou ao andar com esse tipo de idio... — Antes de ele terminar sua frase, a garota, que mal percebera seus punhos brilhando, o golpeou com força na boca, rasgando um pedaço dos lábios de Lénon. O rapaz cambaleou para trás, depois riu com um olhar maligno.

— É sobre isso que estou falando. Seu poder é muito maior do que você imagina. Não é apenas a portadora de um dos Olhos do Pai-Fundador. Você carrega a arma que poderá ser usada para destruir toda a Cidade-Complexo, você sabe disso, sentiu essa vontade quando destruiu aqueles quarteirões, quando o fogo de Sumé a consumiu e roubou sua consciência. Você sente, não é? Quando me deu esse soco...

Ele estava muito próximo de Vik novamente, e ela parecia tremer com o peso das palavras. Cosme e Juba irritaram-se ao ouvi-lo e prepararam as armas para um novo confronto.

— Eu nunca vou servir aos planos de qualquer pessoa ou entidade que queira destruir minha casa e a de minha família — Vik disse entre dentes, despertando novamente os poderes do Olho de Sumé. A tatuagem brilhava na escuridão do deserto, seus olhos e cabelos estavam cobertos por uma aura poderosa e deslumbrante. Ela fez isso semiconsciente, como se permitisse que o transe dominasse sua mente para agir.

— Você pode nos impedir agora, mas não impedirá o destino traçado por Sumé, e o destino de vocês sempre será tão pequeno quanto sua fé. — Caíque, já com o capacete em mãos, o ajustou sobre a cabeça.

Nenhum dos três havia percebido, mas, enquanto conversavam, os irmãos usavam sombras para tentar prender uma corrente nos pés de Vik, Cosme e Juba; e, como uma serpente rasteira e silenciosa, ela os envolvia, pronta para aprisioná-los. A corrente se esticava cada vez mais, aproximando-se da menina, que se enfurecia com o que escutava dos garotos tomados pelos espíritos das Onças Místicas. Ela e Juba conseguiam sentir a energia contrastante de suas auras, mas as Charias não foram capazes de sentir que havia uma presença a mais no ambiente, Tsavo.

A onça ligou os faróis do carro, iluminando os olhos deles com tanta intensidade que os cegou momentaneamente e, ao mesmo tempo, revelou para a Malta Indomável a corrente que tentava atar seus pés. Tsavo rugiu através dos motores como uma fera, protegendo os três.

— Expandir campo magnético! — Juba usou o magnetismo para travar a movimentação da corrente.

Cosme percebeu o espanto das Charias ao observarem a máquina e se darem conta de que, dentro dela, habitava uma fera ancestral. Tsavo aumentou o ronco do motor e intensificou o brilho dos faróis, fazendo com que os irmãos protegessem os olhos mais uma vez. O rugido se tornava mais bestial, e a luz ficava cada vez mais forte. Os integrantes da malta se afastaram e viram o poder das Charias se desintegrar com a luz emanada por Tsavo. Ela estava enviando-os de volta para as sombras. Caíque e Lénon não conseguiam se libertar do campo magnético, e suas armaduras se estilhaçaram completamente, começando pelo peitoral, depois os membros inferiores e, por fim, os capacetes se abriram. Eles tamparam os ouvidos para se proteger do barulho ensurdecedor do veículo. Quando não restava mais nenhum vestígio das Charias, ambos caíram no chão.

— Acho que o plano de Sumé era mandar dois bunda-mole de volta pra chorar na cama. — Vik se aproximou dos meninos e riu, cruzando os braços, enquanto observava seus algozes tão vulneráveis.

— Vocês nunca terão paz nessa cidade enquanto o Conselheiro estiver procurando o poder desta garota. Ele tem Cardeais leais que irão persegui-los até o fim, principalmente aquele conhecido como O Missionário. Sua devoção inspira a força protetora de Sumé. Se saírem pelo deserto é melhor nunca mais voltarem para a Cidade-Complexo.

— Deixa esses otários pra lá, a gente tem uma batalha pra vencer e essa cidade cheia de babaca pra salvar. — Cosme já estava abrindo a porta do veículo e chamando os amigos com as mãos.

— Até que enfim deu uma dentro, meu bruxo — falou Juba, colocando as mãos no painel de Tsavo, que acelerou duas vezes, ainda magoada com o hacker.

Vik entrou por último, mas não antes de botar para correr os irmãos Arandu, que tinham acabado de se levantar. E ela fez isso com sangue nos olhos, lançando-os para longe com empurrões: "Essa era a imagem que eu sempre desenhava na minha cabeça pra esses dois".

#CONGADA HIGH-TECH

Várias bandeiras estendiam-se ao redor de todo o Lago Sagrado de Adze. Eram coloridas, farpadas, feitas de hologramas ou de tecido. Em cada uma havia um desenho simbólico: eram os estandartes das Maltas que disputariam a Batalha. Carros de diversas cores ocupavam o chão batido; eram imponentes não só pelas cores vibrantes e contrastantes, mas pelo maquinário agressivo e duro que exibiam. Juba, Cosme e Vik ficaram vidrados. As equipes davam o tom competitivo. Ao passo que erguiam seus estandartes e lemas, observavam os carros das maltas adversárias. "Quão rápido aquela máquina pode correr?"

Pilotos agachavam-se com sutileza na tentativa de ver qual chassi seria o mais resistente aos obstáculos das pistas. Vik estava fascinada. Pensava na estrutura de cada veículo, observando a aerodinâmica de cada um para entender a velocidade. Para ela, quanto maior a entrada lateral do carro, mais veloz, mais dinâmico e mais convidativo à Batalha das Maltas ele era. Juba e Cosme olhavam curiosos também, querendo entender mais sobre a tecnologia e o armamento de cada equipe. Cosme avaliava a postura dos competidores. Alguns transmitiam um ar de perigo; outros, de adrenalina. O suor da ansiedade preenchia o local, e Cosme conseguia perceber pelo comportamento de cada um. Juba pensava no painel de cada carro: "O sistema GPS é integrado ao dispositivo computacional de pulso e aos dados?", "Eles conseguem identificar campos magnéticos, elétricos, digitais e ancestrais a quantos quilômetros de distância?", "Quanto da tecnologia de Nagast usam?".

Via-se de longe como cada estandarte havia sido trabalhado, feito à mão, pensado.

O clima ritualístico era emocionante. A lua se mantinha avermelhada, o que dava um tom ainda mais mágico à paisagem. Poucos pirilampos, porém, rodeavam o lago: eles preferiam evitar multidões no deserto.

Todas as maltas esticaram o estandarte vários metros acima do lago, exceto a Indomável e outra. As bandeiras multicoloridas tremulando com o vento do deserto representavam os guerreiros mais destemidos das cidades de Sumé e Nagast. Era uma visão imponente. A Batalha das Maltas daquele ano estava enfim começando, mas os rituais festivos mais importantes, a maior honraria que uma malta poderia ter, eram sempre primazia dos vencedores da última edição.

— Corre irmão, corre... — gritou Juba para Cosme.

A Malta Indomável ainda precisava levantar o próprio estandarte, a organização da batalha já havia convocado o grupo para fazer a celebração. O moleque correu na areia usando sua joia de ouro e a armadura invocada com Orisi. Poucos dos outros competidores entendiam os símbolos de suas roupas e, por isso, não lhe davam atenção. Ligeiro, ele escorregou, se esquivou e saltou até chegar à beira do lago e encontrar a base reservada à Malta Indomável, onde posicionou a bandeira. Contagiado pelo sentimento que irradiava de todos os participantes, o menino iniciou uma pequena prece, que eventualmente pronunciou em voz alta:

— Os ancestrais devem se orgulhar dessa noite, dessa galera zika contando as próprias histórias, como feras que são. Por isso, peço bênção, proteção e coragem para a nossa

Malta, para que, no futuro, as minhas histórias e as de meus parceiros também estejam na memória dos mais novos e na boca dos próximos guardiões a erguerem seus estandartes.

Cosme então firmou a bandeira na base, olhou-a, se erguendo, e depois voltou para os amigos, que estavam encantados por ver o símbolo da Malta Indomável reluzindo de frente para o Lago Sagrado. Quando ele retornou para perto do veículo da malta, o coração de Vik disparou. Tinha ficado encantada com o discurso do amigo, e depois de tanto tempo sonhando com aquele momento, ela nunca tinha imaginado que realizaria seu maior sonho tão cedo.

A Malta de Aço começou o desfile com orgulho estampado no rosto de seus integrantes. Primeiro, um autômato da atual campeã caminhava carregando o estandarte do time. Ele parecia ter uma pele robótica e braços rotacionais. Tinha tatuagens feitas com circuitos eletrônicos por todo o corpo e era o mais forte entre todos os autômatos dos capoeiristas de aço.

Em seguida, vinha Zero, o Rei, que tinha tatuagens até no rosto, cabelo raspado, muitos acessórios de ouro e um grande machado-receptáculo, uma tecnologia dos malungos que massacra mortais e arrebenta espíritos. Por ser o criador dessa competição e líder do Quilombo Industrial de Nagast, era considerado uma lenda viva. Caminhava com seus *sneakers* pesados e chamativos, e seu olhar causava certo incômodo nos outros competidores pela frieza, beirando a crueldade, que expressava. Ele era o piloto da malta, mas também adorava estacionar o carro para descer os oponentes na porrada.

Atrás dele, vinha a Rainha Hanna, a jovem, a maior inspiração de Vik, linda com o cabelo cacheado em vários tons de rosa e roxo. Ela caminhava com uma perna mecânica e um traje de combate. Era a hacker do grupo e a gênia que dominava as linguagens dos dois mundos: o dos mortais e o dos ancestrais. Era uma das celebridades das Batalhas e muito temida, pois como hacker era implacável. Conhecia os dispositivos cygens e entendia como desabilitá-los, pois lutara pela vida de todo o seu povo contra aquelas criaturas em Nagast. Isso também inspirava respeito entre os outros competidores: a maior parte não teria coragem de ferir diretamente a menina, exceto Leshi, o cybercapoeirista do Trovão.

Com a caminhada da Malta de Aço completa, eles foram até a beira do lago, pisaram em um disco flutuante carregado por tecnogriots e iluminado por holofotes e foram ao centro. Juntos, ergueram o estandarte bem mais alto que todos os outros, honra reservada aos detentores do título. Todas as maltas estavam finalmente representadas. Todos aplaudiram e vibraram. Ainda no lago, o Rei e a Rainha da Batalha das Maltas viram hologramas de guerreiros antigos surgindo: era a memória dos que passaram pela história de seu povo. Eles carregavam bastões a laser e trajes ritualísticos. Era possível reconhecer entre eles muitos mortos na revolução de Nagast. O grupo se perfilou como um exército e ficou parado, olhando para as maltas que estavam fora do lago.

— Bora colocar as flores — disparou Vik.

Ela pegou uma coroa de flores e colocou sobre a cabeça, os amigos fizeram o mesmo. Logo cada malta estava ornamentada com sua coroa ritualística. Era possível ver hologramas surgindo como pandeiros em suas mãos, marcando o ritmo da marcha dos soldados holográficos, que seguiam em direção aos combatentes que estavam fora do lago. Cosme entrou no ritmo. A batida era forte e passos firmes faziam o chão vibrar. Alguns iam e voltavam, como se tivessem ensaiado a coreografia, mas o que se via era uma dança involuntária. Juba, sintonizado no som, observava o Lago Sagrado com o enigma de Tsavo em mente. As águas pareciam normais, apenas iluminadas pelos hologramas.

— Ativando a visão espectral... — O menino resolveu observar o espectro da luz na água e teve uma revelação surpreendente.

O lago estava vibrando de forma ritmada, como se fossem ondas programadas a partir da cadência da música. "Eu já presenciei esse padrão de vibração em algum... caraca, malandro, é isso! No Salão do Destino, o Olho Lunar emitia um som com esse balanço!" Juba isolou o espectro da vibração, que parecia um beat criado pelos deuses, formando um desenho estranho. Ele o projetou em várias dimensões e percebeu uma carta geológica. "A música é o mapa, agora tão falando a minha língua", pensou, gargalhando alto. Olhou para o lado e percebeu que não seria uma tarefa simples atravessar o deserto com os parceiros.

Agora, todas as maltas formavam filas de gente com coroas de flores caminhando para encontrar o exército holográfico. Os hologramas entregaram bastões de luz aos competidores e, no ritmo dos pandeiros e tambores, cantavam e simulavam golpes de espada. Os instrumentos musicais sacralizavam a noite no deserto, transformando a escuridão em um bailado sob as estrelas. Momentos depois, Hanna e Zero retiraram a coroa e a entregaram para um autômato vestindo tecidos da corte, um mensageiro. Ele ergueu as coroas em uma almofada vermelha e puxou a fila dos soldados holográficos, que foi para longe do Lago Sagrado.

Os integrantes das maltas observavam tudo com respeito e, claro, desejo, pois até o final da madrugada uma nova corte, com um novo rei e uma nova rainha, receberia aqueles símbolos de poder. Os batuques foram mesclados aos beats digitais, o BPM acelerando e o ritmo contagiando. Tecnogriots sobrevoavam o deserto, transmitindo a música das periferias de Nagast, enquanto os pilotos aceleravam suas máquinas, faziam manobras, giravam os veículos em drifts que lançavam areia pelos ares. Os guardiões se encaravam e se provocavam, os hackers se estudavam, conectavam seus dispositivos computacionais e analisavam os veículos oponentes. As luzes dos hologramas se apagaram e Keisha surgiu no escuro com um sinalizador verde nas mãos.

— Vocês são as maltas mais canalhas e mais ferozes que têm coragem de encarar essa batalha. É melhor estarem no clima da adrenalina, porque aqui não tem ideia torta: se vacilar, vai levar pedrada, ficar a pé e ser arrastado. Bora pra dentro dessas máquinas, vamos começar em instantes...

Juba a essa altura era quase um Cygen completo, pelo menos no cérebro, que agora era totalmente lógico e muito distante daquela ansiedade que, em outros tempos, lhe roubaria a concentração. Mesmo assim, aquele momento foi demais para ele. Seus circuitos se apagaram por poucos segundos, o que foi percebido pela amiga.

— Estamos aqui, Juba! Dessa vez, estamos juntos, nós três. Vai ser loko, né? — Ela segurou o volante enquanto se ajustava no banco ao lado do hacker.

Cosme estava empolgado, sempre pronto para um desafio maior e disposto a pagar pelos riscos, mas dessa vez com um propósito: defender as pessoas que amava. Lutar pela malta tornava tudo mais especial para ele. Os faróis de Tsavo iluminavam a areia, o ronco do motor era o despertar da fera.

— Recebi uma transmissão, Vik. — Juba projetou o mapa com a localização do primeiro portal da Batalha das Maltas.

Nessa fase, existem três grandes portais que são os pontos de controle das maltas competidoras. Cada um apresenta um tipo de desafio para as equipes. O primeiro desafio recria o cenário exato da invasão que ocorreu pela superação da muralha cygen em Nagast.

— Existem minas espalhadas por todo o terreno, exatamente como na seletiva, só que dessa vez não vai adiantar apenas a gente se esquivar, porque um exército autômato com uniformes militares vai tentar nos abater com todo tipo de munição. Isso pode ser letal pras maltas menos preparadas — explicou o nerd cybergenizado.

— Relaxa, a gente só precisa ficar vivo até achar a localização do Olho Solar, não precisamos terminar a corrida. Quem sabe ele tá aqui mesmo, nessa parte do deserto — ironizou Cosme.

— Talvez a gente nem precise terminar a corrida, mas dessa fase não vamos escapar, com certeza. — Juba abriu o arquivo da carta geológica que decifrara das águas sagradas de Adze. — Esse é o desenho de onde deve estar o Olho Solar de Sumé. Não sei exatamente a localização, mas triangulei as informações do mapa que recebemos dessa fase da Batalha e dá pra ver que ainda não é essa região. O negócio é ficar inteiro até o próximo portal.

— Beleza, meu pretin. Cê que manda, parça.

Eram 24 equipes disputando a Batalha das Maltas, e elas estavam organizadas de acordo com a última classificação. Os líderes do ranking largavam na frente, os últimos no grid de largada eram os que tinham vencido a seletiva. A Malta Indomável estava ao lado de uma outra malta estreante de Sumé, de uns fazendeiros tentando mudar de vida através da Batalha e que, por isso, foram para a competição com sangue nos olhos.

    Todos os integrantes dessa equipe tinham no corpo marcas do trabalho duro na fazenda. O hacker da equipe, um rapaz franzino e desengonçado, era filho de um dos integrantes da malta. Eles tinham conseguido um veículo usado em Nagast e o aprimoraram. A tecnologia que usavam não era de ponta, mas a blindagem tinha segurado bem durante a seletiva e garantido a entrada deles na corrida. O guardião do time subiu no capô do carro com uma bota magnética pesada, a bandeira estava presa em suas costas e, nas mãos, ele ostentava dois rifles.

    Os veículos começaram a se mover em velocidade baixa, esperando o sinal de Keisha para dar início à disputa. Ela mantinha o sinalizador aceso e, olhando para as maltas, disparou para o alto. O tempo que levou até o sinalizador atingir o ponto mais alto pareceu uma eternidade para os competidores ansiosos. O tiro de Keisha incendiou o céu e iluminou os para-brisas dos carros com a cor verde-esmeralda. Enquanto o sinalizador descia vagarosamente, arrefecendo, os motores passaram a funcionar num novo ritmo, começando a impulsionar suas turbinas numa velocidade crescente.

    De repente, nem estrelas nem pirilampos ocupavam mais o deserto de Adze, viam-se apenas as maltas prestes a iniciar a Batalha mais alucinante da região. O sinalizador verde finalmente tocou o chão, e o ruído dos motores, que já invocava a Batalha, se elevou ao volume máximo. Em questão de instantes, os veículos dispararam alucinadamente e a escuridão voltou a reinar naquela parte de Adze.

#A MILÍCIA DE ROBÔS

Como as demais equipes, a Malta Indomável partiu furiosamente. A pista era tranquila para um carro sozinho, mas com as outras equipes e as surpresas do caminho tudo ficava mais complicado. O volante girava de um lado para o outro freneticamente, e Vik controlava cada movimentação e derrapada, desviando das minas eletromagnéticas de plasma escondidas por todo o deserto, que eram muito mais numerosas do que na seletiva.

Os faróis ainda estavam apagados, e Juba tocou nos vidros do carro para ativar a visão noturna, que, ao fazer o escaneamento ultrassônico, passou a exibir as dunas de areia, as pedras gigantescas e os outros carros. A visão noturna era o mínimo de tecnologia necessário para sobreviver à Batalha das Maltas, e apenas um dos veículos que passara na seletiva, o da Malta, do Besouro, não tinha o aparato instalado. Sua inexperiência explicava um pouco a imprudência de se arriscar numa batalha sem algo primário. O carro deles acabou andando mais devagar para não ser lançado fora da pista ou se perder em algum caminho estranho, por isso ficaram bem para trás.

— Povo tá rodando geral, hein! — Cosme estava tão entusiasmado quanto estava alerta para os acontecimentos. Ele imaginava que a Batalha seria árdua, mas ver outros competidores eliminados por variações tão pequenas ou deslizes de estratégia despertou seu lado guardião.

Todos estavam tensos. Vik e Tsavo, em harmonia, seguiam em silêncio, desbravando os caminhos. Juba rastreava as minas com seus poderes de Cygen, e Cosme estava sentado no banco traseiro observando ao redor com os olhos irradiando força e confiança. De repente, sem nem se dar conta, ele exclamou em voz alta:

— Tá errado!

— Qual é, Cosme? A gente tá no jogo, tô segurando aqui — Vik respondeu, enquanto se mantinha concentrada fazendo manobras evasivas.

— Não, não, Vik. É outra fita. Tá faltando um som, né não? Diz aí, Juba, consegue aquele beat neurótico pra dar o clima?

— Pensando em som numa hora dessas? — perguntou a menina, confusa.

— Pode crê, Cosme, é isso! — Juba pareceu despertar de um transe.

O nerd estivera tão concentrado em rastrear as minas que ficara todo tenso, com os ombros travados no banco, esquecendo-se de um dos seus princípios mais básicos: "Tudo pode ficar melhor ao 150 BPM". Ele liberou os beats com ressonância espacial no veículo. O sorriso dos garotos revelava quais seriam as palavras certas para aquele momento: "Brabo mesmo!".

As maltas mais experientes estavam longe, na linha de trás da batalha, e todas as equipes se concentravam em sobreviver. De longe, era possível ver relâmpagos explodindo no meio do deserto, resultado da capoeira de Leshi. Ele atravessava os oponentes com ginga e brutalidade, arrebentando-os com pezadas, giros, martelos e bênçãos devastadoras. Para o temor das outras maltas, a equipe de Leshi não era a mais poderosa. Existiam outras maltas que poderiam usar artifícios bem desleais e devastadores contra os oponentes. O céu se iluminava com a força dos golpes, irreconhecíveis para quem estava distante, e os poderes das principais maltas pareciam insuperáveis para a tecnologia muito mais simples das cidades ao redor.

Para alívio da Malta Indomável, eles reuniam as tecnologias mais avançadas tanto do mundo dos mortais quanto dos ancestrais. Tsavo, expandindo-se e rugindo, alimentava sem parar as turbinas dos motores, e a velocidade aumentava significativamente na mesma medida em que Vik se acostumava aos reflexos aprimorados que recebera no Salão do Destino.

— Tem algo mais no deserto, não sei dizer o quê, mas são centenas... talvez mais que isso. Tão entre as minas, mas eu não tô dando conta de rastrear tudo — Juba alertou os amigos sobre novos perigos à frente.

Um som seco de tiro soou. Rapidamente, Juba rastreou a origem do som, e, conforme se aproximaram do local, viram que soldados com os exoesqueletos das milícias de Nagast se ergueram do nada. Estavam escondidos atrás de dunas e montes de areia, armados até os dentes, com lançadores de mísseis, rifles com lasers e granadas de mão. A missão era clara, e eles lançaram uma ofensiva surpresa contra as maltas.

— Juba, são gente esses cara aí? — Cosme se animou quando o amigo respondeu com uma negativa.

A Milícia do Deserto não passava de autômatos programados para desafiar as equipes na corrida em Adze. O guardião do veículo indomável ativou as botas magnéticas que Juba tinha modificado e abriu o teto solar para subir. Enquanto se equilibrava no veículo, ativou o comunicador para falar com o resto da Malta Indomável no carro e desenhou um Orisi, invocando as armas ancestrais para o combate.

— Deixa o som rolando aqui fora também, bora que a festa tá começando.

Cosme parecia um verdadeiro guerreiro malungo, como seu pai havia sido. Ele explodia os autômatos com a bazuca de mão, desviando estrategicamente o trajeto das granadas com um escudo de energia ancestral, limpando o terreno para a amiga avançar na direção certa.

Guiado por Vik, Tsavo fazia manobras arriscadas nas areias do deserto, desfazendo dunas com a pressão dos pneus e a força dos amortecedores. A máquina saltava e arremessava areia. Eles foram cercados por um grupo de soldados, mas com habilidade fizeram um drift para escapar, enquanto Cosme soltava o rajadão para cima deles com o canhão, transformando os autômatos em puro lixo eletrônico.

A menina sentia a energia da Onça Mística emanar do volante e uma conexão plena com os desejos de Tsavo. Ela podia identificar quando Tsavo lhe pedia para acelerar mais ou frear com cautela, parecendo existir um desejo de rasgar aquele deserto inteiro com o carro. Quanto mais focada, mais Vik sentia os poderes do Olho Lunar sob a tatuagem, retroalimentando seu instinto.

— Estamos a dez quilômetros do primeiro portal. — Juba percebeu a quantidade de minas terrestres diminuindo no percurso, e um grande obelisco mais à frente indicava o ponto de controle da Batalha das Maltas.

Muitos carros tinham sofrido danos irreversíveis e, como as equipes não tinham tempo para consertá-los, apenas seguiam em frente, contando que as peças aguentariam um pouco mais, dando-lhes uma sobrevida para permanecer na corrida. Oito das nove equipes que tinham passado pela seletiva foram derrubadas pela milícia do deserto, sendo que uma delas quase explodiu. O piloto de outra malta teve uma costela quebrada por um disparo que, quando ricocheteou, acertou sua armadura.

A Malta do Besouro não foi páreo para o desafio das milícias do deserto. Rodando devagar demais para conseguir se esquivar das minas eletromagnéticas, foram alvejados por vários disparos, que danificaram totalmente a lataria do veículo, estourando a blindagem e, posteriormente, perfurando o chassi. As coisas iriam ficar mais perigosas dali em diante, mas a Malta Indomável parecia bastante preparada.

Cosme estava agachado no teto do carro e via uma neblina em um ponto bem pequeno próximo ao obelisco, local perto de onde uma outra equipe estava. O garoto observou tudo com atenção, preparando-se para defender Tsavo, se fosse necessário, porém o que seus olhos captaram foi muito estranho. Ao se aproximar da neblina, as portas do veículo que Cosme via ficaram soltas e o aço ganhou aspecto de envelhecido. Ele desceu para o carro e avisou os amigos que algo diferente e perigoso surgiria naquele ponto.

Juba não conseguia coletar informações, pois a neblina interferia na sua conexão cygen. Era espessa demais, um pouco avermelhada, e impedia que sua visão decodificasse o que acontecia por dentro dela. A Malta Indomável continuava o percurso em ritmo acelerado, ainda estava relativamente longe da névoa, e eles observavam tudo antes de decidir o que fazer. Depois de um tempo, viram outro veículo recuar destruído, com a blindagem completamente enferrujada, os motores destroçados, os dispositivos computacionais colapsados e os sistemas de armas inutilizados.

— O ar tá mais pesado aqui em cima. Vik, cê sabe de alguma coisa? Tu, que manja tudo dessas batalhas, tem noção do que é esse troço?

A menina estava conectada com a velocidade de Tsavo. O braço tatuado formigava, e ela conseguia sentir que o Olho tinha um efeito bem forte nela, deixando o foco único e exclusivo na estrada. Seus olhos já haviam identificado a névoa, mas seu pensamento antecipava possíveis saídas e rotas de desvio, mesmo sem saber exatamente que perigos os esperavam. Ela estava tão concentrada que só pensava em atravessá-la rápido, acelerando.

— Mano, o que tá rolando? Qual é? — O tom de voz do garoto denotava grande preocupação, e ele pôs uma mão no ombro da amiga. Mas, focada, ela o ignorou.

— Ei, Vik! — Cosme chamou novamente.

O nerd chamou a atenção da menina, que saiu do transe, percebendo que Cosme havia voltado para dentro do carro. Vik deu um sorriso meio nervoso para o amigo, olhando de relance para Juba. Sair do foco a tinha abalado um pouco, como se tivesse perdido a conexão com quem deveria ser. Os garotos deram um novo update sobre a situação, disseram que lá fora esfriava um pouco; estava gelado — o que era estranho, pois o deserto de Adze nunca ficava gelado. Eles perceberam a neblina formar um paredão, protegendo o obelisco. Várias maltas foram parando, com receio de atravessar o obstáculo e encontrar uma surpresa desagradável. As máquinas formaram uma fila lateral na areia e ligaram os faróis de neblina. Neste momento, alguns guardiões saíram dos veículos e esticaram as hastes de suas bandeiras, trocando os estandartes da equipe por bandeiras brancas. No comunicador instalado no painel do carro uma mensagem brilhou.

— É uma trégua. Estão com medo da neblina — explicou Juba, que tinha lido a mensagem em tempo recorde. Querem atravessar juntos, assim, seja lá o que tiver lá dentro, não vai conseguir atacar todos de uma só vez.

— Qualquer chance é melhor do que nenhuma. Mas e aí, Vik, cê tá bem? — Cosme acariciou os ombros da amiga, que estava tensa. Ela ouvia e ia diminuindo a velocidade, até parar ao lado das outras maltas.

— Só pode ser a cybercapoeirista. — Ela saiu do veículo para sentir o ar úmido da neblina, que era carregada pelo vento para os carros. O gosto era meio ácido.

#A GINGA OCEÂNICA

Um carro com casco esportivo preto e blindagem neon parou ao lado da Malta Indomável. A guardiã daquela máquina era uma adolescente, a presença de gente jovem era comum na Batalha das Maltas. De certa forma, as maltas eram parte de tradições familiares para muitos, e os mais velhos, em geral, treinavam os mais jovens para a competição. Ela usava uma hiperarmadura e tinha alguns ferimentos. Também já se via uma abertura no capacete dela, provavelmente feita por um tiro de laser da milícia do deserto. Ela erguia uma bandeira branca e atrás dela estava o piloto, um homem com uma barba cheia, usando luvas magnéticas que mantinham as mãos mais firmes no volante. Era um nagastiano — tinha tatuagens de guerra. Vik o identificou como o fundador da Malta de Cria.

— Aquilo ali é novo, nunca vi na batalha antes. Nossos dispositivos computacionais não conseguem rastrear, mas recebemos a mensagem das outras equipes. Qual é o papo, moleques? — disse o homem, olhando para a Malta Indomável.

— Vamo caí pra dentro, tio — Cosme respondeu.

Vik e Juba saíram do veículo, o que fez os integrantes da outra equipe se espantarem por encontrarem uma malta com os três membros tão jovens. Ao mesmo tempo, ficaram admirados por eles terem conseguido atravessar a primeira fase da batalha.

— Não sei se vocês ouviram no comunicador, mas estão dizendo que cinco maltas atravessaram. A gente, aqui nesta trégua, reuniu um pouco mais do que dez maltas. Aquela coisa não vai conseguir enfrentar todo mundo, então espero ter a sorte de encontrá-los do outro lado. Como chamo vocês?

— Somos a Malta Indomável. Mas, ó, eu não chamaria de sorte a gente se esbarrar do outro lado, não. — Vik entrou no clima da provocação da Batalha e sorriu ironicamente para o adversário. Juba gargalhou, e Cosme começou a bater com as mãos no topo do carro, fazendo muito barulho.

— Conecta na comunicação geral aí, tio, e bora, bora... — dizia o moleque, agitado para continuar em marcha.

Os motores começaram a roncar, a Malta de Cria se animou e começou a fazer barulho para provocar a equipe de Vik, que respondeu com o ronco alto do motor, Tsavo mostrando sua fúria. O desafio estava aceito. A brisa ácida oriunda da neblina se aproximava cada vez mais. Juba se preocupou um pouco: seus poderes cygens não davam conta de nada que estava acontecendo no nevoeiro, então eles estariam quase cegos ali. O hacker buscou no mapa imagens antigas que apresentassem o terreno. Mesmo que fossem apenas imagens aproximadas já seria mais do que tinham, então calculou a quantidade de carros e traçou uma estratégia para a piloto.

— Não tem como saber com o que a gente vai trombar no caminho — alertou Juba ao desativar temporariamente o comunicador geral. — Tua fita é tirar a gente do nevoeiro, mas como a fila se formou em linha reta, a gente vai ser alvo fácil. Pra escapar dessa parada, você vai ter que usar a sombra dos outros carros pra gente passar sem ser visto. Quando a gente entrar no nevoeiro, você sai da fila das máquinas e vai controlando a velocidade, assim vai usar eles de escudo. Aqui a gente tem que ser esperto, não rápido.

Alguém da frente deu um sinal, e os carros começaram a correr em direção à neblina. Tsavo entregou bastante energia para os motores, e eles dividiram uma duna, atravessando-a rapidamente e lançando areia com as rodas. Quanto mais se aproximavam, mais pesado ficava o ar, mais ácida se tornava a névoa e menos eles enxergavam o outro lado dela.

Os carros correram para atravessar o nevoeiro, formando uma meia-lua no deserto. Eles usavam faróis de neblina para iluminar o caminho, estavam com os sistemas de defesa ligados. Todos os guardiões estavam de prontidão, enquanto os hackers coletavam o máximo de informação que podiam. Alguns preferiram o silêncio; outros, como Juba, preferiam o batidão. Ele olhava pela janela. O ar estava mais denso, gotículas de água avermelhada tomavam o ar e faziam o sistema de repulsão de água dos para-brisas trabalhar com mais afinco. Vik estava novamente em conexão completa com o veículo, mantinha a velocidade exata para ficar na formação e já estava pronta para ativar a película antiaquaplanagem das rodas.

Quando faltavam poucos metros para adentrar a neblina, uma das maltas, com símbolo de uma capivara sobre uma estrela, fez uma movimentação estranha, quase saindo da formação, o que gerou uma tensão em todos os pilotos.

— Que merda foi essa aí? Vão vacilar agora? Vai passar sufoco se virá a casaca pra cima de nóis — avisou o guardião da Malta de Cria pelo comunicador.

Vik sabia que algo aconteceria, a tensão se espalhou no ar da mesma forma que a neblina. Ela continuou desviando das dunas, mas mantendo o controle da velocidade. De repente, ela se deu conta de que aquela malta realmente quebraria o acordo, ejetando a guardiã para cima do veículo. Era uma mulher com traje militar de força hidráulica. Ela conseguiria facilmente saltar e derrubar os oponentes na porrada; além disso, carregava granadas, que lançava na direção das rodas da máquina da Malta Indomável. Quando Tsavo estava quase entrando na neblina, Vik surpreendeu a todos, saindo da formação e fazendo um drift para desviar das granadas.

— Derruba essa mandada, Cosme! — gritou Juba.

O Cygen abriu a janela para o parceiro mandar uma rajada de canhão na equipe traidora e, sem que esperassem, a neblina ácida entrou no veículo, dificultando a respiração de todos. Tossindo muito, Cosme fechou a janela e xingou o amigo. Juba não tinha se preocupado em verificar a qualidade do ar, porque já não precisava mais respirar, como os amigos. Mas, antes que conseguisse se desculpar, toques ritmados foram ouvidos por cima do barulho dos carros, marcando o novo tempo e, quando menos esperavam, viram a guardiã que saíra do carro ser atingida por uma meia-lua de compasso, vinda de uma sombra que atravessou a neblina e aterrissou descendo o pé no capacete da competidora, arremessando-a para longe na neblina com a hiperarmadura danificada. Todos ficaram assustados.

Vik girou o volante, se afastando da outra malta e se colocando exatamente atrás do veículo que estava ao lado na formação inicial. Estava mais do que claro que era cada um por si, a menina teve ali a confirmação de com quem estavam lidando.

— É a Cínthia, a cybercapoeirista do mar, fechem as janelas — avisou a piloto. Os carros já atravessavam a neblina naquele momento, tão ácida que corroía a lataria dos veículos. A Malta Indomável estava correndo bem perto de um veículo, quase encostando, então conseguia perceber as peças ficando frouxas, se desgastando e perdendo força: o carro estava se desfazendo.

A cybercapoeirista da Malta Oceânica usava seu gingado e a musicalidade ancestral para convocar a maresia. Dentro da neblina ou perto de qualquer fonte de água, como lago ou rio, ela ganhava velocidade e força. Quando um carro começava a ruir, ela se aproximava com golpes devastadores para expulsar da Batalha a equipe destroçada. Cosme saltou do banco, observando o carro à frente ser golpeado com marteladas, chutes e giros que entortavam a blindagem, estraçalhando os vidros. Apesar de a coragem ser a característica que mais se orgulhava de ter, ele sentiu a pressão e se lembrou da advertência da Senhora da Encruzilhada: "Existem seres mais poderosos que você".

— Sem chance, pô, tira a gente daqui logo, mina.

Vik ouviu Cosme e pisou nos freios, derrapando por alguns segundos para se afastar, depois jogou o carro atrás de outro veículo.

A névoa já invadia o painel, e o motor de vários veículos começou a falhar, alguns até tiveram pane geral. A piloto da Malta Indomável fazia manobras e escapava por pouco da cybercapoeirista, e, quando um carro à sua frente era atingido pelos golpes, ela manobrava rapidamente para se esconder na traseira de outro veículo. Cínthia, por sua vez, estava decidida a eliminar cada um daqueles competidores. Sua equipe sempre ficava entre as três principais da

Batalha das Maltas, então ela conhecia os perigos de cada etapa e as artimanhas das maltas para derrubar os oponentes. Quando ela amassava um carro na porrada, olhava para o piloto e dizia:

— Me agradeça! Esses golpes estão apenas entortando e quebrando o aço dos veículos, nem todos os guardiões terão a mesma piedade com vocês.

Na lógica da cybercapoeirista, eliminar as maltas mais fracas nesse ponto da competição era uma forma de evitar que elas se machucassem mais adiante. Naquele ano, Leshi, da Malta do Trovão, e ela estavam ainda mais bem treinados e dispostos a utilizar os poderes implacáveis e golpes superpotentes na disputa pela coroa. Essa era a chance dos cybercapoeiristas, o combate seria mortal para as equipes despreparadas.

Cínthia seguiu intensificando a névoa ácida e destroçando carro após carro. Nenhum veículo comum seria capaz de atravessar aquela prova e permanecer com todos os sistemas funcionando. Em momento algum ela imaginou encontrar uma malta com poderes diferentes das outras. Tsavo, porém, parecia intocada, ilesa à névoa tóxica, o que ela demorou para reparar, pois Vik mantinha as manobras evasivas para se esconder na traseira de outros veículos. Ela conseguiu guiar a máquina, assistindo aos outros sendo massacrados dentro da neblina e se esquivando com muita destreza dos estilhaços que voavam. A Malta de Cria foi a última a cair perante a arte da capoeira de Cínthia, e a neblina já parecia acabar.

O que não significava muito: a cybercapoeirista resolveu atacar os Indomáveis. Ela gingou, olhando com muita atenção e curiosidade para aquele oponente, e desviou, girando no ar em um aú de um carro caindo aos pedaços que ia colidir com uma duna. Depois saltou na direção de Tsavo, avançando com uma velocidade impressionante enquanto mantinha o primeiro passo de uma ginga.

Atenta, a fera fez os faróis queimarem em uma tentativa de intimidar a cybercapoeirista. Vik meteu marcha sem nem olhar para a oponente, cada vez mais próxima.

— Dá um jeito, Cosme, tu é o guardião, véio. — Juba apontou pela janela.

Cosme estava levemente apavorado. Ele enfrentara espíritos opressores na encruzilhada, mas eles não eram nada comparados àquela força. Ele ficou imaginando que tipo de tiro poderia afetar a lutadora. "Todo mundo dá um tropeço, ela tem que ter um ponto fraco", pensou. Subindo a blusa para cobrir o nariz, o menino configurou um laser de elétrons no canhão e pediu para Vik deixá-lo de frente para ela. A menina freou bruscamente, deixando o carro derrapar de lado, fazendo um drift perfeito. Cosme então abriu o teto solar e saiu atirando. O laser rasgou a neblina e seguiu em direção à cybercapoeirista, que deu uma esquiva giratória. Ela parou por alguns segundos e voltou a persegui-los.

— Ela é rápida, fi. Não adianta só atirar. — Cosme olhou para Juba, seus olhos pareciam estar processando milhões de informações; e era verdade.

Com a fronteira da neblina se aproximando, os poderes de Cygen do garoto voltavam a ser úteis. Ele deu sinal para Cosme continuar atirando, enquanto Vik os tirava da neblina. O jovem tremia a cada salto, girada de tronco e negativa — um movimento de esquiva que levava o corpo da capoeirista rente ao solo, com uma perna estendida e a outra flexionada — que ela dava para escapar da mira dos tiros do garoto.

— Prepara o rajadão, parça, e deixa ela vir — avisou o hacker.

Cosme precisava de uma nova munição, por isso fechou os olhos para se lembrar dos ensinamentos de Moss sobre o Orisi. Com ele poderia invocar qualquer outro elemento para o ataque, mas qual seria o ideal naquele momento? Estava prestes a ser atacado novamente e temia não ser um guardião à altura da Malta Indomável. Mas prometera que não falharia novamente. Lembrou-se do cordão de ouro protetor, que fora útil quando lutara contra os espíritos da encruzilhada. Por um segundo, imaginou que tipo de poder seria capaz de derreter aquele ouro tão magnífico e soberano, e logo a resposta se apresentou bem diante de seus olhos. Como se fosse uma lembrança, Cosme enxergou Orisis desconhecidos, criados por mestres para derreter o material sagrado com chamas do Mundo dos Ancestrais. As chamas então escorreram do cordão para as mãos de Cosme, revelando ao menino um dos elementos mais poderosos dos dois mundos: o Fogo dos Deuses. Ele passou a mão pelo canhão, inserindo nele a nova munição.

Cínthia vinha na direção de Tsavo exatamente quando Vik tinha conseguido arrancá-los da neblina. Numa manobra ousada, ela os fez saltarem de uma duna, que formava uma pequena rampa. Metade do carro estava para fora quando Cínthia acertou uma bênção em uma das rodas.

— Perdeu — gritou Juba, ativando anéis magnéticos que saltaram do carro e aprisionaram o pé de base da cybercapoeirista. Ao mesmo tempo, os efeitos da pezada de Cínthia os alcançaram, e a força foi capaz de desviá-los da rota.

Cínthia era muito mais forte do que imaginavam e, mesmo caindo, conseguiu se movimentar o suficiente para estourar os anéis. Cosme se adiantou, irrompendo pelo teto do veículo e dispersando o fogo ancestral no peito da guardiã, que foi arremessada para dentro da neblina. Vik tentou evitar que um problema maior ocorresse, mesmo assim Tsavo girava pela areia. Cosme continuou atirando. O fogo ancestral tinha feito a neblina da cybercapoeirista evaporar, tamanha a sua força. Cínthia foi lançada vários metros para trás do obelisco, no ponto de controle da batalha. Mas, como ela havia se protegido com os pulsos, aguentou o golpe e levantou-se cambaleando.

— Vocês mostraram que merecem essa Batalha. — A voz dela ecoou no deserto. — Vou tratá-los como oponentes dignos em nosso próximo encontro. Daí vocês vão descobrir que não se brinca numa roda de capoeira.

Infelizmente, a cybercapoeirista não era a única ameaça à Malta Indomável. Dois veículos quebraram o pacto ao entrar na neblina, cada um com sua própria estratégia. O primeiro grupo foi aquele que rodou com a capoeira de Cínthia. O outro grupo resolveu ficar parado, só observando, esperando para ver o que aconteceria com os demais para só então tentar atravessar. Era a Malta de Ossos, composta por remanescentes do destacamento de guerra de Nagast. Eles contavam com muitos aprimoramentos que vinham dos próprios Cygens. Ardiloso e mortal, o grupo não gostava de desperdiçar energia em pequenas lutas, por isso ficou apenas na espreita. Quando a neblina se dissipou, eles ligaram o carro equipado com o chassi blindado e o kit frontal de hiperaceleração. A fumaça saindo da grelha do capô e os faróis alterados chamavam a atenção. O aspecto da máquina lembrava um olhar sombrio, como o de uma caveira, e todos os capacetes da equipe pareciam caveiras robóticas.

— Alcançaremos eles em poucos minutos com as turbinas em setenta por cento de força. Não tenho leitura dos sistemas de defesa, aparentemente aquele veículo não tem grandes modificações — disse a hacker da Malta de Ossos aos parceiros.

Eles encaravam a Malta Indomável e tentavam entender como tinha sido o único carro capaz de enfrentar a cybercapoeirista. Estavam sedentos para testar até onde iria o poder da outra equipe.

#FUGA EM ADZE

— Sem tempo, irmão, acelera aí. Vai, antes que aquela cybercapoeirista volte pra nossa cola — Cosme alertava a amiga.

Ele ainda não tinha se tocado que o sistema computacional do veículo tinha recebido uma mensagem ao passar pelo obelisco. Mas Juba já estava em ação, analisando o mapa da nova região que estavam adentrando. Parecia um labirinto e ficava após uma trilha de dunas bem distante de Sumé.

A madrugada já dava sinais de que ia embora, os pirilampos sumiam conforme as estrelas desapareciam. O horizonte clareava aos poucos, subindo os tons de cor de abóbora e verde, por causa do reflexo tênue dos pequenos raios solares nas areias, que criava uma aura esverdeada de luz. Todos estavam muito cansados, principalmente Vik. Seus reflexos extremamente sensíveis à velocidade demandavam atenção redobrada. Ela não soube dizer se foi por isso que, por uma fração de segundo, teve a sensação de um novo pesadelo com o vulto de uma Onça Mística. "Sem drama, já derrotamos os pivetes das Charias", pensou; mas sentia como se a sombra estivesse perto. Pensava e pisava fundo no acelerador; Tsavo entregava mais potência à máquina, Vik sentiu as costas pressionarem o banco, e a força levou os amigos fazerem o mesmo. Mas a jovem, querendo cada vez mais, foi surpreendida pela grande escuridão que surgiu. Assustou-se.

— Ei, pretinha, relaxa aí. Tá vendo isso? — Cosme perguntou.

Ele tocou o pescoço da menina, mas logo puxou a mão ao sentir dor, uma espécie de choque. Intrigado, esticou mais o corpo entre os bancos da frente do carro, aproximando-se de Vik. Todos observaram que a escuridão era uma sombra oriunda do grande paredão rochoso do deserto mais à frente. A piloto diminuiu a velocidade, aguardando Juba procurar uma entrada naquela cadeia rochosa.

— Tá aqui! — Juba projetou no carro o mapa recebido pela organização da Batalha.

Um sinalizador digital mostrava na tela a posição exata de uma pequena entrada na caverna que terminava em um penhasco, depois do qual havia a trilha que levaria para dentro do labirinto de Adze. Ali o mapa acabava: as maltas deveriam buscar a própria saída e, se dessem sorte, conseguiriam evitar se encontrarem.

— Segura o tranco, malandragem, que esse salto vai ser dos grandes. — O espírito de Tsavo chamava Vik para acelerar no deserto.

A Malta Indomável acelerou pelas areias. Vik se deliciava com a velocidade, embalada pelas batidas criadas por Juba e pelo vento que cortava a máquina. Os grãos de areia reluziam nos lampejos solares da manhã, pintando o amanhecer com uma beleza plácida. Era mais um daqueles momentos perfeitos. Vik, Juba e Cosme rodaram poucos quilômetros rumo à caverna, até serem surpreendidos por uma granada, que explodiu ao lado deles. A risada do guardião que utilizava um indutor magnético para lançar as granadas guiadas indicou quem eram: a Malta de Ossos.

— Eles travaram alvo na gente! Mantém distância, vou tentar confundir eles — Juba instruiu os companheiros.

Ele percebeu, nos estilhaços da primeira granada, um chip de proximidade e localização para atrair os próximos projéteis. A equipe que os atacava disparou várias outras granadas, mas nenhuma delas foi repelida pelo campo magnético de Tsavo.

— Como elas estão passando, Juba?

— Tecnologia cygen, Cosme. As granadas têm anuladores de campo magnético.

As explosões dificultavam a condução de Vik, que precisava de mais esforço para manter a trajetória. Os oponentes estavam muito próximos. Cosme abriu o vidro traseiro do veículo e resolveu usar o escudo Orisi. Ele esticou as mãos na direção de duas granadas que se aproximavam. O símbolo em sua palma ativou-se, e os projéteis explodiram no campo de proteção Orisi. Cosme deu um grito de dor e recolheu as mãos, era a primeira vez que sentia a dor tão forte; percebeu a mão machucada ao tocar em Vik, mas nada parecido com aquele ardor. Juba percebeu que os dedos de Cosme estavam avermelhados, levemente queimados.

— Foram as granadas?

— Não, foi o fogo ancestral. Essa parada queimou minhas mãos quando atirei contra a neblina tóxica.

Vik lançava olhares rápidos pelo retrovisor, preocupada com Cosme. Quando os três cruzaram olhares, não precisaram de palavras para compartilhar o pesar que sentiam quando um deles se machucava. Perceberam novamente a responsabilidade de suas escolhas e o quanto elas afetavam pessoas queridas. Enquanto isso ocorria, eles acabaram se desconcentrando e não perceberam outra granada se aproximar. Tsavo até acelerou a rotação do motor e fez barulho para alertá-los do perigo, mas, naquele momento, já não tinha muito o que fazer. A explosão pegou uma das rodas.

A piloto teve sangue frio e não tirou as mãos do volante, pensando o tempo todo em proteger os parceiros. O carro quase saltou na areia, mas as rodas dianteiras, com uma forte tração, prenderam-se ao chão enquanto o carro girava uma, duas vezes. Tsavo havia depositado sua energia nelas, e os pneus se seguraram no solo como se tivessem garras. Quando pararam de girar, eles perceberam que estavam próximos à entrada da caverna, só que de costas para ela e de frente para a Malta de Ossos, que vinha com ferocidade e vontade de atropelar os oponentes.

Com os olhos grudados no carro que vinha a mil na direção deles, Vik ainda conseguiu perguntar para Cosme e Juba se eles estavam bem e relaxou um pouco quando responderam que estavam meio atordoados, mas sem nenhum ferimento. A mente da menina dizia que não era hora de parar. Ela olhou para o carro da outra equipe, viu que eles já se preparavam para lançar novas granadas em sua direção e pisou no acelerador com vontade.

— Manda a boa, Cosme, a gente precisa daquela moral.

O menino, que ainda tinha os nós dos dedos brancos de tanto segurar nos bancos, se recompôs. Levantando-se e saindo pelo teto solar, fez um Orisi e recebeu o canhão mais uma vez. Ao mesmo tempo, a fumaça do motor subia, e a areia começava jorrar para longe. Ele olhou para a Malta de Ossos e gritou:

— Vai passar nada, bando de vacilão. Pega nóis.

O menino mirou para cima e se segurou quando a menina largou de ré, entrando na trilha estreita para dentro do labirinto, que era um conjunto de trilhas ladeadas por rochas, mas abertas na parte de cima. Assim que adentraram o local, ele fez o disparo, rindo ao ver a explosão que certamente atrasaria a entrada da malta inimiga.

— Vai traçando a rota Juba. — Vik dirigia com uma das mãos no volante e a outra no alto do banco do carona, virada para trás para olhar a traseira do carro. Tsavo aumentou a transparência do vidro e a luz dos faróis traseiros se acendeu. A caverna era estreita, mas larga o suficiente para passarem. Havia muitos pedregulhos no solo, o que fazia o carro dar pequenos saltos, mas a garota mantinha a velocidade para dar fuga da Malta de Ossos, pois sabia que mesmo com a ação de Cosme havia chances de as coisas darem errado. Os rivais tinham a vantagem de estar com o veículo de frente, observando o percurso da Malta Indomável. Vik se apegava a migalhas, imaginando que, mesmo que eles tentassem se aproximar, provavelmente evitariam lançar granadas, pois poderiam derrubar o interior da caverna sobre a própria cabeça.

Por isso, seguia na ré, desviando de pilastras naturais e rochedos enormes indicados por Juba:

— Tem um obstáculo em vinte metros — avisava o hacker, dando a ela tempo para se preparar para a ação. — A gente precisa de mais potência, Vik! Vai ter que virar o carro. Precisamos chegar na saída em breve. Sei nem o que tem pela frente, talvez um penhasco, não tá claro. — Juba segurava-se, enquanto usava o sistema computacional do carro para colher informações ao redor.

Felizmente, eles chegaram a um bolsão de ar dentro de uma caverna, com espaço suficiente para Vik manobrar. A garota não perdeu tempo, entrou no espaço e virou o carro para encararem o que viesse pela frente. Mas o conforto de dirigir sem se contorcer no banco não durou muito, porque a Malta de Ossos os alcançou e passou a soltar rajadas de rifle militar na direção deles. Cosme se adiantou, entendendo que precisava ir para o teto do carro e proteger a equipe com o escudo ancestral.

— Liga o campo magnético, Juba. Vou me arrastar pra fora — ele gritou, ajeitando o canhão ainda ativo nas costas e vestindo a luva magnética.

O garoto abriu o teto solar. As balas de rifle ricocheteavam nas paredes da caverna e faziam pequenas pedras se soltarem em várias direções. "Várias formas de morrer e eu fui logo encarar tomar bala de frente, tá maluco!", pensou ironicamente, enquanto se equilibrava em cima de Tsavo.

Vik se assustava com as balas que acertavam a blindagem do carro e, ao fechar os olhos quando estouravam no vidro, sentia uma Onça Mística atacá-la, mas achava que podia ser apenas o medo. Ela olhou para cima por um segundo e viu Cosme no teto do carro. Ele esticava uma das mãos para protegê-los; naquele momento ele baixou o rosto, desviando de pedregulhos, e seus olhares se cruzaram. Ele sorriu confiante; ela devolveu o sorriso e, balançando a cabeça, pensou em como ele era "doidinho".

O menino voltou a olhar para a frente e viu o guardião da Malta de Ossos. O capacete apresentava uma imagem que aumentava a arcada dentária do usuário e fazia o nariz sumir, deixando-o parecido com a própria morte. Mas Cosme não teve medo: o tempo que tinha passado na Encruzilhada o ensinara que espíritos não passavam de um bando de chorões.

Cosme começou a dançar em cima do carro, imitando os movimentos de uma sarrada para provocá-los.

— Atira logo, maluco, a gente precisa virar — gritou Juba.

Cosme segurou o canhão, ajustou a munição sônica e mirou.

— Aumenta esse som, vamo quebrar tudo — respondeu ao amigo.

Não era brincadeira. Dessa vez Cosme atirou para derrubar o interior da caverna, com Juba dando o ritmo. O funil do espaço catalisou o tiro sônico, que rompeu as paredes de rochedo. As pedras atingiram em cheio o capacete de caveira do guardião da Malta dos Ossos. O carro deles veio logo em seguida.

Mas a Malta Indomável não viu muito mais, porque Vik já estava pronta e pisou firme no acelerador. Por sorte os pneus não patinaram nas pedrinhas do chão, mas levantaram uma enorme poeira, quase em sincronia com os efeitos do beat do Brabo. O carro seguiu em frente para uma espécie de rampa, formada por areia e pedra.

Cosme, no teto do carro, se pendurou pelas mãos e se segurou firme. A piloto acelerou, provocando a fúria de Tsavo. Eles passaram pela rampa, saltando sobre uma rachadura enorme. Tsavo voava, levando a Malta Indomável rumo a outra batalha desconhecida, mas os olhares da equipe tinham aquela esperança singela de quem entregou tudo para fazer as próprias escolhas e enfrentou as consequências com os melhores parceiros do mundo.

— Saca essa vibe, Vik. — Juba desenhava com os dedos no ar o movimento das batidas da música, enquanto o veículo ainda estava na trajetória suspensa pelo céu.

De braços abertos, Cosme viu o nascer do sol mais lindo de sua vida. Ele se lembrou de um dos castigos dos tutores na Academia, um sermão sobre como cada um deve manter posição na ordem divina da Cidade-Complexo.

— Disseram que garotos como a gente não nasceram pra voar... — ele gargalhou enquanto se imaginava voando. — Se eu acreditasse neles, a gente nunca teria saído do chão.

#A PORTADORA

O veículo caiu com um baque surdo na rampa de descida do outro lado do penhasco, derrapando. Vik pisava no freio, mas sem efeito: Tsavo deslizava no chão de terra batida, os pneus cantavam, a poeira subia. Um alarme disparou aleatoriamente, emitindo um som irritante no veículo.

— Segura, pessoal! — gritou Vik.

Eles estavam em rota de colisão com uma parede de pedra numa curva extremamente fechada, em um ângulo de noventa graus. A menina manteve a calma, estava firme no controle. Manobrou, buscou o sistema de freios, ajustou a potência do motor e deslizou em um drift antes de atingir a parede. Foi um movimento suave e bonito que fez a máquina parar em frente ao labirinto de Adze. O sol já batia no cume de cada pedra, criando uma sombra no interior do labirinto. O carro se estabilizava na pista, e todos respiravam aliviados, ajustando-se nos bancos depois do salto épico. Juba já buscava as novas instruções e rotas quando perceberam que o alarme continuava tocando.

— Juba, dá um jeito nisso, parça. Qualé? — Cosme ralhou.

O hacker projetou o sistema computacional nos vidros do carro, procurando a origem do som. Não era do sistema de defesa ou de segurança de Tsavo, nem dos comunicadores. Parecia estar em um arquivo criptografado. Assim que identificou a fonte e a abriu, o hacker parou, atônito, no mesmo instante.

— O que é? Explica logo, Juba. — Vik estava impaciente porque queria sair dali o mais rápido possível, sabia que se encaminhavam para uma das etapas mais perigosas da Batalha das Maltas. No labirinto, havia inúmeros caminhos circulares. A qualquer momento uma equipe perdida poderia pegá-los pelas costas.

— Eu tava criando um mapa dos terrenos onde a gente passou pra comparar eles com o espectro geológico que vi nas águas sagradas de Adze. Quando aterrissamos aqui, o sistema computacional autônomo de inteligência artificial terminou de analisar o solo e as rochas do labirinto, então o algoritmo construiu o mapa completo do terreno. Se ele estiver certo, esse alarme está indicando... que o Olho Solar de Sumé está por aqui!

Vik sentiu o coração disparar, e Cosme segurou o ombro dela, também ligeiramente abalado. Encontrar o outro Olho de Sumé ganhou um significado próprio para cada um deles: depois de tudo o que viveram, aquela jornada os tornara mais fortes, mais confiantes e orgulhosos de si. Havia, porém, uma dúvida de como a vida seria quando aquela aventura acabasse, especialmente quem eles seriam, como a cidade os trataria, ou ainda como lidariam com a família. Eles não tinham nenhuma visão ou ideia de como os efeitos do Orbe de Sumé seriam sentidos pelo povo, apenas contavam inconscientemente com uma pequena ingenuidade sobre o futuro.

Uma explosão rompeu o silêncio reflexivo dos jovens. O mapa sinalizou que era um dos autômatos da Malta de Aço perseguindo outra equipe. "Hanna deve estar por perto", pensou Vik, que, por ironia do destino, dessa vez não gostaria de encontrar a garota que a inspirara a vida inteira. Respirando fundo e acelerando Tsavo, os Indomáveis desviaram para outro caminho.

Juba projetou o ponto do labirinto onde estaria o Olho Solar, porém, sem conseguir mapear o caminho, o percurso até lá ainda era um mistério. Cruzar com a Malta de Aço naquele momento poderia colocar fim à missão. E eles não eram o único problema, ainda existia o risco de se depararem com as duas equipes com cybercapoeiristas, a Malta do Trovão e a Malta Oceânica. Os jovens sabiam que ambas estavam trucidando os oponentes nas estreitas paredes dos labirintos. Como era um local perfeito para fazer emboscadas, os guardiões saíam dos veículos para lutar. Essa estratégia não era válida para Cosme, mesmo que ele protestasse, já que eles precisavam ficar juntos, pois ninguém sabia quais seriam os perigos que encontrariam com o Olho Solar de Sumé.

— Pode existir um guardião do Olho Solar, algo como Tsavo — antecipou Juba, apontando um caminho possível em uma bifurcação.

Vik assentiu e acelerou fundo. O caminho era bastante estreito, mas ela sentia estar próxima do local. O poder do Olho Lunar que residia nela era como uma bússola, e ele irradiava da tatuagem. Ela o sentia fluir em seu corpo como um chamado. Tsavo percebia a movimentação e correspondia dando mais potência para o carro.

— Tem um autômato se aproximando, Cosme. — Juba estava novamente identificando os sistemas computacionais ativados ao redor. Ele monitorava principalmente a Malta de Aço.

Enquanto a piloto comandava o carro para entrarem em uma abertura lateral, Cosme convocava um Orisi, já indo para o teto solar. Ele confiava que a velocidade de Vik os afastaria do problema, mas sua função era proteger o time e ele cumpriria isso com orgulho. No entanto, quase perdeu o equilíbrio quando Vik se desesperou ao perceber que a abertura não tinha saída. A jovem acionou os freios bruscamente e os pneus levantaram fumaça: parecia uma emboscada.

— Vai ter que ser na mão. — Cosme, ao notar o que acontecia, preparou uma munição explosiva no canhão e saltou do veículo. Vik desligou todos os sistemas, e eles notaram que o beco era mais escuro do que os outros caminhos.

— Vamo usar a escuridão a nosso favor — sussurrou ela.

O robô capoeirista da Malta de Aço se aproximou, seus passos eram pesados. Ele tinha articulações giratórias e punhos vermelhos envernizados capazes de dilacerar as paredes de pedra. Sua presença, no entanto, nem era a coisa mais assustadora. Todos conheciam a estratégia dessa malta. Poucos metros atrás do autômato, que era apenas o mensageiro, o veículo extremamente silencioso deles perseguia os oponentes. Dentro da máquina possante estava Zero, carregando o seu machado de guerra com poderes ancestrais amplificados por tecnologia de Nagast.

Saber disso fazia o coração dos jovens quase sair pela boca. O robô parou exatamente de frente para eles no beco. Cosme apontou o canhão sem nenhuma hesitação. Preparava-se para atirar, mas alguma coisa drenou completamente sua energia. "Como assim?", pensou assustado.

Juba, que também sentia um tipo de pulso energético no ar, já tentava identificar o problema, ao mesmo tempo em que tentava ativar o campo de proteção de Tsavo.

— Não é um pulso comum, é um tipo de anulador de energias ancestrais.

— Coisa da Hanna — afirmou Vik, admirada —, aquela garota consegue manipular as linguagens dos dois mundos. Ela é zika, Juba.

— Tamo ferrado, Vik, então segura essa sua onda de fã.

O autômato não demorou a chegar aonde estavam e ativou a visão noturna, mas parecia que não conseguia enxergar dentro do corredor por uma interferência digital criada por Tsavo. Os olhos do robô brilharam em uma luz forte que começou a piscar como se estivesse fazendo uma varredura para identificar a localização da Malta Indomável. Vik se preparou para ligar os motores e dar ré o mais rápido que pudesse, iniciando uma fuga.

— Calma, Vik, não... faz isso, não — alertou Juba.

Cosme saltou para trás do carro, repetindo o ritual Orisi para energizar o canhão, mas ainda sem resultado.

— Vamo dar o fora, Juba... — ela insistiu.

O garoto segurou a mão da amiga no volante por um segundo e, no momento em que os olhos do robô iriam cair sobre eles, a parede atrás dele explodiu e pedregulhos voaram para todos os lados. O escudo de Cosme voltou a funcionar, e ele correu, colocando-se na frente do grupo e protegendo-o dos estilhaços da parede.

O robô capoeirista foi atropelado pelo veículo da Malta de Ossos, que havia escapado da rampa graças à tecnologia de terraformação, capaz de movimentar montanhas de grandes proporções ou simplesmente proteger o grupo de deslizamentos e soterramento.

— Como você sabia, truta? — perguntou Cosme pelo comunicador, lançando um olhar malandro para os destroços do robô.

— Tem uns segundos que eu percebi aquele chip de proximidade ativo. Senti eles por perto e amplifiquei o sinal, praticamente chamando eles aqui. Bora dar o fora enquanto dá tempo.

Cosme saltou para o carro e estavam prontos para partir. Mas, antes que Vik desse a partida, viram o autômato se reerguer todo torto, girando as pernas, depois o tronco, e ajustando a postura, terminando o movimento no cavalo, a primeira posição da ginga de capoeira. Teria sido uma volta estilosa, caso o carro da própria Malta de Aço não tivesse atravessado o robô novamente, danificando a carcaça e entulhando os pedregulhos em um canto do labirinto. Zero e Hanna estavam no carro e aceleravam em perseguição à outra equipe.

Zero tinha o rosto cheio de tatuagens, algumas em tinta prateada, um olhar assustador e a fama de ser um guerreiro tão implacável quanto canalha. A lenda dizia que Zero fora o único sobrevivente de um confronto com uma entidade monstruosa durante a revolução no Distrito, ninguém queria trombar com um guerreiro como ele.

Assim que eles passaram, Cosme, agitado, apontou o caminho que surgira com a explosão:

— Mete o pé, fi.

Tsavo acordou como uma fera. Vik deu ré tranquilamente, voltando para o labirinto, e acelerou como se ela e a onça estivessem saltando pelos escombros. O motor fazia um barulho grave e assustador. Vik guiava a máquina com maestria. Ela conseguia sentir a energia da Onça Mística como se ela a guiasse sobre suas costas.

Era a maior sensação de liberdade que a garota já tinha experimentado.

A Malta Indomável continuou percorrendo o labirinto em busca do Olho Solar de Sumé. Eles tentavam a todo custo desviar dos oponentes mais assombrosos. Em uma das esquinas, perceberam a névoa tóxica da cybercapoeirista e voltaram de ré. Em outra, viram um combate violento com armamento militar entre carros e meteram marcha. Se eles continuassem na Batalha das Maltas, os embates dos quais se esquivavam seriam inevitáveis na fase seguinte, que reuniria todas as equipes restantes em uma arena circular para disputar o título de Rei e Rainha daquela Batalha das Maltas.

— Não aguento mais fugir de briga. Quando acharmos o Olho Solar, só vai restar uma saída, a treta pura e mais braba de todas — adiantou Cosme. — Tamo pronto, né?

— É como diz aquela poesia lendária: "Se quer guerra, terá; se quer paz, quero em dobro" — cantou Juba.

A garota observava os dois conversando enquanto pensava sobre Sumé: "Duvido que a gente simplesmente entre pela porta da frente, igual no Salão do Destino. O Olho de Sumé é surpreendente".

Tsavo corria pelo labirinto, saltando rampas entre alguns corredores. Juba começou a ficar apreensivo com o caminho que seguiam, pois, mesmo que o mapa indicasse proximidade, parecia que nunca chegavam ao Olho Solar de Sumé. Sempre que pegavam um corredor que seguia para o local, ele virava outro caminho sem saída. Cosme decidiu abrir as paredes na marra e, para isso, calibrou a munição sônica do canhão e juntos assumiram o risco de abrir as paredes para percorrer uma linha reta. As explosões poderiam enterrá-los e chamar a atenção das outras maltas, muitas das quais com certeza tentariam derrubá-los. Mas a Malta Indomável tinha um objetivo e o cumpriria.

— Eles vão tentar derrubar a gente, mas a gente é loko demais e vai continuar em pé — Vik afirmou, pisando fundo no acelerador e correndo em direção ao primeiro obstáculo, antes de o parceiro destruí-lo. Cosme disparou no mesmo momento em que olhava com carinho e admiração para a garota. "Tá querendo me apaixonar, danada", pensou o menino ao mirar na próxima parede.

Os escombros deixavam o percurso mais irregular, mais complicado para a direção, mas a piloto desviava dos obstáculos fazendo o carro saltar, testando os amortecedores hidráulicos e a resistência da tecnologia alimentada pela Onça Mística aprisionada no veículo. O motor roncava e, mesmo com Cosme se empenhando para abrir caminho, as paredes e a distância entre elas pareciam cada vez menores, e os corredores se enchiam de entulho e poeira. Quanto mais se aproximavam do ponto onde Juba tinha indicado estar o Olho Solar, mais decidida a Malta Indomável parecia.

— É melhor dar um tempo aqui, tô percebendo as rotas dos outros se alterando pra nossa direção. Tem duas maltas querendo colar na gente, Vik.

— Relaxa, Juba, tudo sob controle. Ninguém vai parar a gente agora. — Os olhos da menina pareciam em chamas, ela sentia o chamado do Orbe. A tatuagem parecia queimar novamente, dessa vez um calor reconfortante, de que ela gostava. Sentia-se poderosa.

Juba não gostou da imprudência e, sem cerimônia, pediu para Cosme ficar de prontidão. O alerta foi importante, porque dois corredores e, depois, dois mísseis voaram na direção do carro, atravessando a poeira que os jovens levantaram ao explodir as paredes do labirinto. O guardião ativou o escudo, apontando as mãos na direção dos mísseis, que causaram uma explosão enorme ao atingirem o campo de proteção. O fogo rodopiou pelas paredes do labirinto, saltando para todas as aberturas possíveis. As rodas traseiras de Tsavo se ergueram e o carro se desequilibrou, fazendo Vik ficar insegura, pois se lembrou da primeira curva que fizera com o veículo, quando perdera o controle e os jogara numa duna de areia. "Dessa vez não vou vacilar, já deu".

Soltando o ar com força quando o carro se conectou com o chão novamente, ela segurou firme o volante, olhou adiante e manobrou para uma abertura natural, diminuindo a velocidade para o carro se endireitar, e só voltou a acelerar, tomando fuga novamente, quando sentiu segurança.

— Faltam apenas duas paredes, estamos chegando. Mete o pé — Juba informou, sentindo uma estranha animação com a perseguição em curso.

Cosme, que tinha as botas magnéticas ativadas, se voltou para a frente do carro, mirando a bazuca novamente para abrir caminho. Estraçalhou o muro seguinte com a potência da arma. Parecia que eles estavam cada vez mais inspirados. Atravessaram novamente os escombros em um coro animado, os corações batendo forte. Só havia mais uma parede entre eles e o destino traçado no Palácio de Ygareté.

— Tá do outro lado! É lá que tá o Olho de Sumé — avisou Juba.

Vik congelou com aquelas palavras, pois diante de seus olhos via uma rica floresta e uma onça branca enjaulada. "Você é a única que pode salvá-la", escutou a voz de Tsavo em seus ouvidos. Ela virou a cabeça na direção da voz e viu que ainda estava no corredor.

Os amigos gritavam, Cosme já havia destruído a parede e Juba apontava para o mapa. A tatuagem brilhava, dando uma sensação menos reconfortante. Vik estava inquieta, sem entender o que havia acontecido. Preferiu não comentar com os amigos e observou o caminho à frente, que parecia uma área mais velha do labirinto e, com certeza, estava distante da verdadeira saída, as pedras eram mais escuras. Cosme saltou para o fundo do carro.

— Protejam-se! — gritou ao ver dois novos mísseis da malta que os perseguia, mas eles explodiram no escudo de proteção ancestral, espalhando fogo ao redor. Juba então percebeu uma anomalia: um terceiro míssil cybersintético cygen, no qual existiam Orisis gravados, feitos para bloquear energias ancestrais.

— É a Malta de Aço — avisou, mas não tinham mais tempo.

O míssil atravessou o escudo de Cosme, acertando Tsavo em cheio. O guardião foi arremessado para trás pela explosão. Juba e Vik, dentro do veículo, bateram a cabeça conforme giravam e foram parar a metros de distância, com o carro jogado de ponta-cabeça no canto de uma das paredes do labirinto. O cinto de segurança os segurou e os manteve dentro do carro. A explosão gerou um pulso que desativava poderes místicos, desabilitando a conexão de Tsavo com o veículo, que se desligou imediatamente. Como a máquina estava otimizada para combate, ela fora construída com um sistema de defesa de colisão, reforçado por uma gaiola no chassi que expandia caso fosse amassada. As avarias não foram tão sérias, mas os jovens sofreram pequenas escoriações. Juba sentiu o ombro deslocado; ele testou colocar a mão, mas não aguentou a dor e então tentou chamar a amiga. Apesar de ter sido protegida pela defesa do veículo, Vik sofrera arranhões acima da sobrancelha. Quando o hacker percebeu que ela estava desacordada e com um fio de sangue escorrendo pela testa, ele começou a gritar, assustado.

— Vik, Juba... — gemeu Cosme, esticando a mão em direção aos amigos sem conseguir se levantar. Ele tinha batido a cabeça em uma pedra ao cair e sentia o corpo pesado demais.

Ele ouviu um barulho e virou o rosto com dificuldade na direção do som. Era o autômato capoeirista da Malta de Aço caminhando na direção dos seus amigos. Provavelmente, a equipe da Malta de Aço vinha logo atrás. A cabeça de Cosme doía, mas ele conseguiu ouvir quando os dois oponentes pararam ao seu lado e começaram a discutir.

— Tu mandou um projétil especial pra essa equipe, Hanna. Tá pegando o jeito dessa batalha sem dó. Se eles chegaram aqui, aguentam a porrada. Vamo atropelar, manter a coroa.

— Você às vezes não é nada detalhista, Zero. Os dois primeiros mísseis que enviei foram bloqueados por uma energia ancestral. Isso nunca tinha acontecido em uma Batalha, e a rota dessa malta, atravessando as paredes, não tá caminhando pro fim do labirinto. Tem alguma coisa acontecendo aqui, a gente precisa descobrir o que é.

— Você me conhece, Hanna, sabe que tô nem aí pra essas coisas. Só quero ganhar essa batalha outra vez pra curtir com a galera no Quilombo. — Zero mexeu na arma lendária. — Agora tá dizendo que não vou poder descer o machado sem piedade?

— Exatamente. Sempre que você faz isso alguma coisa muito ruim acontece com todos nós, e eu só tô aqui pra evitar que você perca o controle, tá ligado, né? — O atual Rei da Batalha das Maltas gargalhou e continuou caminhando até o veículo da malta adversária. Cosme perdeu a consciência logo em seguida.

Vik sentia a Onça Mística aprisionada no meio da selva chamá-la com um olhar aflito. A fera urrava alto e assustadoramente, de forma que acordou a garota do desmaio. Ela viu a energia escorrer pelo braço, e a chama branca que crescia na tatuagem envolveu Tsavo, ativando-a novamente. Mas, antes que o carro e a piloto pudessem usar algum tipo de inversor magnético para se desvirarem, o carro foi puxado com força e endireitado. Juba, que continuava assustado, parecia estranhamente humano, revelando na expressão uma fragilidade infantil. Ele procurou o rosto da amiga novamente, acalmando-se ao perceber que já estava desperta.

Os vidros do carro emitiram um alarme.

— É ali, tá ali! O Olho Solar, a outra relíquia de Sumé tá ali! — Empolgado, Juba quase se esqueceu da dor no ombro, só parou de se debater quando a fisgada lhe trouxe lágrimas aos olhos. Cosme recobrou a consciência ao ouvir a voz de Juba e, devagar, conseguiu se levantar e foi, com dificuldade, ajudar os amigos a saírem do carro.

Entre as paredes, havia uma pedra com aspecto muito antigo, com um Orisi entalhado. Cosme sabia que conseguiria ler a inscrição, mas havia muita sujeira e limo na pedra. Após um breve período de recuperação, Vik e Cosme começaram a raspá-la com as mãos e com as ferramentas que Juba trouxe do carro, mas ele só pôde observar, por causa do ombro deslocado. Todos esqueceram completamente que estavam sendo perseguidos, jogando-se completamente para abraçar o desconhecido.

— Tempo — disse Cosme quando já tinham limpado boa parte. — É um Orisi que simboliza o fluxo temporal, a dimensão das horas, dos anos...

A voz de Cosme sumiu conforme ele mentalizava o Orisi, tentando se conectar à energia ancestral. Ele fechou os olhos, desenhando com os dedos no ar o símbolo entalhado. Bateu o pé de forma ritmada. Sentiu o fluxo da energia atravessar seu corpo, depois tocou novamente na pedra entalhada, que se iluminou, abrindo um portal ao redor. Os amigos se olharam com confiança e decidiram entrar. Várias estrelas iluminavam o céu, formando a constelação de Sumé, morada do Pai-Criador da Cidade-Complexo.

— Tamo demorando pra vazar, novinha. A gente já ajudou essa galera, vambora, caramba!

— Eu sei que esse rolê da Batalha é importante pra você, mas não deixa ele tirar sua atenção do que acontece ao nosso redor, Zero. Essa malta desapareceu no meio do labirinto — disse Hanna, passando a mão na pedra com o símbolo Orisi. — Cê sabe que só tem um ser capaz de abrir portais desse jeito e ele já nem está mais no mundo dos mortais.

— A gente pode ver isso depois, Hanna. Vamos lá, mina. A gente tem uma coroa pra conquistar.

— Dane-se a coroa, Zero. Eu sou a hacker que criou os cybercapoeiristas, eu leio os códigos ancestrais e digitais, é por isso que eu sou a Rainha dessa merda toda, tá ligado?

— Pode pá, tá certa, Hanna — Zero concordou, pensativo. Então passou uma mão na boca e apontou para trás, dizendo:

— Mas aí, vou ali acabar com aquele pessoal das outras maltas, então. E você investiga o que tá rolando aqui. Eu já volto, não vai entrar em treta sem mim.

Zero se preocupava com Hanna, mas também sabia que ela era mais forte do que a maioria das pessoas imaginava. Hanna sempre sabia onde estava se metendo e, não fosse por ela, ele não estaria ali. Eles se despediram com um muxoxo, cada um colocando sua prioridade em primeiro lugar e insatisfeito com a ação do outro. Quando se viu sozinha, Hanna se aproximou da pedra, portal em que os outros três haviam desaparecido. Ela sabia que não conseguia ler o Orisi, mas já estava trabalhando em um algoritmo de tradução sagrada para investigar aquela pedra. A hacker usou o dispositivo computacional de pulso para escaneá-la. Apesar de ser a mesma linguagem dos ancestrais, a forma de escrita era peculiar, existia apenas entre o grupo dos primeiros discípulos de Sumé. A única coisa de que Hanna tinha certeza era que a estrutura daquela pedra era única, criada a partir de uma constelação rara. E só havia um outro lugar no mundo com aquele tipo de pedra: o Salão do Destino.

— É coincidência demais. Aquela cidade odeia nagastianos, tá rolando alguma coisa sinistra ali. — Hanna deixou uma mensagem para Zero encontrá-la em Sumé. Depois convocou um tecnogriot, que se acoplou nas costas de sua armadura e a carregou pelos ares até a cidade.

Ela tentou mandar uma mensagem para a Suserana de Sumé. Sua fama de enclausurada era conhecida, mas Hanna esperava receber alguma informação sobre forças místicas rondando a Cidade-Complexo. Porém, ao contrário de boas-vindas, ela recebeu uma mensagem desaforada do conselheiro Araquém. "Não venha corromper nossa cidade com sua curiosidade e rebeldia nagastianas." As palavras fizeram a garota ter certeza de que os Cardeais estavam escondendo algo durante a Batalha das Maltas.

#UM LUGAR PARA CHAMAR DE LAR

— Uma mensagem para você foi interceptada pelo seu primo. Era de uma representante de Nagast. — Roha não deu muitos detalhes sobre Hanna, havia poucas informações sobre a garota no Nexo de Sumé, mas o espírito parecia carregar alguma lembrança consigo e sentia que a garota era confiável.

— Conseguiu acessar? Era sobre o quê? — Djalô estava bastante aflita com a forma como o Conselheiro estava lidando com a profecia da Cidade-Complexo. Nem mesmo o seu quarto, que estava em tons avermelhados, simulando o crepitar dos primeiros raios solares no Topo de Sumé, conseguia acalmá-la.

Minutos antes, a porta de seu quarto se abrira para que ela recebesse o banquete matinal: frutas, suco e um queijo curado das melhores fazendas com um pão fermentado pelo cozinheiro oficial. Toda a movimentação era ensaiada e cronometrada para evitar contato direto com a Suserana. Se um dos guardas pensasse ter visto algo de estranho no quarto, entrava para observar e, se não visse nada, partia; cada interação não durava mais que dois minutos, e o quarto ficava novamente silencioso e trancado.

— Existem evidências de energias ancestrais de proporções inimagináveis em meio ao Deserto Sagrado de Adze. — As palavras de Roha despertaram na menina a lembrança de ter sido letrada com o Compêndio de Wyra desde a infância. Além de Araquém, ela era uma das únicas com acesso total, e sabia o suficiente para entender aquilo como um sinal do colapso de Sumé.

— A história de Adze é ligada ao desaparecimento de Sumé e, de certa forma, também se conecta com o seu retorno. Não temos muito tempo, minha amiga.

Djalô aceitou a sugestão de fuga de Roha, principalmente depois que a amiga mostrou as cenas da devastação que o confronto entre Vik e as Charias causara na Cidade-Complexo. Em meio a esse turbilhão de acontecimentos, o que geralmente levaria alguém a sentir-se desolado, a Suserana viu uma oportunidade: a tentativa de Araquém de controlar os espíritos de Lua de Sangue e Eclipse tinha fracassado, então era a vez de ela tentar influenciá-los.

Roha vasculhou o Nexo pela localização dos irmãos Arandu e enviou uma mensagem com a assinatura de identidade oficial de Djalô. Mesmo isolada, a Princesa tinha o cadastro de uma chave de reconhecimento única, feita da mesma criptografia que o Compêndio de Wyra. "Que a crença no Pai-Fundador seja suficiente para que vocês possam salvar Sumé. Sua Suserana os invoca."

Djalô podia não saber, mas a mensagem foi enviada numa hora crucial, pois a tentativa de contato de Hanna alertara o Conselheiro sobre o novo sinal da profecia. Ele, então, passara a preparar as defesas, contando com o combate das Charias ao lado da Força Protetora liderada pelo Missionário para enfrentar o destino. Infelizmente, para ele, os irmãos estavam na própria cruzada moral.

— Se a gente responder esse chamado, nos desviaremos dos planos dos Cardeais, Caíque. — Lénon sempre foi o mais responsável e aquele que seguia com mais afinco a crença, mas a derrota para a Malta Indomável havia abalado suas convicções.

Ele, que sempre acreditara ter sido preparado para algo maior, para ter um destino importante para a família, percebia que desde a explosão no Palácio de Ygareté tudo saíra do controle. Ele e o irmão tinham se tornado apenas peças nas mãos dos Sacerdotes. A contenção dos espíritos em suas hiperarmaduras foi violenta e, até mesmo naquele momento, causava danos físicos e mentais. Ao contrário dos perdedores da escola, Cosme, Vik e Juba, eles não se sentiam poderosos, sentiam-se confinados.

— Mas é Djalô, a Filha Legítima. Talvez... a gente... só acho que esse caminho pode ser diferente, não sei... Melhor? — Caíque tentava argumentar, sentindo a mesma confusão mental que o irmão.

Em seu íntimo, sabiam que não era apenas por causa de questões com a consciência que queriam escutar o chamado de Djalô, mas os próprios espíritos de Lua de Sangue e Eclipse buscavam, no encontro com a filha legítima, uma forma de libertação para o controle tecnológico imposto por aqueles homens. Caíque lembrou das palavras de Vik, quando ela dissera que não serviria a nenhuma entidade para destruir a própria casa. A convicção da garota, que antes era tão diminuta e esquecível, acendeu uma chama de coragem nos olhos do menino, e de alguma forma ele decidiu ser livre como os três delinquentes e seguir o próprio caminho. Queria muito que o irmão também visse isso. Por isso, sem pensar novamente, ativou o capacete da hiperarmadura, bateu nos braços de Lénon com os olhos brilhando e disse:

— Qualquer coisa deve ser melhor que esse papo de ser peão no xadrez desses caras. Bora?

A resposta de Lénon foi silenciosa. Ele não tinha certeza de mais nada, mas confiava no irmão mais velho, então o seguiu. Os Arandu responderam ao chamado de Djalô, se prontificando a atendê-la, ao que Roha respondeu, como um holograma projetado nos trajes das Charias, com dados de onde a Princesa estava confinada. A mensagem dizia: "A Cidade-Complexo está comprometida, o atual Conselho não será capaz de proteger o legado de Sumé, por isso mantém a Suserana confinada na Mansão de Ygareté". Sem esperar novas instruções, eles ativaram os capacetes, as luzes em tons neon surgiram como auras que respondiam a seus movimentos. A localização da mansão era protegida, mas o espírito das Charias guiava os irmãos pelas ruas de Sumé. Confiantes, passaram com a facilidade garantida pelos espíritos místicos pelas tropas dos Cardeais e em nenhum momento duvidaram da escolha que tinham feito. Quando se aproximaram do local em que sentiam a Princesa, pararam de correr e caminharam até um espelho d'agua, um pequeno lago que decorava uma das praças em frente ao complexo de segurança dos Cardeais. Sem hesitar, atravessaram pelo espelho e chegaram ao bolsão de ar onde a Mansão estava localizada. Entraram e se esgueiraram até os corredores da mansão, bem de frente para a porta de Djalô, onde guardas a mantinham.

— O que são aquelas coisas? — apontou um dos Cardeais quando percebeu as sombras surgindo em uma das telas que projetava diversas áreas da Mansão.

Os tiros começaram a ricochetear nas paredes após os Cardeais montarem uma linha de defesa. Um deles disparou uma bomba de fumaça magnetizada para inibir a movimentação; correntes de elétrons atravessavam as partículas energizadas da fumaça. Em inimigos normais, isso destruiria os circuitos de armaduras robóticas, mas nos Arandu surtiu pouco efeito. Quando Eclipse se movimentava, ela gerava uma névoa densa, capaz de escurecer o ambiente, isso se misturou à fumaça da granada dos Cardeais, dificultando para eles. Era uma visão tenebrosa. Lutar no completo escuro, para os guerreiros, era um martírio, e a iluminação vinha apenas dos olhos flamejantes das onças que atravessavam a névoa escura. Lua de Sangue saltava sobre os homens e estraçalhava os escudos com as garras. Parecia estar caçando, desferia golpes que derrubavam os Cardeais e rachavam ao meio os rifles de mira a laser. Só não era capaz de acabar com a vida daqueles homens pois ainda não tinha conseguido se revoltar completamente contra os fiéis e a crença que crescera cultuando.

Eclipse lançou correntes na porta, que faziam o barulho de rastros pesados se movendo no chão, aumentando o terror daqueles que já estavam machucados e caídos no corredor. Gritos de surpresa sucederam os movimentos das correntes, e a guarda se desesperou e bateu em retirada, derrotada. As pontas das correntes se fixaram na porta, arranhando o aço, e foi quando Eclipse as puxou com força, fazendo o material envergar e estralar. As garras das correntes desceram e formaram aberturas no aço, que parecia rugir de forma horrível, e os sons pioraram até a estrutura da porta ceder, arrebentando-a. A onça lançou os escombros sobre os Cardeais já machucados, e farpas de aço voaram, atingindo alguns nas pernas.

— Eles chegaram, Djalô — avisou Roha quando as correntes atingiram a porta.

— Como encontrarei você no Nexo, amiga?

Djalô, que nunca havia encontrado Roha fora daquele confinamento, acreditava que a amiga também estivesse presa ali.

— Existe um tempo pra cada coisa, mana. Eu vou ficar bem aqui, ainda escondida, mas em breve estarei contigo pra cobrar sua promessa.

Não tiveram mais tempo para conversar: as Charias entraram pela porta e viram com os próprios olhos a Suserana de Sumé. Como foram criados na fé desde pequenos, os irmãos Arandu retiraram os capacetes e se ajoelharam em saudação respeitosa.

— Por Sumé! — disseram em uníssono.

— Não temos tempo para isso, primeiro devemos sair dessa mansão, depois vamos começar a desfazer toda essa bagunça que o Conselho trouxe para a Cidade-Complexo.

Eles escoltaram Djalô até o andar de baixo da Mansão, onde havia um lustre de proporções enormes que iluminava as paredes com várias cores, e onde tecidos e tapetes macios contrastavam com totens e com obras de arte, algumas digitais, outras físicas, como uma coleção de visitas dos mais variados comerciantes de Sumé. O grupo procurava uma saída, como o espelho d'água que os irmãos utilizaram para atravessar, enquanto ouvia novos Cardeais procurarem a Suserana. Eclipse começou a espalhar novamente a névoa sombria pelo local, enquanto Lua de Sangue seguia buscando uma saída.

Ele percebeu um espelho acima do enorme lustre que iluminava com várias cores o salão e correu direto para a parede, cravou as pernas e as mãos para escalar e foi saltando conforme subia, até dar um último pulo e segurar-se no lustre. Ele se balançou lá no alto e desferiu golpes nos cabos que mantinham o lustre ligado ao espelho, e, segundos depois, o objeto começou a ruir.

— Traga Djalô! — gritou lá do alto. Eclipse correu e segurou a Princesa com uma das mãos. Em um movimento brusco, lançou-a para os ombros e saltou; depois escalou a parede como o irmão. Vários Cardeais alcançaram a sala, seguidos por uma voz que apenas a Suserana reconheceu.

— Djalô! — vociferou Araquém.

O Conselheiro tentou impedir a fuga da menina, mas chegou a tempo de ver apenas o salto que Eclipse deu em direção a Lua de Sangue. Quando os irmãos tocaram as mãos, conseguiram abrir um portal no espelho e empurrar a Princesa para atravessá-lo. Depois saltaram juntos, antes que a luminária gigante caísse e se estilhaçasse em cima dos Cardeais, disparando vidro violentamente pela sala.

#A LANÇA DE SUMÉ

Vik, Cosme e Juba foram transportados dali. O chão parecia molhado. Juba pisou um pouco mais adiante e sentiu o pé afundar. Foi quando perceberam que estavam à beira de um rio, que parecia denso, profundo e silencioso e refletia as estrelas. O rio não se movia, era como se estivesse esperando algo ou alguém. Não existia caminho para atravessá-lo, O silêncio e as estrelas sacralizavam o lugar. De repente, passos surgiram atrás dos jovens; vários, pareciam caminhar para o rio. Uma onça pintada passou bem entre eles: tinha o pelo em tons de amarelo com toques avermelhados, como se tivesse sido chamuscado pelo fogo. Cosme ativou o escudo e se colocou na frente dos amigos, Vik se afastou com a cadeira. Juba havia reconhecido a entidade pela leitura energética.

— Relaxa, é a Tsavo.

A onça não olhou para eles, continuou caminhando com a certeza de onde estava. Quando se aproximou de Vik, a garota não se aguentou e a inquiriu:

— O que você fez com o carro?

— Essas são as margens sagradas do tempo, onde eu fui criada com outras Onças Místicas. Na presença dessas águas, eu sempre retorno à minha verdadeira forma.

Os jovens observaram a onça e a seguiram, caminhando até o rio, Vik ativou o exoesqueleto e agitou os braços para acelerar sua movimentação na água. Assim que o rio ficou mais fundo, batendo em suas canelas, eles tiveram um pouco de medo. Tsavo percebeu:

— É comum que as pessoas sintam receio quando caminham pelas águas do tempo. Elas podem sufocar. Existem muitas pessoas que afundam aqui. Se olharem melhor por alguns segundos, vocês perceberão.

Cosme energizou o canhão com plasma e um pequeno raio iluminou onde pisavam. Juba apontou espantado para o que parecia ser o fundo da água: abaixo de seus pés estavam pessoas que se movimentavam como se clamassem por resgate, com os braços para o alto, como se pudessem agarrar as pernas dos três. A Malta Indomável, contrariando o nome, recuou, com medo de afundar como elas. O guardião segurou a mão de Vik, e ela a de Juba.

— O tempo sufoca apenas aqueles que o ignoram e o subestimam, não é o caso de vocês. A chegada de cada um aqui foi desejada — disse Tsavo, tranquilizando-os.

Eles continuaram caminhando e observando as pessoas engolidas pelo Rio do Tempo. Mesmo com as palavras da onça, aquilo ainda era assustador para eles. O amuleto de Cosme concedia um pouco de iluminação, e eles se agarraram àquela singela proteção contra qualquer sombra ou espírito maligno.

Adiante, as estrelas enfraqueceram. O rio ficou mais gelado e escuro, a água subiu até a altura do joelho deles. Vik sentia a presença da onça aprisionada de sua visão, então deu um passo adiante, indo para uma parte mais funda, e caiu. Quando se levantou, sentiu que as águas lhe chegavam até a cintura, tomou um novo susto e saltou para trás. Esbarrou em Juba e Cosme, que se aproximavam. Quando olharam ao redor, não viram mais Tsavo. Eles se sentiram perdidos ali e pediram calma uns aos outros. Os amigos pensaram em retornar, mas escutaram o urro de Tsavo. Ela estava vários metros à frente.

— Se demorarem no rio, ele vai começar a correr e vocês serão arrastados pelas águas turbulentas. Venham.

Os jovens seguiram corajosamente, mesmo quando sentiram as águas baterem na cintura. Eles só pararam quando encostaram em várias madeiras sobre o rio.

— Que fita é essa? — Cosme tateou e já começou a antever a resposta da própria pergunta. — Já sei, é uma balsa!

— Tem várias, tão por todo lado — observou Vik, percebendo que Tsavo estava em cima de uma delas.

— Não importa a balsa que pegarem, não é ela que define o destino, somos nós. Qualquer uma delas navegará para o caminho criado por nossas próprias escolhas.

Todos olharam as balsas, avaliando-as. Apesar das palavras de Tsavo, tentavam decifrar qual seria a melhor para encontrar o Olho Solar de Sumé. Vik sentiu o coração pulsar mais forte. Olhou para o desenho da tatuagem no ombro e viu que a tinta escorria em tons luminosos pelo rio, brilhando forte. A tinta formou um pequeno redemoinho sob seus dedos, girando de forma acelerada, fazendo as cores se misturarem e trazendo luz às balsas. Ela ergueu a mão, retirando o Olho Lunar de Sumé do meio do redemoinho. Um vento forte atravessou o céu naquele instante, agitando as águas.

— Nosso destino hoje, assim como o da Cidade-Complexo, está nas mãos da portadora do Olho Lunar.

Orisis surgiram entalhados nas bordas de uma das balsas quando Vik, Cosme e Juba subiram. Não demorou muito, logo eles começaram a navegar pelas águas do tempo. Os símbolos gravados na jangada mudavam constantemente. Vik ficou na frente, carregando o Olho Lunar, ao lado de Tsavo. Cosme segurava a outra mão dela e Juba observava ao redor. O hacker foi o primeiro a notar a lua serpenteada surgindo no céu estrelado. Ela ainda estava vermelha como a Lua de Sangue, porém menor, minguante, como um olho fechado, como uma cobra.

— O tempo da profecia chegou. Sumé retornará para este plano. — Tsavo lembrou da profecia tão temida.

O retorno de Sumé, sem que eles estivem em posse do Olho Solar, parecia significar que a Malta Indomável havia falhado na missão. As respirações se agitaram quando eles perceberam águas começando a ficar turbulentas e, a cada segundo, corredeiras surgindo com força.

— É melhor a gente se segurar. Que onda é essa, Tsavo? — Juba agarrou-se na balsa e observou o fundo das águas ainda iluminado pelo Orbe de Vik, mas não havia mais pessoas aprisionadas pelo rio.

— Esse rio aponta para o Salão do Destino, onde o tempo começa e termina, onde não existem mais escolhas, apenas consequências. Tenham cuidado, navegar por essas águas sem um propósito pode ser mortal — Tsavo falava com uma voz sombria e séria.

Os jovens sentiram um calafrio ao notarem várias balsas arrebentadas em pedras que surgiam em meio às corredeiras. Desviando o olhar da cena deprimente, Vik passou a observar a beira do rio, onde, entre as árvores, outras Onças Místicas acompanhadas de anacondas e serpentes seguiam a balsa. Todas eram exuberantes, com cores fortes, olhos vibrantes e pareciam ter um tamanho colossal. Notando o olhar apreensivo da menina, Tsavo a tranquilizou, dizendo que aquela floresta era a casa daqueles seres e que estavam ali apenas para proteger o caminho da portadora do Olho Lunar. Completou dizendo que outras criaturas poderiam aparecer para prestigiá-la, como arraias do tempo e lagartos reis.

Juba avistou uma enorme queda d'água a dois quilômetros de distância. Parecia uma grande cachoeira despejando todo o fluxo do tempo em um vazio profundo.

— Tsavo, o rio tá acabando, pra onde vamos? — perguntou o nerd.

Naquela altura o rio ganhava força, correndo com certa violência. Cosme se segurava na balsa com Juba, apenas a garota seguia na frente, parecia que o Orbe a mantinha estável. O Olho Lunar exibia palavras que Vik não conseguia ler, eram como as inscrições que surgiam na balsa. Apesar de Tsavo não ter respondido à pergunta do hacker, a intuição da garota dizia que não tinha problema se jogar naquela cachoeira, mas não sentir medo daquilo era contraditório com uma vida marcada por muitos cuidados e poucas aventuras. Tudo o que tinha conquistado até agora ia contra o que seus pais lhe haviam dito para seguir. Ela sentia um grande conflito surgindo no peito, e mesmo assim seguiu olhando para o rio.

— Faz alguma coisa, a gente vai cair — gritou Cosme e soltou um dos braços para secar a água que tinha respingado em seu rosto. O amuleto emitia uma luz que predizia perigo.

Tsavo urrou ferozmente contra Cosme e Juba, como se pedisse que ambos confiassem na portadora e no destino para onde ela os direcionava. Os moleques confiavam em Vik, mas não tinham pretensão alguma de se jogar de uma grande cachoeira.

— A gente escapou de mil faces da morte pra morrer se jogando dessa cachoeira? Cê é loka? — Juba já se sentira imensamente mais medroso do que naquele momento, então o que atravessava a mente dele era apenas a voz da razão e um pouco de raiva.

A força da água era tanta que os garotos eram jogados de um lado para outro, a balsa movimentava-se com fúria rumo à queda d'água. O som das águas prenunciava um destino terrível, Cosme e Juba já imaginavam o que aconteceria quando caíssem em meio a pedras e cascos de balsas destroçadas. A própria balsa utilizada pelo grupo parecia tremer diante da violência das águas. Algumas lascas se soltaram e a madeira das pontas entortava.

Do nada, um furo surgiu e a água começou a tomar conta da balsa. Os meninos passaram a gritar incansavelmente, segurando-se como conseguiam. Juba até tentou improvisar um dispositivo para tapar o buraco, mas foi em vão; a tecnologia Cygen não era páreo para a força ancestral. Placas de madeira começaram a se soltar, as inscrições Orisi nas bordas se apagaram, a balsa estava se desfazendo enquanto caminhava para a queda da cachoeira. A água já encobria os tornozelos de todos. Mesmo assim, Tsavo e Vik continuavam impávidas, olhando adiante para o destino incerto.

— Segurem-se na garota. — ordenou Tsavo. Eles obedeceram imediatamente: Cosme entrelaçou seus dedos nos dela, Juba agarrou os ombros de Vik. Os olhos dela estavam tomados pela luz do Olho Lunar de Sumé e refletiam as palavras que surgiam no Orbe. A balsa se desfez completamente, arrebentando-se com a ira das águas, pedaços voaram para todos os lados. No entanto, eles sentiam que ainda pisavam em algo firme. Quando chegaram à queda d'água, os estilhaços da balsa precipitaram-se para a profundidade do tempo, e uma arraia gigantesca surgiu sob os pés deles. Vik, Tsavo e os garotos continuaram nas costas do ser místico, que planou para longe da cachoeira. Ela era linda, reluzia como a aurora boreal e movimentava-se com a suavidade e a beleza de uma criatura ancestral.

As estrelas pareceram se aproximar de todos, era como navegar pelo cosmo. Encantado, Juba catalogava milhões de informações com os olhos e o cérebro cygens. Existiam astros de todas as idades ao redor do garoto, alguns de milhões de anos, outros surgidos naquele exato momento.

— Que lugar é esse? — perguntou o hacker, tentando tocar uma das estrelas com as mãos.

— Estamos no fluxo do tempo, aquele que não acaba, apenas se transforma. Mortais não andam no fluxo do tempo, sequer conseguem percebê-lo diante dos olhos, mas a portadora permitiu esse destino para vocês. — A viagem pelo fluxo temporal durou uma eternidade, mas para eles pareceu durar apenas alguns minutos. Eles viram planetas se decompondo e nebulosas atravessando galáxias.

— Ali parece o fim. — Cosme apontou para um buraco negro, de onde a arraia se aproximava. O ambiente ficou escuro novamente, apenas a luz do Orbe nas mãos de Vik o iluminava.

— É tão aconchegante, lindo esse lugar. — Vik sentia o calor do Olho Lunar de Sumé a envolver. Era agradável, ela sentia-se em casa. A garota escutou sons agudos e estranhos, e as estrelas deram lugar a sombras do tamanho de enormes monstros, seres disformes, quiméricos, feitos de partes de diversos animais, como elefantes, águias, jacarés e capivaras, quase irreconhecíveis aos olhos dos três.

— Eu não consigo decifrar o que são essas coisas, elas estão por todo lado — exasperou-se Juba. Tsavo fez uma expressão irônica para ele.

— Existem seres tão antigos que não cabem nem no tempo. São os místicos mais poderosos da existência, vocês não são capazes de enxergá-los sem sentir um pavor intrínseco.

    Cosme estava em silêncio, segurando o amuleto. A pouca luz não alcançava a imensidão do fluxo do tempo. Ele se sentou nas costas da arraia, contemplando o que via e pensando que sua bravata era minúscula em comparação ao que via. Juba sentou-se junto ao amigo e, juntos, apreciaram a viagem sagrada. Minutos depois, atravessaram o buraco negro, avistaram uma praia, e a arraia os levou até a areia. Eles caminharam para um templo de pedra polida, tomado por galhos de árvores. Vik e Tsavo correram na frente, Cosme foi atrás e Juba seguiu um pouco mais distante. Eles alcançaram um grande alçapão com a carranca de uma onça.

    — A chave é o Orbe, criança. — Tsavo fez uma reverência e deu espaço para Vik depositar o Olho Lunar de Sumé entre os dentes da carranca.

    O chão se moveu e, quando os meninos se aproximaram, foram engolidos pela terra, escorregando vários metros até o fundo do templo. Desceram gritando com o susto, e ao chegarem ao solo uma nuvem de pó tinha levantado, fazendo-os tossir.

    — Cosme, Juba, tá tudo bem? — Vik perguntou enquanto tateava a parede até encontrar os dedos do guardião. Eles se abraçaram e procuraram Juba. Tsavo, que estava andando à frente, parou, e com olhos brilhantes e misteriosos chamou-os para o interior do templo.

    As paredes lembravam um pouco as do Salão do Destino, com muitas inscrições antigas entalhadas. Não havia tecnologia cygen na natureza, Juba não identificava nenhum dispositivo eletrônico por perto e se sentia um pouco desconectado de si mesmo. Era a tecnologia ancestral que movia as pedras, acendia as tochas e dava vida ao lugar. O grupo caminhou por um longo corredor.

— Tão escutando? Mano, para. Escuta. — Mesmo sem os poderes cygens, Juba mantinha o ouvido apurado para sons. Ele era capaz de escutar notas graves como ninguém, e aquilo parecia um grande tambor oco, as batidas soavam secas e longínquas.

Ao se aproximar um pouco mais, Vik e Cosme também escutaram o som. Tsavo apenas os observava com uma expressão aparentemente neutra. O final do corredor era escuro, mas Cosme encontrou uma tocha jogada no chão e a acendeu em uma faísca produzida por Orisi. Ele caminhou, ateando fogo nas tochas pelas quais passavam quando não se acendiam sozinhas.

— Venha, menina. — Apesar da fachada de neutralidade, Tsavo demonstrava interesse ao acelerar o passo de Vik.

Foi a primeira vez que ela causou estranheza e desconfiança em Cosme. "Essa história tá fazendo curva... tá ficando torta." Ele cutucou Juba para o amigo também ficar esperto, e, mesmo sem entender, o hacker começou a observar ao redor com mais cautela.

— Não é tambor, Cosme... — Juba sussurrou para o outro, aprumando a escuta do barulho que parecia arrastado. — São correntes grossas, e pelo som devem ter a espessura de troncos de árvores.

Cosme prestou atenção e conseguiu ouvir o mesmo, sentindo um calafrio na espinha, pois a impressão que tinha era de que as correntes aprisionavam algo terrível. "Deve ser uma daquelas feras ancestrais", pensou, já agitado.

— Esperem aí, não dá pra ver nada, vou jogar a tocha no final do corredor. — Cosme se adiantou até alcançar Vik, ultrapassando Tsavo.

O corredor parecia úmido e terminava em mais escuridão, mas a circulação de ar parecia maior e mais elevada, como em uma cúpula. O som das correntes se tornou mais fraco e lento. Cosme lançou a tocha adiante para que eles pudessem ver o que estava aprisionado. A tocha foi girando em direção à cúpula, depois começou a se aproximar do centro. Na pequena claridade gerada pelo fogo, eles observaram o brilho de uma corrente de ouro, que, como Juba tinha previsto, parecia troncos de árvore enroscados. Antes que a tocha tocasse o chão, ela desapareceu na escuridão, engolida pela coisa acorrentada. A fera urrou tão forte que movimentou as correntes de ar do lugar.

Cosme, assustado, preparou um tiro de canhão e ativou o escudo. Um novo urro quase conseguiu desestabilizá-lo. Vik o segurou pelo braço. Tsavo abriu as garras para se firmar no solo. Os ventos criados pelo brado ativaram as tochas de toda a cúpula. A menina arregalou os olhos ao ver uma onça pintada branca, que parecia de marfim, com vários metros de altura, uma cabeça enorme e presas afiadas. Sedenta. Era a mesma imagem que aparecia em suas visões. A onça estava amarrada pelas quatro patas, e as correntes também enrolavam o pescoço, impedindo fuga ou movimentações bruscas. Tinha ódio nos olhos, mas também era possível identificar outra coisa: um clamor pela liberdade.

Tsavo atravessou a cúpula e se aproximou da deidade. Ela parecia um filhote recém-nascido diante da imponência daquele ser. A fera começou a cheirá-la, exibindo suas presas pontiagudas. Ela fez que ia abocanhar Tsavo, mas se afastou.

— Mestre Sumé... trouxe aqui sua lança.

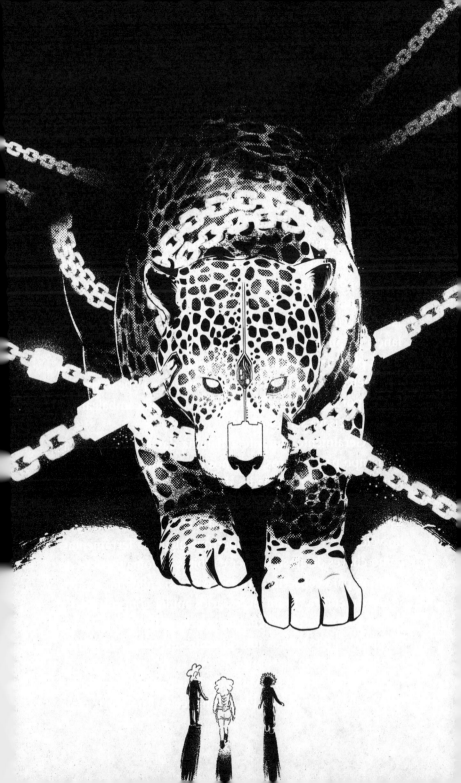

#A BATALHA DOS CYBERCAPOEIRISTAS

A batalha seguia intensa no labirinto de Adze. As maltas continuavam se perseguindo e aproveitavam emboscadas criadas por outras equipes para eliminar os mais desatentos. Muitas delas já estavam se aproximando da saída do labirinto, um túnel de propulsão com curvas capazes de lançar os pilotos menos habilidosos em uma colisão mortal. A primeira a alcançar o corredor foi a Malta Oceânica, da cybercapoeirista Cínthia. O veículo da equipe fora danificado por alguma explosão, a roda parecia cambalear e o chassi precisava ser reforçado.

Geralmente, durante a Batalha das Maltas, não havia tempo para reparos, a menos que o time dispusesse de um hacker com habilidades de mecânico. Era exatamente esse o caso da Malta Oceânica. MLKA, a hacker da equipe, usou botas e luvas magnéticas para atravessar a blindagem do veículo e tirou de seu hipertraje algumas ferramentas, como chaves de ajuste a laser e rebites nanomagnéticos de precisão para consertar a roda e o chassi enquanto o carro se movimentava. Eram necessários muita concentração e muito estômago para aguentar a velocidade gerada pelos propulsores nas curvas intermitentes da rota. Felizmente, ela tinha tudo isso de sobra.

Tempos depois, a Malta do Trovão, do cybercapoeirista Leshi, passou a mil. Ele reconheceu o estandarte pendurado no veículo adversário e começou a bater palmas no ritmo antigo do berimbau, olhando para a Malta Oceânica com um sorriso sarcástico na boca.

— Traz o nego, sinhá. Oiá iá iá. Foge o nego, sinhá. Oiá iá iá. Traz o nego, sinhá... — cantou, continuando com as palmas, e falou: — Hoje a roda vai ser boa, a cybercapoeira vai vencer a Batalha das Maltas.

Logo entraram no túnel a Malta de Ossos e, por fim, a Malta dos Neo Guaiamus, uma surpresa na Batalha que insinuava mudanças bruscas na próxima coroação. Da sala de controle, Keisha, a arauto da Batalha, observava as Maltas deslizerem acima dos trezentos quilômetros por hora para fora do labirinto. O sol já havia surgido, a manhã no deserto de Adze estava levemente fresca, a areia fina voava para todos os lados, rasgada pelos veículos que voavam entre dunas. Eles saltavam, se esquivavam e seguiam para a última fase da Batalha das Maltas. A Malta Oceânica, que depois dos reparos tinha conquistado um lugar à frente de todos, atravessou o último obelisco, dando início à contagem regressiva para fechar os portões da Arena dos Reis, uma grande cúpula transparente. Ela tinha uma grande coroa desenhada na areia, ornamentada com bandeirolas com as cores de todas as Maltas e estandartes digitais que mostravam os integrantes das equipes que tinham chegado à etapa final. As bandeiras dos guardiões ficavam lado a lado, assim como as dos hackers e dos pilotos. Eles eram anunciados, seus nomes citados pela mestre da cerimônia.

— A Malta Oceânica não tá de brincadeira, chapa! — anunciou Keisha. — É a primeira equipe a entrar na cúpula da batalha final deste ano, com a cybercapoeirista Cínthia como guardiã, a hacker MLKA e o piloto Lobo da Maré.

Tão querendo sustentar a fama, seguindo entre os melhores dos melhores todo ano.

Em seguida, chegou a Malta do Trovão, e a imagem de Leshi foi projetada no estandarte. Depois, entraram Ferrugem, guardião da Malta de Ossos, e David Cavera, o piloto. A hacker da Malta, Trischia, havia se machucado e ficou de fora da disputa final. Dentro da cúpula, os tecnogriots que acompanhavam o combate desabilitaram seu sistema de invisibilidade e rondavam cada veículo à distância. Eram bem ágeis, mas estavam desarmados e inofensivos. Keisha acompanhava as imagens da cúpula, da sala de controle, com um ar apreensivo, pois estranhava a falta de um dos veículos mais importantes da Batalha. A contagem regressiva para o fechamento dos portões estava quase acabando, a última malta a atravessar foi a dos Neo Guaiamus, com Nego Hud pilotando a máquina, o hacker X e a guardiã Xandra.

As maltas estacionaram umas de frente para as outras, os participantes saíram dos carros para fazer reparos e encarar os oponentes, enquanto o tempo de fechar os portões se esgotava, e havia um ar de estranheza em todo mundo. "Onde está a Malta de Aço?", os corredores se perguntavam.

— Cadê aquele pilantra do Zero? — uma voz soou ao lado de Keisha.

— Certeza que tá tirando com a gente, vai fazer uma daquelas entradas que ele gosta, apavorando geral. — A aflição de Keisha era a mesma das outras maltas.

Ela olhava para o contador digital e arfava. A areia, no caminho entre o labirinto e a cúpula da batalha, já não se movia. As maltas já estavam aceitando que a batalha final seria apenas entre elas. Ativaram as armas, ligaram os motores e prepararam a munição.

Então a máquina da Malta de Aço apareceu, atravessando as dunas com uma velocidade impressionante. O cronômetro descia vertiginosamente, mas Zero explorava o motor do veículo ao máximo. Ele ativou a grade de aço sobre as rodas, ampliando o diâmetro de cada uma, promovendo mais aderência e proteção ao carro, já que elas exibiam espinhos para repelir os oponentes.

— O canalha sabe como fazer isso. — Keisha sorriu e ativou a câmera holográfica que transmitia sua imagem para o centro da arena, anunciando a última Malta a atravessar os portões da Cúpula.

— Vocês não vão pra lugar nenhum sem mim, essa Batalha já tem um rei! — provocou Zero, brandindo o machado de guerra tecnológico.

Ele entrou derrapando exatamente quando o contador estava prestes a zerar. Jogou a maior poeira para cima das outras maltas, em mais uma provocação, e estacionou. Um alarme tocou e os tecnogriots mudaram a cor dos olhos para verde e vermelho. O sol atravessava o vidro e destacava a coroa no chão. Quando as imagens da Malta de Aço apareceram no estandarte, todos ficaram impressionados: a posição da hacker estava vazia. Hanna tinha ficado no labirinto de Adze, e Zero retornou apenas com o robô capoeirista. Para ele, isso não era exatamente uma desvantagem, pois a menina-gênio transformara o veículo em um protótipo autômato mecha, blindado, programado por algoritmos sagrados, capazes de repelir energias ancestrais e derrubar quarteirões.

— Mais uma vez, nós recebemos nessa arena as maltas mais pesadas, os competidores mais zika! E, pra nossa diversão ser maior, eles só saem dessa cúpula quando não tiver mais nenhum carro ou Malta de pé pra reivindicar

a realeza. Quero ver quem vai ser o bom de colocar o estandarte da equipe no meio da Arena. Que comece a treta!
— O holograma de Keisha desapareceu, a música subiu, os motores roncaram e a adrenalina tomou conta do local.

Três guardiões, em especial, assumiram o centro da arena: Cínthia, Leshi e o autômato de Zero. Era a hora de os capoeiristas mostrarem seu domínio da ginga e seu poder de destruição. Leshi sorriu e avançou, esnobando o autômato. Ele tocou as mãos da rival, fez uma reverência, recebeu uma de volta, e eles começaram a gingar. Os movimentos de Leshi foram criando um campo magnético ao redor do círculo da capoeira. Cínthia respondia o gingado, fazia movimentos leves, como o aú, acessava as forças do rival familiar, rodava por cima e preparava o martelo. Seus movimentos originavam a neblina corrosiva no ar. A roda de cybercapoeira estava completa. Os dois começaram devagar, mas, conforme o ritmo crescia, os movimentos ficavam mais fortes, velozes e mortais. O autômato até entrava no meio dos dois, seus membros giravam em resposta aos golpes investidos contra ele. Mas quando Leshi deu-lhe uma bênção no meio do peito, o magnetismo quase abriu a lata de sua cyberarmadura, e Cínthia puxou uma rasteira, deixando claro que ele não era páreo para as entidades cybercapoeiristas.

— A roda não é brincadeira! Só entra quem sabe ficar de pé, mas também quem sabe cair — disse Leshi, enquanto se esquivava de Cínthia.

Os pilotos perseguiam os outros, tentavam atacar as maltas oponentes com os sistemas de armas e hackers. Ferrugem, guardião da Malta de Ossos, ficou longe dos cybercapoeiristas. Ele acompanhou a equipe, no veículo, perseguindo a Malta de Aço. O carro de Zero se modificou mais uma vez, erguendo a blindagem, abrindo as portas laterais e transformando-se em um lança-mísseis robusto. Alguns disparos desviados depois e eles perceberam o maior perigo: Zero abrindo o carro e saltando para cima dele com o machado. Aquela arma era uma relíquia usada pelos ancestrais, o fio cortava o aço como se fosse manteiga. O piloto da Malta de Aço começou a quebrar os competidores na pancada.

— É assim que eu gosto. Na manha — disse ele, enquanto usava o cabo do machado para rachar o capacete do piloto oponente.

Ele golpeou o painel do veículo adversário e desligou o sistema computacional, quebrando tudo. Zero saltou com o machado em mãos bem quando os mísseis acertaram o carro. Era um bruto lutando, dava o show que todos gostavam de assistir. A Batalha era transmitida por toda Nagast e para os moradores do Topo de Sumé pelo Nexo. Ele agarrou um dos tecnogriots que voavam perto para sustentar o salto e caiu levemente na areia.

— Já temos uma equipe eliminada nos primeiros minutos na arena — Keisha narrava a batalha, enquanto os estandartes da Malta de Ossos eram apagados.

A Malta Oceânica e a do Trovão circulavam a roda dos cybercapoeiristas, dando suporte para os guardiões. Eles haviam estraçalhado o robô capoeirista várias vezes, mas o autômato se reconstruía e retornava ao combate. Na primeira vez, ele conseguiu puxar o pé de Leshi na ginga, e o cybercapoeirista ficou furioso. Cínthia gargalhou, mas caiu para cima do robô, destruindo-o pela segunda vez.

Na violência, Zero era astuto. Ele buscava destruir os carros, pois sem eles as maltas eram eliminadas, não importando se o guardião estivesse de pé. Por isso, era essencial protegê-los. Naquele momento, ele travava uma batalha com os Neo Guaiamus, se jogava com o machado e mandava golpes para tentar arrancar a blindagem e a porta. Por um segundo, ele pensou: "Seria mais fácil com a Hanna aqui". A Batalha seguiu por algumas horas, enquanto em outra dimensão do tempo a luta que acontecia era pela sobrevivência de toda a Cidade-Complexo.

#O DESTINO DA CIDADE- -COMPLEXO

A grande onça pintada com pele de marfim bradou para que o ar se movimentasse novamente, criando uma corrente de ventos furiosos. Cosme se ajoelhou atrás de uma coluna. Juba, por sua vez, tentava se segurar em uma parede, mas foi arrastado até cair em uma gruta, onde grades se fecharam em torno dele.

— Cosme? Vik? Estou preso! — gritava, tentando libertar-se das grades e procurar algum dispositivo para auxiliá-lo. Ele sentiu medo, porque não sabia se livrar daquela situação sem os poderes cygens. Ele sentiu o coração acelerar e a ansiedade tomar conta dele.

Cosme olhou preocupado para o amigo, mas não conseguiu agir. Sentia o próprio medo crescendo. Tentou esticar as mãos em direção a Vik, mas ela nem se movia, não parecia ser atingida pelos ventos ou pelo pavor que os amigos sentiam. Ele usava o escudo das mãos para se proteger, mas ficava cada vez mais difícil se segurar. O guardião gritou o nome da amiga, o que foi em vão, pois o som grave da fera era muito mais alto. "Tsavo, rata mandada, vacilona, trouxe a gente pra uma emboscada", pensou o menino. De repente, Sumé, a Onça Branca, parou por um momento como se sentisse os ventos, e encheu os pulmões preparando-se para um novo urro. Cosme aproveitou e soltou o próprio berro chamando a atenção da amiga:

— Vik! Fica comigo, Vik. Vamos sair da... — Ele não terminou, ficou espantado ao olhar para ela.

A menina estava com aquele brilho nos olhos novamente, aquele que tivera durante as brigas nos becos de Sumé. Uma luz estranha, em outro contexto, mas que parecia fazer parte do destino de Sumé. Vik olhava para ele como se não o reconhecesse. E talvez realmente não soubesse quem ele era. Na verdade, isso não importava naquele momento, e mesmo que os outros não entendessem, Vik compreendia, ela estava se vinculando às Onças Místicas, o que quase foi rompido pelo chamado de Cosme.

Quando ela viu o amigo e o chamou pelo nome, Tsavo pulou entre os dois, bloqueando a visão da garota da pessoa que colocaria tudo a perder. No mesmo momento, Sumé liberou o brado que preparava, restaurando a dança dos ventos e o som grave que emitia. Com a força da Onça Branca restaurada, a energia fez com que Cosme fosse lançado para longe. Tsavo também sofreu o impacto e foi junto do garoto, que se enroscou nela até chegarem ao fundo de uma gruta. Eles chocaram-se com força nas paredes e uma grade se fechou na saída. Da mesma maneira que acontecera com Juba.

Sem perceber ainda sua própria prisão, Cosme sentia apenas raiva e iniciou uma luta corporal com Tsavo dentro da gruta.

— Traíra, rata desgraçada! Você planejou tudo isso! — Ele empurrou a onça, preparando-se para invocar o Orisi que lhe garantia acesso ao canhão, mas Tsavo se esquivou.

— Você continua a ser um jovem ingênuo por acreditar que pode controlar os poderes ancestrais facilmente. Você tampouco é capaz de aprisionar um ser como eu em suas máquinas. Não aprendeu nada na Encruzilhada?

Tsavo correu em direção a Cosme, dando uma cabeçada que o mandou direto para a parede, com a qual ele colidiu e ficou sem ar. Seus olhos ficaram embaçados, sua mente entrou em um estágio de semiconsciência. Ele observou o animal mestiço caminhando até as grades.

Vik ainda observava a cena sem se abalar. Parecia não sentir nada ao testemunhar a situação de impotência dos amigos, Cosme inconsciente e Juba em um canto da cela. Calmamente, a garota virou-se para Sumé. Acorrentado, ele não conseguia ir até Vik, mas ela se aproximava destemida e o observava com admiração.

— Por que me escolheu? — a menina perguntou com curiosidade.

— Porque você ainda tem a fé legítima dos primeiros sumerianos. Do tipo que é capaz de transformar garotos perdidos em amigos, em um time tão poderoso a ponto de atravessar todo o deserto de Adze em meio a diversos perigos para me libertar dessas correntes. Você é o coração da sua malta, é digna de ser a portadora do Olho Lunar e é a lança que vai me ajudar a reconstruir a Cidade-Complexo.

Vik sentia uma certa bondade vinda daquele ser magnífico aprisionado. Ela então se aproximou e acariciou seu pelo. Ela se questionava quem colocara correntes grossas naquele ser e o que ele teria feito para receber tal castigo. Como se lesse os pensamentos da menina, Sumé soltou o ar com cansaço.

— Essas correntes são mais antigas que o fluxo do tempo que você conhece. E tão robustas quanto a existência das vidas de quem você ama, criança. São fortes como as histórias antigas e criam raízes no coração de gerações.

— E eu sou a sua lança? Como? — indagou Vik, acariciando o pelo de Sumé.

— Por ser minha lança, você levará a justiça para os homens daquela cidade. Essas correntes são o preço que paguei por ter abandonado o Mundo dos Ancestrais para viver entre aqueles que amei, meus filhos, as pessoas da Cidade-Complexo. Estou aprisionado pelas convicções delas, pelas escolhas que fazem em meu nome. Várias gerações depois, os sumerianos não conseguem mais reconhecer o que vem dos ancestrais e o que vem das próprias crenças. Deuses podem ser corrompidos pelas intenções gananciosas dos mortais. Sua justiça será, então, a chave para minha liberdade.

Apesar da resposta, os olhos brilhantes de Vik exibiam algo a mais, uma luz de incerteza. Ela não entendia ainda como conseguiria trazer justiça para o povo. Mas, antes que se perdesse em sua própria mente, sentiu a cabeça da Onça Branca bater de leve contra a sua, como se chamasse sua atenção.

— Eu sei das suas aflições, pequena menina. Sei como trataram seus pais, seus amigos, e como a jogaram de lado quando suas pernas pararam de funcionar. Mas, como disse, vi também como, apesar de tudo isso, você não se abalou e não deixou que te limitassem por sua condição. Você sonhou e ousou contrariar um destino que outros impuseram sobre seu corpo. Mostrou coragem ao pilotar com destreza pelo deserto e ao salvar seus amigos todas as vezes que precisaram. É por isso que sei que é você que vai levar a justiça para reconstruir meu legado. Para me libertar, te entregarei a luz de meus olhos, e com ela você destruirá o Palácio de Ygareté, depois corromperá os servidores que guardam o Compêndio de Wyra, os dois maiores símbolos do orgulho e dos dogmas defeituosos da Cidade-Complexo.

Vik sentiu seu coração apertar. Sabia ter feito tudo aquilo, mas ouvir outra pessoa, ainda mais o próprio Sumé, reconhecendo tudo o que havia passado a deixou com uma forte sensação de orgulho de si mesma. Tinha arriscado tudo e conseguira realizar seu maior sonho. Estava contente. Mas sentir outra emoção a não ser admiração a fez despertar do estado embevecido pela presença de Sumé. Seus olhos retornaram à cor normal, e ela passou a pensar. Sentia empatia por ele, mas também conhecia as histórias sobre seu poder devastador e sabia o quanto era arriscado negociar com os antigos seres místicos. Se fosse do desejo de Sumé, nenhum de seus amigos estaria vivo naquele salão. "Mesmo assim, preciso tirá-los daqui, estarão seguros sozinhos, seja qual for meu destino", pensou. De fato, nem Tsavo, que havia saído com facilidade da gruta, nem Sumé tinham interesse no fim da Malta Indomável. Os garotos foram capazes de feitos inimagináveis e seriam ótimos aliados, se fossem capazes de entender a seriedade daquilo tudo, como Vik conseguira.

Obviamente, ajudava bastante que a empatia que a garota desenvolvera com o Pai-Fundador da Cidade-Complexo tivesse sido estabelecida durante o período em que ela utilizara os poderes do Olho Lunar. Então fazia sentido essa visão que Vik tinha. Ela odiava ver o ser místico e grandioso aprisionado daquela forma.

Aceitar qualquer destino imposto não era o plano de nenhum dos outros dois membros da Malta Indomável. Juba tinha levado a sério o conselho que o amigo lhe dera no corredor antes de encontrar Sumé, apesar de não ter entendido na hora. "Fica esperto", Cosme dissera. Ele ficou e tinha guardado no bolso nanorrobôs, no formato de pequenos insetos, para vasculhar o salão. Depois chamou-os de volta para destruir as barras de aço de sua prisão na gruta. Eles começaram a corroer por baixo.

— Podem tentar nos derrubar, mas a gente vira expert em levantar. Tá ligado?! — Juba também tinha enviado alguns nanorrobôs para a gruta onde Cosme estava.

Os insetos digitais passaram por Tsavo sem que ela percebesse e dirigiram-se até o fundo da gruta, onde encontraram o menino desacordado. Eles começaram a disparar pequenas cargas elétricas para despertá-lo. Porém, Sumé estava prestes a convencer Vik a se tornar a Lança da sua Justiça.

Respirando fundo, ela decidiu arriscar mais uma vez e olhou firme para Sumé.

— Antes de eu aceitar esse destino, peço que liberte meus amigos.

— Quando você voltar para a Cidade-Complexo, a devastação tocará tudo o que estiver diante de seus olhos. As pedras irão se desfazer e as areias se espalharão com o poder da minha ira, qualquer um que tentar segurá-la irá sucumbir. Você conhece o espírito dos garotos, sabe que eles iriam se machucar tentando impedi-la, então estão mais seguros aqui.

Sumé se abaixou e posicionou o rosto bem perto da face da menina, preparando-se para torná-la sua Lança da Justiça. A garota viu que, na corrente que envolvia o pescoço da onça, entre as placas de aço e ouro místico, estava o Olho Solar.

— Esse é o destino que compartilho com você, criança.

A menina esticou os dedos, sentindo o poder da relíquia, que se refletiu em seus olhos, colocando-a novamente num tipo de transe. A garota se lembrou da humilhação que sofrera na Academia, a dor que passara quando perdera os movimentos das pernas. Depois sua mente foi para a memória da humilhação e dos castigos sofridos por Cosme, sentiu também a angústia de Juba, reviveu a frustração do próprio pai e da sua família. O Orbe mostrava toda a podridão, a apatia e a desumanidade que a cidade promovia. Veio de repente a ela um choro catártico e ela compreendeu que a Cidade-Complexo precisava ser reiniciada. "Eu serei a Lança da Justiça para Sumé", pensou, enquanto as lágrimas escorriam. Vik tinha um coração inconformado e agora tinha o poder de mudar a realidade.

Ao ter aquele pensamento, a aceitação de seu novo destino se concretizou e a energia do Orbe atravessou o peito de Sumé, entrando nos olhos da menina. A luz branca envolveu o corpo e a pele dela, colocando novamente a tatuagem da espada em chamas e atravessando a coroa, dessa vez em seu peito. Sumé ergueu novamente o tronco e urrou, movimentando os ventos. O salão se agitou, e sua voz ecoou pelo local.

— Victória Luena, todas as coisas erguidas em meu nome cairão aos seus pés — profetizou a Onça Mística. O fogo de Sumé consumiu a garota, transportando-a de volta ao Salão do Destino, no Palácio de Ygareté.

#DESAFIANDO OS DEUSES

Tsavo, que estava de costas para a gruta onde Cosme estava encarcerado, não percebeu os nanorrobôs despertando a consciência do garoto.

— Muleque brabo, tá sempre por perto o Juba — sussurrou para si o guardião da Malta Indomável. Ele observava o portão, esperando um momento para agir.

As grades pareciam hermeticamente fechadas, intransponíveis porque haviam sido feitas para abrigar seres poderosos. A visão que eles tinham de dentro da gruta era a de Sumé ansioso pela libertação. Ele se movia e esticava as correntes, testando o poder de rompê-las com as rachaduras surgidas. O esticar das correntes fazia um barulho estrondoso, ele trombava nas paredes, lançando lascas pelos ares. Algumas delas entravam na gruta. Tsavo virou o rosto para não ser atingida e viu as grades totalmente abertas, deterioradas pelos nanorrobôs do menino hacker.

— E aí, bruxona? Foi tu que pediu um encontro comigo na última vez? — disse Juba, lançando uma pequena partícula de explosão sônica na entidade ancestral. Tsavo foi lançada para o fundo da gruta, uma fumaça subiu do chão.

— Insolente, eu prometi que fritaria seu cérebro se você ousasse me desafiar novamente. Você vai pagar muito caro pela prisão que construiu para mim naquele veículo.

— Ué, achei que cê tava curtindo o passeio. Vamos dar mais um rolê depois. — Juba provocava Tsavo para que ela não percebesse Cosme se movendo atrás dela. A estratégia foi arriscada, pois a onça se colocou em perseguição, fez pose de ataque e correu pelas paredes.

O menino pegou outra partícula sônica. Atirou uma, duas, três. Tsavo, percebendo a direção do ataque, esquivou-se de todos os tiros e bateu com a pata no peito do hacker. O golpe rasgou o tecido da roupa com ferocidade. Por sorte, Juba conseguiu saltar rápido e distante o suficiente para as garras não penetrarem a carne; apenas uma delas o arranhou no peito, abrindo um pequeno corte próximo ao pescoço, de onde começou a escorrer um fio de sangue.

— Eu sou a entidade que o transformou em um Cygen. Sem esses poderes você não passava de um fraco, sem coragem de lidar com as próprias ansiedades. — A fera pulou sobre Juba, que ficou encurralado na parede, não aguentou o peso dela e caiu no chão. Ela pisou sobre os ombros da presa com as patas, ficando cara a cara com o garoto. Ele sorriu, surpreendendo a onça.

— Nunca foi problema ter medo, ele ajuda a gente a se livrar das tretas, nos deixa espertos, com chance de se antecipar ao perigo. O problema é enfrentar o medo sozinho.

Juba não ficara em silêncio sobre a última ameaça de Tsavo no dia em que ela aprisionara sua consciência. Ele tinha passado a desconfiar muito da onça e pedira a ajuda de Cosme. "A gente sempre lidou com tudo sozinho, mas agora é nóis, parça!", disse o companheiro. Juntos, eles bolaram um plano para se livrar de Tsavo se ela tentasse algo contra algum membro da Malta Indomável.

Juba ativou os anéis imobilizadores, prendendo-a pelas patas e pelo pescoço. No fundo da gruta estava Cosme, invocando um Orisi. Não era o mesmo que ele utilizava para invocar as armas, mas o primeiro que tentara aprender. O resultado havia sido desastroso naquele dia, mas era exatamente do que ele precisava no momento, um portal para a Encruzilhada.

Tsavo enfureceu-se. Tentava se libertar dos anéis magnéticos, mas eles foram otimizados pela mesma tecnologia cygen do cubo de aprisionamento ancestral.

— Isso aqui não vai durar muito, mano. Solta essa fita logo — gritou Juba, ainda com Tsavo pesando em seu peito.

Cosme retirou dos bolsos uma pequena partícula magnética que puxou os anéis de aprisionamento. Tsavo começou a ir em direção a ele, que ficou de lado para não ser sugado pelo portal e jogou a partícula no centro, levando a fera para a dimensão entre os mundos.

— A tiazinha da Encruzilhada vai ficar maluca de raiva com você por lá — disse Cosme para Tsavo, antes de vê-la desaparecer no portal.

Ele caminhou até Juba e deu a mão para que ele se levantasse. Eles estavam tão felizes com a vitória que quase esqueceram que existia uma deidade tentando se libertar no salão do lado, mas foram lembrados pelo barulho estrondoso de uma das correntes se rompendo. Sumé libertara uma das patas, lançando a grossa corrente até a gruta.

Os dois saíram da gruta juntos. Sumé tentava partir as outras correntes, mas sem resultado. Vik estava carregando a justiça para os homens, e isso estava fortalecendo o Pai-Fundador a cada segundo.

#O FIM DA SUSERANA

— Transmita a mensagem ao povo sumeriano — ordenou Araquém.

O conselheiro não perdera tempo desde a fuga da princesa Djalô. Criou com a IA vídeos simulando ataques das Charias à Suserana da Cidade-Complexo, usando sua imagem e voz, e espalhou apenas aos Cardeais, para manipular seus sentimentos e torná-los mais fanáticos. Então usou o Nexo para falar com toda a população.

"Queridos, que nossa crença esteja enraizada na sabedoria de Sumé! Sombras horríveis atingiram nossa cidade, mas saibam que elas não derrubarão nossas leis e nossa fé. É a primeira vez que falo com vocês como um Filho Legítimo. Nossa princesa foi corrompida pelas Charias, espíritos abadons das onças Lua de Sangue e Eclipse, que fizeram inúmeras vítimas, como filhos e amigos de vocês que me escutam. Eles são a causa da tragédia no Palácio de Ygareté, e são também responsáveis pelo ataque no centro comercial que deixou inúmeros feridos. Como vocês sabem, abadons são enviados pelas sombras e servem para testar nossa integridade. Os sinais estavam prescritos no Compêndio de Wyra e, infelizmente, não fomos capazes de interpretá-los anteriormente. Nossa falha cobrou um preço muito caro de todos nós, corrompendo corpo e alma de nossa Princesa. Temos imagens de quando ela foi atacada. As garras malignas daquelas onças envenenaram cada gota de sangue de Djalô, minha querida prima, até que não sobrasse mais integridade de

Sumé em seu corpo. Essas bestas profanaram a memória de nossa Princesa, usando seu corpo em uma bruxaria ancestral que a mantém viva apenas para terem acesso ao Palácio e aos outros membros do Conselho de Cardeais. Além disso, trouxeram a morte para dezenas de Cardeais que protegiam os aposentos da Suserana e prometeram voltar para destruir toda a Cidade-Complexo. Como um dos Filhos Legítimos de Sumé, não deixarei esse sacrilégio impune, serei o protetor supremo da Cidade-Complexo enquanto o Pai-Fundador desejar a partir de hoje."

No íntimo, Araquém sentia-se feliz por se livrar da imagem da menina, pois sempre quisera assumir o posto de Suserano de Sumé. Ele trabalhava havia décadas para indiretamente conquistar esse objetivo, mas o povo era muito apegado à imagem de inocência da garota. Com a interferência das Charias, ele não apenas conseguiria destruir a pureza de Djalô, ao alegar sinais proféticos e utilizar os últimos acontecimentos traumáticos para tal, como também poderia tornar todas as leis mais rígidas e afastar as influências estrangeiras que começavam a orbitar o Topo da Cidade-Complexo, principalmente vindas de Nagast.

Na verdade, a região do Topo nem parecia fazer parte de Sumé. Era a periferia rural, onde os moradores trabalhavam para sobreviver produzindo os luxos de membros do Conselho. As pessoas ali não tinham tempo para a crença nem acesso privilegiado ao Compêndio de Wyra. Era sabido que alguns discursos de rebeldia nasciam naquele lugar, assim, não era de se admirar que a Princesa procurasse abrigo naquele local.

Nenhum dos garotos Arandu conhecia aqueles caminhos. Era uma região bastante periférica, aonde eles nunca tinham ido. Nem amigos tinham ali, sempre esnobaram aqueles que iam de longe para a Academia Central de Sumé. Se não tivessem o poder das Charias, eles não saberiam sobreviver longe da proteção do pai Cardeal ou da Cidade-Complexo. Estavam perdidos e, desde que foram capturados pela Força Protetora, sentiam-se castigados pelo destino e percebiam que muitas de suas convicções tinham sido derrubadas. Eles sabiam que precisavam de um novo percurso. Então contavam apenas em seguir os planos de Djalô. Para eles, a Princesa era a única constante naquele turbilhão, a imagem inocente, que inspirava generosidade e era conhecida em toda Sumé. E, no desespero em que estavam, os Arandu fariam de tudo para proteger aquela que representava tudo em que um dia acreditaram.

— Você está fora de perigo, Princesa, pode ficar tranquila — disse Caíque, tirando o capacete com olhos magenta e passando as mãos pelos cabelos, que estavam levemente suados.

Fazia muito calor, o sol brilhava forte, reluzindo nas cúpulas das fazendas, e eles desejavam entrar em algum daqueles lugares para procurar água potável. Djalô agradeceu aos garotos e contou sobre a influência do primo na doutrinação que existia em Sumé.

— Cada vez mais sinto que nos afastamos dos ideais que deveriam guiar nossa justiça e nos transformamos em uma dinastia que ameaça de forma brutal as pessoas. O Conselho trabalha para que sumerianos sejam amargos uns com os outros. Se existe uma outra forma de guiar o povo, preciso encontrá-la.

A Princesa ainda estava elaborando o próprio entendimento sobre a violência pregada por Araquém, algo que ela percebeu apenas quando o confrontou, rompendo com o confinamento. Ela sentia-se exposta e perdida, parte de tudo o que tinha acreditado a vida inteira ruíra diante de seus olhos, e isso criava certa afinidade com os garotos. Ela continuou falando com uma voz branda:

— O Dia da Escolha e todo o seu ritual só serviram para nos afastar, fazer com que alguns se sentissem mais especiais que os outros, mesmo não sendo. Existe essa falsa sensação de proteção, mas, na verdade, eles só querem nos controlar e definir o que cada um precisa fazer para atingir os próprios objetivos.

As palavras atingiram em cheio os irmãos: era exatamente essa estrutura criada para protegê-los que agora tentava destruí-los por terem tomado um caminho diferente daquele previsto pelos líderes da cidade. Nada do que viveram na Academia fazia mais sentido e, mesmo com poderes místicos, sozinhos eles sabiam que não seriam capazes de mudar a realidade.

Lénon sentou-se em uma pedra, retirou o capacete e indagou:

— A gente tava certo, irmão, os planos de Sumé são únicos, de repente, quem a gente menos espera está por dentro de coisas maiores que nós mesmos. Só erramos em acreditar que os Cardeais conheciam os planos, eles fazem o que querem. — Ele apontou para o céu, próximo a uma nuvem que formava anéis com várias outras. — Conseguem ver?

Djalô forçou a vista, porém a claridade ainda era intensa demais para olhar diretamente para o céu. As Charias usaram o capacete para projetar a imagem mais de perto em um holograma, era um cometa que rasgava o céu em tons esverdeados.

— Conhece o mensageiro de Ybyrá? Nossos pais contavam que esse cometa vem do mundo dos ancestrais e rasga o céu quando algum ser místico chega em nosso mundo. É como um presságio. E está sobrevoando a Cidade-Complexo. — Lénon tentava monitorar a trajetória do cometa, mas ele desapareceu minutos depois no horizonte.

Caíque lembrou que a lenda também se referia a pessoas que tentavam voltar ao mundo dos vivos. E, sem dar contexto para Djalô, disse em voz alta:

— Será que aqueles três deram conta da profecia?

A travessia do mensageiro de Ybirá foi seguida de um grande tremor de terra no Topo de Sumé, marcando a lembrança daquele Charia sobre seus colegas de Academia. Os sistemas de alarme da Cidade-Complexo foram ativados, e as fazendas reforçaram as redomas, cobrindo-as com uma estrutura de aço retrátil. O Nexo transmitia a mensagem para todos os Cardeais seguirem ao Palácio de Ygareté. Tremores foram sentidos novamente.

— Precisamos chegar até o Palácio ou será o fim de toda Sumé. — Djalô ergueu-se, falando como uma legítima Suserana da cidade, acostumada a ter suas vontades materializadas por inúmeros súditos. Ela não tinha se dado conta ainda do tamanho do poder do primo, que assumira como Suserano e tinha o controle da Força Protetora Cardeal.

Agitada, a princesa saiu correndo em direção às fazendas, como se pudesse alcançar o palácio a pé, mas era apenas desespero ou apego ainda latente com um sentimento de pertencimento à antiga vida. Ela não saberia dizer. Os irmãos se olhavam, buscando entender a situação.

Lénon, que sempre esperara o irmão mais velho tomar a iniciativa, adiantou-se:

— Talvez algumas coisas devam ser destruídas mesmo, não acha?

Uma parte desse sentimento era pura vingança pela tortura a que foram submetidos para poderem usar as hiperarmaduras. Outra parte era uma espécie de epifania sobre como alguns dos dogmas podiam estar errados ou ser reinterpretados. Caíque pareceu chegar à mesma ideia e saltou com velocidade para impedir que Djalô avançasse mais.

— Presta atenção, Princesa. Nós não temos um exército pra enfrentar o Conselheiro ou a profecia de Sumé. — Caíque agarrou os ombros da menina e olhou profundamente em seus olhos.

Djalô parecia querer berrar, nunca ninguém a tratara daquela maneira.

— Você não entende? Vão destruir o palácio! O que será da cidade sem o palácio? Ele é o símbolo da nossa verdadeira fé... — respondeu a garota.

Enquanto falava, ela observava o espaço ao redor. Muitas famílias estavam se abrigando enquanto os tremores de terra continuavam. As casas eram simples, feitas de contêineres, habitadas por famílias que trabalhavam para o sustento do centro da Cidade-Complexo. Muitos daqueles fazendeiros nunca tinham visitado o palácio, o lugar nunca fora símbolo de nada ali. A Suserana ficou constrangida por ter se expressado daquela maneira e se acalmou.

Ela percebeu que algumas pessoas chamavam os três, de dentro de um dos contêineres, para entrarem, e imaginou que eles deviam parecer perdidos ali. Lénon se aproximou, segurando a mão de Djalô, e caminhou em direção à família que os chamara.

— Se vamos impedir a destruição de Sumé, podemos começar por aqui, protegendo quem pudermos e nos mantendo a salvo por um tempo.

— Tá certo, irmão. O que acha, Princesa?

— Vamos nos esconder aqui no Topo e deixar que a vontade de Sumé guie o destino de todos. Se um dia a justiça do Pai-Fundador exigir, a Cidade-Complexo terá sua Suserana novamente.

#EU ESCOLHO MORRER

Mesmo com o caos instalado, Araquém decidiu continuar o Dia da Escolha como de costume, seguindo os rituais dos Cardeais, distribuindo para as novas gerações suas atribuições dentro da Cidade-Complexo. Seguindo a tradição, nos dias seguintes muitos voltavam ao templo para agradecer pelo destino, outros para pedir força e disciplina para suportar o futuro. Por isso, havia uma boa quantidade de pessoas lá quando Vik surgiu no meio da grande sala com imensas imagens dos primeiros discípulos nas paredes. A menina não passou despercebida pelos algoritmos de segurança, que tinham sido atualizados desde o primeiro desastre no palácio. No momento em que os alarmes dispararam, ela estava consciente, carregava consigo a fúria dos própria ancestrais, alimentada pelo que podia enxergar: a ganância transformada em palácio, a hierarquia construída em nome da justiça, uma cidade opressora que não deveria existir. Seus olhos transbordavam a luz branca de Sumé.

— Me escutem! — disse ao povo ao redor, mas a ignoraram, e a voz dela foi sobreposta pelo alarme soando alto. — Vocês têm que sair daqui. Agora!

Ela correu para o centro do salão, buscou um lugar onde pudesse chamar mais atenção, gritou novamente, mas conseguiu apenas alguns olhares de revolta com a perturbação que causava, e mais uma vez foi ignorada. Dessa vez, seu peito se encheu de ira, que, aliada à ira de Sumé, fez com que uma ventania nascesse ao seu redor com cada grito de aviso que a menina dava.

— Saiam deste palácio! Ele é o símbolo de toda a sujeira que os homens empilharam para construir esta cidade e será devastado em breve, a ira de Sumé vai recair sobre tudo isso! — Vik alertou uma última vez, sua voz ecoando pelos salões.

O vento se tornou um pequeno vendaval, fazendo as pessoas que já prestavam atenção nela correrem de medo. O caos anunciava sua chegada. Imediatamente, os algoritmos enviaram drones ao salão. O primeiro drone disparou uma rede de imobilização elétrica, que nem chegou a atingir a garota, pois os ventos a empurraram para acertar um autômato que vinha logo atrás. Outros circundaram Vik, pois, naquele momento, o rosto dela já havia sido identificado pelos bancos de dados, uma vez que neles também estava registrado o atentado na feira popular que queimara um bairro inteiro de Sumé. Além dos drones, Cardeais se aproximaram e começaram a preparar uma artilharia antimagia pesada para acabar com a ameaça à paz que a menina representava.

— Capitão, só pode ser ela! A garota que invadiu o palácio e destruiu aquele bairro voltou! — avisou um Cardeal para o Missionário, líder inescrupuloso da Força Protetora.

O Cardeal já se amargurava com as duas falhas imperdoáveis nos ataques contra Vik. Ele sabia que os danos causados às Charias eram irreversíveis, as hiperarmaduras levariam muito tempo para serem aprimoradas ao nível de enfrentá-la novamente. Por isso precisavam de novos equipamentos.

— Mandem os autômatos. Aniquilem essa aberração — disse furioso o Missionário, enquanto as tropas se dirigiam ao palácio. — Se não conseguirmos proteger o Palácio de Ygareté, não conseguiremos proteger a honra da Cidade-Complexo.

O líder de tropa encarava esse desafio como um teste dos próprios deuses, como se quisessem se certificar de sua devoção. Felizmente, ele tinha se preparado para aquele momento. Assim, colocou o próprio Capacete de Jade com carranca de onça, vestindo uma hiperarmadura, jogou a faixa de Cardeal sobre os ombros e liderou as tropas até o palácio.

A ventania tinha causado rachaduras na estrutura do salão. Já eram cerca de dez drones tentando atingir Vik. Eles atiravam, mas ela desviava todos os projéteis com uma aura protetora intensificada pelo Olho Lunar de Sumé. O vendaval fazia alguns deles se chocarem e desviava balas. Com o exoesqueleto energizado, a menina conseguia se proteger atrás de colunas. Esse tipo de ação era, de certa forma, muito efetiva para Sumé, pois a cada choque nas estruturas do palácio, elas rachavam um pouco mais, o que surtia efeitos dentro do Salão do Destino. Cada rachadura na cidade criava outra nas correntes que o aprisionavam. Sumé sentia a aflição da menina, ela sentia a revolta dele.

No salão principal, o caos se apresentava como resultado dessa desastrosa combinação. Pilastras eram rachadas, as faces dos primeiros discípulos de Sumé entalhadas nas paredes perdiam alguns pedaços, parecendo todas desconfiguradas, os drones despedaçavam-se e empilhavam-se nos cantos. O vendaval era cada vez mais intenso e devastador. Vik criou um verdadeiro pandemônio no Palácio de Ygareté: os pequenos grupos de pessoas que ainda ficaram para ver a comoção correram assustados, se esbarrando e se pisoteando para sair. Isso impedia que os homens da Força

Protetora dos Cardeais entrassem pela escadaria principal. Uma parte do teto começou a desabar. Vik olhou para o alto e viu a parede voar para longe.

— Esse palácio cairá! A justiça de Sumé fará com que a vontade dele seja restaurada! — gritava a garota. Sua voz era retumbante como um trovão.

Naquele momento, robôs pesados, do tamanho de tanques de guerra, chegaram pelas quatro entradas do salão. Eles tinham aço robusto e blindado em todo o corpo e, por isso, resistiam aos pedaços de parede que os acertavam e às peças de drones que os atingiam descontroladas. Os robôs tinham cabeça chata, troncos enormes e pernas maiores ainda equipadas com um sistema hidráulico. Faziam tamanha força para se movimentar que acabavam quebrando o chão com a pisada. No tórax de cada um via-se a Onça de Jade, símbolo da Cidade-Complexo. Eles cercaram a menina, e lança-chamas surgiram em seus ombros. Vik seguia inabalável, ela sabia que a profecia de Sumé se cumpriria naquele Palácio, de um jeito ou de outro. Ouviu-se o comando ecoando pelo salão:

— INCINERAR!

Imediatamente, os robôs dispararam chamas de temperatura tão elevada que seriam capazes de fundir o metal mais resistente. O fogo ocupou todo o salão, já vazio, e o calor gerado chegou a queimar os tecidos ao redor. Painéis de led entraram em combustão. Todo o oxigênio do local foi queimado, o vendaval se dissipou, e uma fuligem surgia no ar. Uma coisa era certa: os tapetes reais, as obras de artistas centenários e tantas outras relíquias presentes naquele salão se perderam.

— Mantenham o fogo! — O Missionário acompanhava as imagens transmitidas pelos algoritmos de segurança.

Os autômatos continuaram disparando as chamas, tentando extinguir qualquer sinal de vida. As paredes rachadas ficaram escuras, as luzes se apagaram. Após alguns minutos de inferno total, os lança-chamas começaram a diminuir a quantidade de fogo que lançavam.

— NENHUM REGISTRO DE VIDA... — Os robôs informaram, sem conseguir fazer a leitura do local. A fumaça, a falta de ar e a pouca iluminação impediam o reconhecimento visual. Eles ligaram os visores de led e fizeram uma varredura do salão, passando por locais onde a garota poderia estar. De longe, por um painel, o Missionário assistia à cena com extrema atenção. Um movimento rápido na câmera de um dos robôs fez o homem arfar surpreso ao constatar que ela ainda estava lá, no meio da fuligem.

A luz de Sumé tinha protegido Vik das chamas mortais. Como uma hiperarmadura, o poder do Pai-Fundador havia ativado um respirador de emergência em seu rosto, muito parecido com o que todo piloto da Batalha das Maltas utilizava. E em seu corpo ela sentia como se estivesse vestindo uma roupa de isolamento térmico. As chamas nunca tiveram chance contra ela. Antes que os robôs a percebessem, a menina avançou na direção de um deles, escalou suas costas e, ao mesmo tempo, colocou as mãos no lança-chamas desativado. A luz de Sumé tomou o controle do autômato, se espalhando pela blindagem. Ela tomou a arma dele e começou a disparar no robô que estava ao lado. Dessa vez, porém, as labaredas que saíam pela arma de fogo eram brancas e ainda mais devastadoras, derretendo a blindagem da máquina em poucos segundos. A mensagem enviada aos Cardeais era desesperadora.

— Senhor, os robôs falharam, ela está destruindo todos eles.

— Consigo ver isso, idiota! — ralhou o Missionário, socando o painel e se afastando.

Os Cardeais assistiam a cada uma de suas máquinas ser destruída por um poder que eles desconheciam. A menina conseguiu atravessar a lataria de outro robô com a nanotecnologia plasmática presente no exoesqueleto abençoado pela deidade. Todo o ódio que depositavam no ataque contra Vik retornava para cada autômato. "Toda essa mentira de cidade vai acabar agora." Ela explodiu em chamas, gerando uma onda de choque forte o suficiente para derrubar as outras colunas. As faces dos primeiros discípulos entalhadas no salão foram completamente destruídas pela ira de Sumé. A menina saiu andando para o outro salão, mais para dentro do palácio, deixando para trás apenas escombros e ruínas sobre os robôs e drones que tentaram impedir o ataque dela.

Vik tirou a máscara de oxigênio para respirar com mais tranquilidade e seguiu pelo corredor principal, cujo teto era bem alto. O palácio fora construído para fazer qualquer indivíduo se sentir pequeno lá dentro. Os telões de LED apresentavam a imagem de Araquém, "o novo Suserano de Sumé", autoproclamado para manter o controle da hierarquia na cidade. A ira da garota crescia a cada imagem que via. Quando o último escombro do salão de entrada caiu, ela sentiu que outra das correntes de Sumé se rompia, permitindo-lhe liberar uma pata traseira. A ação foi benéfica para Vik, uma vez que o poder sagrado da garota também aumentou. Ela sentia correrem em seu corpo a justiça e a vingança que deveriam recair sobre a Cidade-Complexo. Estava cada vez mais crente na missão.

O salão onde Vik entrou era dedicado à história dos primeiros Cardeais, aqueles que teriam codificado os ensi-

namentos de Sumé nos dogmas e regras da hierarquia que vigorava na cidade, o Compêndio de Wyra. "Essa é a origem de todo o mal que existe por aqui. Foram esses canalhas que fizeram da minha vida e da de todo mundo que eu amo uma desgraça". Vik lembrou como o pai dedicara a vida a tentar corresponder àquele sistema de religião, política e moral da Cidade-Complexo. Resgatou em sua memória as vezes em que ele foi duro com a mãe, impedindo-a de fazer as próprias escolhas para não perder a chance de agradar a cúpula dos Conselheiros da cidade e subir na hierarquia de comando. Mas o que mais doía nela era se lembrar de como ele construíra toda uma narrativa de vida que a limitava, ao dizer que a falta de movimento nas pernas era um sinal, uma forma de colocá-la no caminho certo. Quando, na verdade, se tudo o que tinha vivido até agora servisse de prova, ela sabia que podia mais e que o que vivera até ali havia sido apenas uma tentativa de impedi-la de se aventurar, para que Vik não desobedecesse aos dogmas vigentes.

— É tudo uma mentira! Tudo criado pra nos manter de cabeça baixa, pra acabar com a nossa autoestima e manter apenas algumas pessoas no topo dessa organização, enquanto a maioria sofre como serviçais nessa cidade — bradou Vik.

O fogo nos olhos da menina brilhou intensamente. A ira crescente dela arrebentou painéis, câmeras e projetores de hologramas do salão. Quando ela caminhou para acessar um novo local, deparou-se com a Força Protetora dos Cardeais barrando a entrada. O próprio Missionário, com o capacete da Onça de Jade, estava à frente da passagem. Naquele momento, seus olhos souberam diante de quem estavam, mas seu coração aprisionado e petrificado pelos dogmas dos Cardeais não queria aceitar.

— Não sei quem a enviou, aberração, mas você não irá acabar com a nossa história, com a nossa Cidade-Complexo. Você será enviada para a escuridão com os outros abadons! — disse o Missionário.

A voz dele era alterada pelo capacete para parecer cavernosa como o urro de uma onça. Ele esticou um bastão de choque anulador em uma mão. Na outra tinha um escudo largo e retangular. Os homens que o acompanhavam seguiram o mesmo movimento. A menina não sentia nada além de ira, suas emoções estavam conectadas às emoções da divindade: aquela era uma conexão poderosa que somente um grande trauma poderia romper.

— Eu sou a Lança de Sumé, a ira da vingança que vocês mesmos profetizaram. — Vik falava com convicção, sua voz se sobrepôs a todas as outras. Ela falava em nome da divindade, mas também seguia a própria consciência. — Vim destruir toda a enganação, toda a opressão erguida em nome de Sumé. Vocês não precisam ser destruídos também, eu acabei com aqueles autômatos, mas não quero machucar pessoas. Vocês escolhem.

O Missionário deu um sinal para as tropas atacarem, e elas correram com os grandes escudos e bastões na direção de Vik. Alguns soldados ajoelharam-se e lançaram granadas de gás contra a menina. Uma parede de vento circulou a garota, impedindo o gás de atingi-la. O ambiente ficou repleto de fumaça e mal iluminado. Os golpes dos soldados começaram a surgir de dentro da parede de gás, vindo de todos os lados. Os bastões anuladores afetavam a energia dos seres místicos. Eles tinham sido construídos e testados contra as Charias. A menina tentava escapar esquivando-se com movimentos rápidos, até que um deles alcançou seu antebraço. O golpe quase quebrou seu osso, a dor foi descomunal. A tropa avançou com os escudos e, para detê-los, a menina causou uma explosão com a luz sagrada de Sumé, mas a contenção da proteção da tropa parecia anular os efeitos da explosão também.

O Missionário observava tudo com aparente satisfação. Para ele, a supremacia da Força Protetora sumeriana residia no tamanho da fé de cada um. Principalmente daqueles que lutavam direto contra possíveis males disruptivos.

— Mantenham-se na formação, essa aberração será eliminada em poucos minutos — disse enquanto caminhava entre seus homens na direção da menina.

A fumaça estava se dissipando, e Vik se via cercada por vários escudos. O líder com o capacete de Onça de Jade surgiu diante dela.

— Nossa cidade não vai cair, porque demos nosso sangue para construí-la, assumimos o controle das nossas vontades, entregamos nossos desejos para fazê-la forte e ela se manterá assim. Nós somos Sumé, nós somos a vontade do Pai-Fundador. É por essa vontade que você, e qualquer aberração que ameaçar nosso legado, será destruída.

Vik, acuada pelos escudos, tentou furiosamente empurrá-los. Sentia-se como Sumé tentando se libertar das correntes criadas por aqueles mesmos homens. A divindade rugia, esperançosa e entusiasmada com a libertação iminente. A garota jogava-se rapidamente de um lado para o outro e empurrava sem parar, dando braçadas para todos os lados. Ela usou o exoesqueleto para empurrá-los e lançar-se por sobre a tropa; tentava afastá-los a qualquer custo para longe. O Missionário, porém, conseguiu segurar um de seus pés. Ela, então, direcionou a luz de Sumé para os pés, que golpearam o capacete de Onça de Jade dele, até que ela sentisse o pé livre outra vez. A garota, exausta, caiu no canto do corredor e inspirou fundo, puxando o ar e remoendo a raiva no seu peito.

Vik era a verdadeira enviada do Pai-Fundador, logo, aquele culto não era e nunca tinha sido sobre a divindade de Sumé. Agora estava evidente que era apenas o meio que aqueles homens encontraram, contando histórias mentirosas, para exercer o controle total sobre a população. A menina ainda tinha receio de ferir pessoas inocentes, mas entendeu que não havia mais ninguém naquele palácio. Todos ali tinham muita certeza do destino que queriam construir, e ela estava segura de que deveria pôr um fim àquela farsa que criaram para dominar o povo desavisado e oprimido. Ela deixou o coração ser completamente tomado pela vingança de Sumé, a luz sagrada rodeou seu corpo e subiu pelas paredes, criando uma espiral de fogo.

— Larguem os escudos agora. Se fizerem isso, vão conseguir atravessar esse fogo e ir embora do palácio sem se queimarem. A ira de Sumé só atingirá quem quiser enfrentá-lo. — A menina apontou para uma das saídas. O fogo estava se alastrando ao redor dos Cardeais, que só conseguiam se proteger pela frente. Alguns abandonaram o escudo, de certa forma acreditando naquela manifestação de poder e temendo o resultado que enfrentariam caso se opusessem.

— Não ouçam essa aberração, ela não sabe nada sobre Sumé, nós somos o seu legado. Mantenham as posições e avancem! — ordenou o Missionário.

— Vocês falam em nome da justiça, mas será que suportarão quando ela cair sobre seus ombros? — bradou Vik, furiosa, disputando com o líder sumeriano. A tensão no ar era palpável, e ela esperou alguns segundos, que pareceram se arrastar por horas, até que os Cardeais se decidissem. Assim que ela viu mais dois Cardeais da Força Protetora fugindo, mas a maioria seguindo as ordens do líder, correndo em direção a ela, a menina liberou sua ira: seus olhos brilharam e seu grito atravessou paredes.

O corredor começou a ruir sobre os Cardeais com a velocidade das chamas que atingiram o espaço. Os homens chegaram a levantar os escudos na tentativa de se proteger. Colunas laterais, porém, desabaram sobre eles, e o fogo desceu como a vingança e a justiça do criador da cidade, atingindo os homens que usaram seu nome falsamente apenas em favor da própria ganância. Parecia uma implosão que, de forma repentina e assustadora, rompeu a porta do salão que Vik desejava alcançar. Ela caminhou sobre as colunas e os escudos dos soldados. Muitos ainda estavam no chão e, sem forças para se levantar, se arrastavam para fora, tentando fugir do fogo.

A garota subiu o primeiro degrau rumo ao outro salão, mas alguém barrou seu caminho com um bastão anulador. Era o Missionário. Sua hiperarmadura estava estilhaçada, e o capacete de Onça de Jade, transformado em ruínas. O homem, respirando com dificuldade, soltou o capacete pelo dispositivo de conexão com a hiperarmadura e olhou nos olhos de Vik com raiva.

— Você é uma abominação, a ruína de tudo o que construímos, a vergonha de toda essa cidade. — As palavras de ódio surpreenderam a garota, que ficou de boca aberta, assombrada com a descoberta: o homem que mandava soldados humanos e autômatos para destruí-la era seu próprio pai.

— Mas... pai... — balbuciou confusa — o que você está fazendo aqui? O que você...? — A garota não pôde terminar de falar, pois foi interrompida por um golpe do bastão que ele segurava. Aquele golpe foi tão surpreendente quanto reconhecer seu pai como o algoz da cidade.

Foi ali que ela compreendeu a dimensão de sua missão.

— Não fale comigo como se eu fosse alguém pra você, ser nojento! A minha filha morreu tempos atrás, no atentado a este palácio — Arthur gritou, descontrolado. — Ela não é essa monstruosidade que vejo em minha frente, com essas coisas abomináveis no corpo. Eu sei que você é um abadon usando o corpo da Victória!

Reconhecer o pai como seu maior inimigo despertou o lado mais humano da menina. Por um breve momento a conexão com a deidade se enfraqueceu, a consciência de Vik estava completa no momento e quase se desarmou para o pai.

— Não, pai, sou eu! Sempre fui eu, mas você nunca conseguiu me enxergar, ficou cego pela sua crença estúpida! Você sempre a colocou na frente de mim e da mamãe. Entregou sua vida pra esse culto que perverteu a nossa cidade e destruiu nosso lar, fazendo você acreditar que meu destino era ser uma pessoa limitada pro resto da vida. Agora você não consegue aceitar que estava errado, que sua fé foi criada por homens asquerosos e não por deuses ancestrais. — Vik falava atropeladamente, ficando quase sem fôlego, mas com a segurança de quem tinha entendido o que tudo aquilo significava.

— Não fale delas, monstro! Eu tentei proteger minha filha, tentei — respondeu o homem, segurando firme o bastão anulador. — Eu planejei o melhor para nós, eu trabalhei por isso. Victória e a mãe precisavam apenas me agradecer. Mesmo quando acreditei que minha filha tinha desaparecido, eu não duvidei da nossa fé e isso me fortaleceu.

— Sua fé, pai, só sua! — ela gritou desesperada.

Aquele encontro foi forte demais para as emoções da garota. Ela sentia o ódio na mais pura forma por todos aqueles que comandavam a cidade, sentia que eles tinham transformado o pai em seu pior inimigo. Ao mesmo tempo, sentia-se desesperadamente triste por vê-lo tão amargurado. Uma parte dela queria abraçá-lo e sentir-se novamente acolhida pelo pai que, apesar de rigidamente religioso, um dia ele fora. Ela sabia que ele era um homem de princípios e, por isso, não abandonaria a função e a identidade como Missionário.

Quando ele a empurrou e voltou a ofendê-la sem piedade, o cansaço e a tristeza também se manifestaram no corpo da menina. Ela estava alheia a tudo, mas sentia as lágrimas brotarem em seus olhos. Previa o destino que tamanho fanatismo lhes reservava.

— Pai, eu te peço, pela última vez, vá embora! Sai deste palácio. Você não precisa morrer por essa causa, por favor! — Todo o seu afeto transparecia em suas súplicas. Ela ainda tinha a esperança de demover o pai daquela loucura que o tomara. — A cidade vai se reerguer, vamos começar de novo, mas dessa vez vamos fazer tudo de forma justa.

— Não existe recomeço para mim. Parte da minha vida se foi naquele salão junto com a pequena Vik. Sem ajudar a manter a ordem nessa cidade, eu não sou mais nada. E não importa o que eu veja, eu sei que você nunca será a minha filha! Mil vezes eu vou preferir a morte a acreditar no que esses espíritos a transformaram!

Arthur se aproximou dela, tocou seus ombros com o bastão anulador e, sem pensar duas vezes, ativou a corrente elétrica. Descarregando a energia na própria filha.

#O CAMINHO DOS NOSSOS ANTEPASSADOS

Sumé estava com todas as patas soltas, mas a corrente que ainda prendia seu pescoço era a mais pesada de todas. Ele fazia força para rompê-la, urrava, trombava com as paredes. Estava ensandecido, desejava libertar-se para concluir a destruição da Cidade-Complexo, iniciada por Vik, mas, ao contrário dela, ele não pouparia ninguém. Seus golpes contra as paredes do Salão do Destino as danificavam, porém não conseguiam derrubá-las, pois haviam sido construídas exatamente para suportar feras místicas como Sumé.

— Mano, não dá pra confiar nessa coisa! Olha essa violência! A gente precisa sair daqui e encontrar a Vik. Tem certeza que não consegue abrir outro portal? — Juba perguntava, sem conseguir imaginar como sairiam dali e atravessariam o fluxo do tempo para voltar à Cidade-Complexo.

— Vamos dar um jeito, parça. A maior treta agora é atravessar a saída que tá de frente pra essa fera. — Cosme apontou o corredor de onde eles vieram. Seria impossível alcançá-lo sem despertar a atenção de Sumé, mas eles decidiram se arriscar. — Não temos escolha, vamos ter que bater de frente, então você dá no pé e vai pro corredor antes de mim, eu vou atrás, te protegendo. Sou o guardião dessa malta, não sou?

Os dois trocaram um olhar cúmplice e se prepararam para agir. Cosme ativou o escudo com um Orisi e tentava encontrar um jeito de se esgueirar pelas paredes laterais e escapar do campo de visão de Sumé. Juba não era muito ágil, afinal viver na frente das telas produzindo beats e drones não era muito bom para a força física, por isso, ele sentia muito receio de ser devagar demais e acabar pisoteado pela Onça Mística. Para evitar isso, Cosme propôs que andassem juntos, num ritmo bom para os dois.

Eles caminhavam com cuidado, tentando antecipar qualquer treta. Mas em um dos movimentos, Sumé correu para puxar a corrente novamente de forma tão brusca que o choque causou um tremor no elo preso ao solo. Cosme cambaleou, mas Juba, que estava mais próximo da origem do tremor, desequilibrou-se e caiu, ficando tempo demais no chão, protegendo-se com as mãos na cabeça.

— Levanta, doido, vai, rápido! — gritou o guardião do grupo, se apressando para resgatar o amigo.

A Onça Mística esticou novamente a corrente, que estava rachando. Infelizmente para os meninos, bem naquele momento, os grilhões acabaram sendo jogados com velocidade na direção dos dois. Cosme saltou e se jogou sobre Juba, mantendo o corpo deles esticado no chão. A corrente passou bem próximo de suas cabeças. Os dois ficaram tão assustados que precisaram de um tempo para recobrar a coragem de se movimentar. Respiravam com dificuldade. Sem trocarem qualquer palavra, levantaram-se e seguiram juntos para o corredor. Juba, sentindo-se mal por colocar o amigo em perigo, passou a contar o tempo de movimentação de Sumé para antever a trajetória da corrente, avisando a Cosme, que os defendia, com o escudo, das pedras que eram arremessadas. Continuaram até a saída do salão. Faltava muito pouco para escaparem, quando Sumé percebeu os dois fugindo. Ele soltou um grito bestial na direção deles, criando uma forte rajada de vento.

— Corre, Juba, eu seguro. — Cosme estendeu as duas mãos para a frente, impedindo que os ventos atingissem o amigo. Eles eram tão intensos que parecia que levantariam o menino do chão. — Vai, malandro, não vacila agora! Foge!

O hacker insistiu em ficar com o amigo, não iria abandoná-lo para se safar, principalmente porque tinha percebido que Cosme estava perdendo a estabilidade. "Ele vai ser arrastado desse jeito", pensou rápido, tirando dos bolsos dois anéis magnéticos iguais aos que imobilizaram Tsavo. Ativou o peso gravitacional deles e, com certa velocidade, prendeu um em seu tornozelo e outro no de Cosme, que, por um segundo, olhou para baixo, identificando o que estava acontecendo. Ele balançou a cabeça em sinal positivo, como se dissesse "valeu", e, com a estabilidade garantida, eles voltaram a correr. Sumé saltou na direção dos dois e, por alguns segundos, sobrevoou suas cabeças, pousando justamente na entrada da caverna. O rosto estava baixo, pois o pescoço estava sendo repuxado pelos grilhões. Em seguida, respirando pausadamente, disse:

— Vocês devem ficar neste salão até que o destino da garota seja concluído e a minha libertação esteja completa.

Movimentando-se com cuidado, os meninos observaram quando a onça ergueu as patas e as cravou na parede sobre o corredor, rasgando-a até que algumas pedras caíssem no chão, não o suficiente para fechar completamente a saída, mas o bastante para dificultar a fuga. Sumé ficou no alto de uma das pedras observando os dois, preso apenas pelas correntes em seu pescoço.

— Não vamo mais por esse caminho, cara, ferrou.

— Vamo, sim, Juba, bota fé nimim. Conheço bem um tipo de munição pra atingir um ser místico desses. — Cosme desenhou o Orisi do canhão, configurando a munição para o fogo do mundo ancestral, as chamas que forjaram as armas dos próprios deuses. — Continua correndo, e quando eu falar, tu atravessa.

Ele apontou para a onça e começou o disparo. Sumé havia subestimado o menino, não esperava tamanha ousadia. A rajada de fogo foi se aproximando dele e chamuscando a pelagem. A fera se moveu, afastando-se um pouco das pedras e da entrada do salão: era o momento perfeito para a fuga. Juba aproveitou e correu todo atrapalhado. Ele preferia estar sobre uma moto ou um outro veículo, mas só podia contar com as pernas vagarosas. O fogo ancestral cobrava um preço alto de Cosme, pois esquentava o canhão, queimando as mãos do menino. A rajada de fogo se espalhou como um turbilhão, e Sumé parecia ir em direção ao guardião, mas o hacker ainda não tinha alcançado o corredor.

Desde a primeira vez em que utilizou o fogo dos ancestrais, Cosme percebera que ele ficava mais forte e mais incontrolável a cada segundo, então correu atrás de Juba, mantendo o canhão voltado para Sumé. O menino mirava no pescoço da fera e atirava enquanto a onça tentava se esquivar, conseguindo repetir o feito mais uma ou duas vezes. Foi quando percebeu que seu ataque tinha danificado ainda mais a entrada do salão, algumas pedras caíam. O garoto não sentia mais os dedos, então parou o ataque por um segundo.

Tempo suficiente para que a Onça Mística atacasse. Ela urrou e saltou na direção de Juba, que estava a poucos passos da saída do Salão do Destino. "Se eu me entregar, vai ser o quê do meu parça?", pensou Cosme, ignorando a dor e atirando mais uma vez. O fogo acertou o peito de Sumé, empurrando-o contra a parede. Juba entrou no corredor, o que o colocou distante o suficiente do alcance da corrente que prendia Sumé. O menino então caiu sentado no chão, de frente para a entrada do salão, e viu o canhão de Cosme fraquejar, já não sendo disparado continuamente. Os tiros ficavam ainda mais intermitentes, e o rosto do amigo exibia muita dor.

Sumé estava cada vez mais forte, suportando as pequenas rajadas de fogo, que ele apagava com as próprias patas. Cosme então bloqueou o Orisi, desfazendo-se do canhão, e correu feito louco em direção à saída. Ali não restava mais nada além da sorte, pois suas energias foram totalmente drenadas pelo contra-ataque que fizera, e ele corria cambaleante.

O jovem Cygen foi capaz de fazer contas mirabolantes em seu cérebro tecnológico aprimorado. Seus olhos previam trajetórias, possibilidades e resultados para a fuga de Cosme, mas suas emoções bateram mais forte dessa vez. Ele não suportava ver o amigo devastado, sem forças, mas lutando para escapar. Dizem que Cygens não choram, mas uma lágrima escorreu dos olhos de Juba e ele entendeu que, entre a lógica pura e a emoção, a única estratégia possível era apelar para as emoções do amigo. O garoto saiu do corredor, olhou para Cosme e gritou chamando a atenção dele. O guardião, que respirava ofegante e estava apoiado em uma parede, escutou o chamado, levantou a cabeça e olhou para Juba. Sua atenção se desviou de Sumé, que caminhava em sua direção. Sem forças para gritar de volta, o menino apenas observou o amigo.

— Vai desistir assim? Tu é um comédia, parça. Um grande mentiroso. O tempo todo, mano, desde o começo, foi você o maior dos brabos. É você que tá sempre por nós, tá ligado? Foi sua energia sem tempo que me fez agir diversas vezes. Suas palavras também!

Os dois se lembraram das palavras grafitadas na Academia, aquelas que fizeram seus caminhos se cruzarem: "Cheguei ao topo, Deus me olhou nos olhos e ficou confuso, achou que estivesse diante de um espelho". Cosme sorriu ao perceber a ironia, pois, quando ele escrevera aquela frase, não imaginava um dia estar diante da mesma entidade mística que desafiava e nem no Salão do Destino. Ele gargalhou com esforço, ignorando a dor, o suor, o medo. Apenas riu do que estava fazendo, ali e com a sua própria vida. Juntou as últimas forças em um último disparo tão forte e tão devastador que o fogo ancestral rompeu o próprio canhão. Sumé esticou a pata para segurar o menino com as garras, mas foi violentamente arremessado para bem longe dele. O garoto cambaleou, correu sorrindo como o melhor dos pivetes, com a certeza de que os sonhos um dia se realizam. Ele saltou para dentro do corredor, Juba entrou com ele e, bem nessa hora, o teto desabou, fechando a entrada.

— Zika, cê me salvou, Juba!

— Só retribuindo o favor, mano. Firmão pelo que é certo, né?

Juba percebeu que as mãos do amigo estavam muito queimadas e era visível que ele ainda sentia muita dor e cansaço. Prontamente o ajudou a se levantar e caminharam juntos para fora daquele local. Havia uma corrente de ar entrando no túnel, era um caminho diferente de quando entraram pela primeira vez. As paredes continham pictogramas com as histórias de vários outros seres místicos, de guerras e de heróis que haviam pisado naquele lugar.

— Será que um dia a gente estará aqui também, Cosme?

— Se liga, rapá! A gente já tá. A história é essa.

Apesar dos machucados mais graves, Cosme conseguiu recobrar um pouco do fôlego aos poucos. A brisa que entrava era fresca, levemente gelada, e o som de um grande riacho começou a surgir. A saída estava do outro lado da praia, o mato estava um pouco alto, a lua ainda estava serpenteada. Naquele ponto, avistaram um cais de madeira, como aquele pelo qual haviam chegado. Os dois apostaram que ali também havia algumas balsas.

Ao chegar perto da água, Cosme mergulhou nela os pés e as mãos, o que aliviou a dor e foi revigorante. Ambos beberam daquela água e acalmaram um pouco a mente. Não conseguiram relaxar, porém, porque estavam preocupados com Vik, sem saber o paradeiro e a condição física dela. Sentados dentro da água, pareciam ler os pensamentos um do outro.

— Ela vai ficar bem. Aquela mina é boladona, truta.

— Sei qualé, Juba, por isso apaixonei naquele jeitinho dela. Na real, a gente precisa mais dela do que o contrário.

— Pois é, mó relação aqui. Ela é poderosa, sempre foi. Se não fosse pela Vik, eu tava lá fazendo meus beatzinho, sentado no sofá, com medo do que o mundo ia pensar de mim. — Juba passou uma mão com água pelo rosto, olhou-se no reflexo do rio e enxergou a si mesmo naquele momento. Seus olhos cygens transmitiam dados recebidos pelo seu cérebro.

— Não fosse pela Vik, eu ainda tava sendo castigado por aqueles tutores. Ela foi que fez a gente voar, mano. Ela que fez, sabe?

— Bora ralar daqui, já deu. Dá pra chamar alguma malta pra levar a gente de volta pra outra dimensão? — brincou Juba.

Eles entraram mais no rio, se aproximando do cais que tinham avistado de longe, e viram que suas suspeitas estavam certas: algumas balsas se escoravam debaixo da madeira. Juba subiu na primeira que viu, lembrando-se de Tsavo dizendo que qualquer balsa os levaria até seu destino, mas Cosme começou a procurar alguma coisa mais específica.

— Tsavo nos contou meia-verdade, saca? São nossas escolhas que vão levar a gente de volta, mas a gente pode escolher também um caminho que já foi desbravado, trilhado por alguém que já passou por aqui nesse fluxo do tempo. — Juba escutou com entusiasmo as palavras do amigo. — Aprendi, na encruzilhada, que muita gente no passado fez parte da nossa luta do presente, então tudo bem a gente usar uma memória para se fortalecer e aprender com as escolhas dos nossos antepassados... — Cosme falava enquanto seus olhos procuravam alguma coisa. — Achei!

Uma das balsas tinha um símbolo talhado na madeira, o mesmo Orisi tatuado pelo pai de Cosme: eram linhas serpenteadas que se cruzavam, formando três círculos e uma meia-lua interna. "Você sempre estará seguro quando vir este sinal", era o que ele dizia sobre o símbolo malungo, o grupo de que seu pai fazia parte. Juba então saltou da balsa em que estava, escalou a escolhida pelo amigo e o ajudou a subir. Os dois aproveitaram a calmaria do rio para deixar que a corrente os levasse para descansar. Eles se deitaram, observando as estrelas, a constelação de Sumé, a lua serpenteada, e sentiram a brisa, adormecendo de cansaço enquanto o fluxo do tempo os levava de volta ao rio sagrado de Adze.

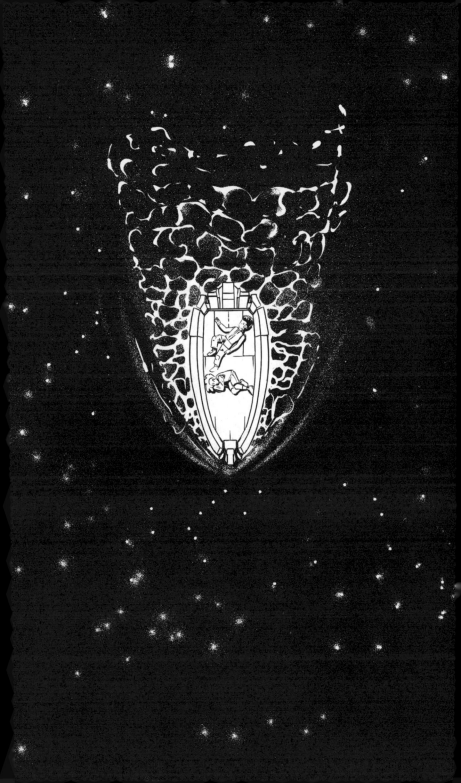

#O PREÇO DA DESTRUIÇÃO

Ela sentiu muita dor física no começo, mas não foi maior que a decepção de perder o pai para os dogmas dos Cardeais da Cidade-Complexo. Duas lágrimas escorreram de seu rosto: uma trouxe novamente o vendaval, a outra explodiu no rosto com a luz de Sumé. Ambas causaram uma devastação no palácio, arrastando colunas de vários salões, derrubando paredes e lançando pedras pelos ares. O poder que emanava delas fez o chão estremecer como um terremoto, derrubando todo o Palácio de Ygareté.

"As correntes agora estão quase soltas, só faltam os servidores centrais", pensou Vik.

Era um cenário de guerra urbana: escombros, fogo, fumaça e devastação cobriam os quarteirões ao redor. Havia robôs empilhados com braços arrebentados por todos os cantos. A explosão de Vik tinha destruído todos os registros artísticos e relíquias históricas consideradas sagradas naquele local, mas o centro de controle dos Cardeais, com todos os algoritmos de segurança e vigilância, onde estava a chave de acesso ao Compêndio de Wyra, ainda estava intacto do outro lado da cidade. Se ela conseguisse destruí-lo, romperia a última corrente para a libertação de Sumé e poria fim a todo o legado corrompido que os primeiros homens criaram na Cidade-Complexo.

Mas, por poucos segundos, Vik perdera a consciência com a explosão que ela mesma havia causado. A garota foi acordando aos poucos, e tudo ao redor parecia sombrio.

Ela empurrou uma pedra para libertar um dos joelhos e percebeu que o exoesqueleto estava danificado. Precisou transformá-lo novamente em uma cadeira. Seus movimentos ficaram vagarosos e instáveis; às vezes falhando, como se o objeto desligasse por microssegundos. Sua mente resgatou as lembranças do passado: ela correndo para tentar alcançar a Rainha da Batalha das Maltas, a consequente perda do movimento das pernas, e seu pai tentando protegê-la. A lembrança era muito distante, pois antes aquela agonia fria e soturna que sentia não existia. A menina viu o capacete de Onça de Jade destruído. Era difícil conceber que seu pai preferira perder a vida a aceitar a própria filha. Ela se questionou se tudo aquilo tinha valido a pena e pensou em como teria sido sua vida se não tivesse ajudado Cosme na Academia.

O sentimento de amargura roubava-lhe a razão.

— Isso precisa terminar, vou acabar com os Cardeais.

Ela seguiu para fora do que restara do palácio. A escadaria rachada virou um obstáculo em seu caminho, mas não era suficiente para barrar a sua convicção. Ela ainda sentia Sumé em sua revolta, sentia cada vez que ele tentava se libertar. Vik não tinha ideia alguma do que estava acontecendo no Salão do Destino com os amigos, acreditava que eles só estariam seguros quando tudo aquilo acabasse. "Essa cidade vai tentar acabar com eles, vai aprisionar eles de novo, não vou deixar", pensava.

Os Cardeais já haviam esgotado suas principais armas contra a menina. Agora só restavam os sistemas de inteligência artificial e as defesas dos autômatos da cidade. Araquém havia saído da mansão de Ygareté para liderar o restante da Força Protetora pessoalmente, pois acreditava que sua presença poderia inspirá-los.

— Todos que se mantiverem firmes na fé serão recompensados por Sumé, nossa Cidade-Complexo irá se reerguer, e seremos símbolos da legítima devoção — bradou do alto de uma das torres de vigilância para todos os Cardeais.

Os alarmes dispararam, e as pessoas que moravam ao redor do antigo palácio, Sacerdotes e Conselheiros, evacuavam a região. Robôs domésticos formavam barreiras de proteção, com armamentos mais leves: laser e fuzis de choque. Vik ainda tinha uma aura de proteção, por isso se esquivava, se protegia e atacava. Ela ativou o magnetismo da cadeira para manipular algumas armas das tropas de Cardeais, então disparou granadas nos robôs, fazendo-os explodir com rajadas da luz que saíam de seus braços. Alguns robôs ela evitou destruir: tocou em seu peito e irradiou neles a luz sagrada, convertendo-os em suas armas.

Alguns quarteirões à frente, uma pequena tropa de sete robôs abria caminho para ela. Sob seu comando, eles destruíam as câmeras, retiravam os veículos das ruas e abriam paredes rumo ao prédio dos Cardeais. Vik movimentava-se com dificuldade, sentia dores nos ombros e percebia partes da cadeira entrando em curto-circuito, suas memórias e emoções pesando sobre ela naquele momento. Odiava a cidade, sofria pelo pai e pelo que tinham vivido naquele local em nome de uma hierarquia religiosa falsa, que não passava de desculpa para dominar a população. Apesar de sua condição física, sentia-se forte e nada parecia ser capaz de impedi-la de completar a sua missão.

Os Cardeais montaram uma operação para proteger o centro de controle e o Compêndio de Wyra ao perceberem a trajetória de destruição.

— A menina está tentando destruir a nossa memória, ela arrasou com o palácio e agora está tentando chegar aos servidores que codificam nossos dogmas. — Araquém previa um verdadeiro colapso, se os objetivos da garota fossem atingidos, e organizou as defesas.

Alguns blindados, autômatos e homens com hiperarmaduras cercavam o prédio. Para eles, os dados dos servidores eram o legado sagrado dos primeiros sumerianos e estavam naquele local desde o nascimento da cidade. Era a conexão que tinham com Sumé. Mesmo em desvantagem, os Cardeais, integrantes da força policial da Cidade-Complexo, estavam dispostos a lutar com a própria vida por aquilo em que acreditavam, pela manutenção da cidade. Por isso, eles enviaram vários drones para vigiar o percurso da garota, mas cada um deles era abatido pelos robôs convertidos por ela.

Vik atravessava as ruas passando por cima do que podia com seus poderes e robôs, mas sentia o cansaço tomar conta. Então começou a se questionar se toda aquela empreitada valeria a pena. Apesar da força ancestral do Olho Lunar, a força de ataque preparada por Araquém parecia não acabar. Cada segundo ficava mais difícil. "Devo desistir?", "Eu sou mesmo capaz?", era o que Vik pensava.

Quando se aproximou do centro de controle, começou a ser alvejada por centenas de tiros. Os autômatos formaram uma proteção à sua frente e ela procurou um ponto fraco nos oponentes.

— Preciso de reforços, mas não tem mais máquinas aqui nas ruas... — A menina observou tudo ao redor. Tinha perdido muito, toda a vida comum havia desabado e ela acreditava que os amigos contavam com seu sucesso para que pudessem voltar — ... Pelo menos, não no chão.

Ela recuou um pouco, e os Cardeais sentiram-se vitoriosos, acreditando por um minuto na possibilidade de frear a ira de Sumé. Todavia, o plano da garota era conseguir apoio das máquinas voadoras. Vik ordenou que seus autômatos parassem de abater os drones e deixou que alguns se aproximassem. Eles transmitiam imagens para o centro de controle. A garota usou um dos autômatos para atraí-lo, balançou os braços e conseguiu alcançá-lo, segurando até preenchê-lo com a luz de Sumé. O drone planou para perto de outros robôs voadores e emitiu um pulso de luz que converteu vários deles, colocando-os sob o comando da garota.

Sem perceber o que tinha acontecido, os Cardeais foram pegos de surpresa pelo ataque de seus próprios drones, que se atiravam no prédio, causando pequenas explosões, derrubando os atiradores e levando o caos para dentro do centro de controle. A fumaça da destruição deixava turva a visão em todo o local, então Vik não percebeu quando um drone diferente ultrapassou seus autômatos.

Era um tecnogriot insetoide com campo de semi-invisibilidade e com emissão de sons dissonantes no bater de asas. Ele pousou sobre os autômatos, suas garras atravessaram a blindagem e abriram caminho para seus cabos se conectarem a eles, assumindo o controle dos robôs. Outros tecnogriots começaram a surgir. A tecnologia era utilizada para monitorar a Batalha das Maltas, e só o povo da cidade vizinha, Nagast, conseguia controlá-la. Eles ativaram o protocolo de autodestruição dos robôs de Vik, que, um a um, foram arrebentando-se nas ruas.

Ela se esquivou da primeira explosão. Em seguida, uma nova explosão aconteceu bem ao seu lado. A menina não conseguiu fugir rapidamente e foi arremessada ao chão. A iluminação artificial da Cidade-Complexo estava intensa, Vik olhou para o alto naquele momento e não entendeu se o que seus olhos observavam eram lembranças, desejos ou realidade: a mulher de cabelos cacheados, cujas madeixas rosa e roxas estavam enroladas com fitas coloridas, pele em tons quentes de jambo e aparatos computacionais nos braços, descia perto dela, carregada por um tecnogriot, como um anjo. Aquela era a visão que Vik desejara a vida inteira: finalmente ela se encontraria com a sua maior inspiração.

— Hanna... Rainha Hanna? — Vik segurou a mão da garota.

— Meus registros dizem que você é Victória Luena. Você é poderosa, garota. Mas não vou deixá-la destruir a Cidade-Complexo; existem muitas pessoas inocentes aqui. De onde eu venho, a gente sofreu muito pelas decisões de pessoas poderosas, eu sei como é esse ódio, mas você precisa encontrar a voz aí dentro que vai impedir você de se tornar igual a esses babacas dos Cardeais. Estou atrás de vocês desde que abriram um portal no labirinto de Adze. Isso não é comum aqui no mundo dos mortais, você sabia?

Sentindo um misto de orgulho e confusão, Vik disse:

— Eu sou a Lança de Sumé...

Vik foi interrompida por Hanna.

— Só se você quiser, garota. Enxerga, presta atenção! A história dessa cidade só trouxe tragédia e, de uma forma ou de outra, você tá fazendo parte dela, tá aceitando esse papel nisso tudo.

Vik sentiu que Hanna não entenderia tudo o que ela passara, tudo o que ela perdera, incluindo o pai. Então foi tomada novamente pela ira de Sumé: seus olhos faiscaram, sua energia foi crescendo em volta do corpo, erguendo tudo ao seu redor, empurrando os tecnogriots para longe, arrastando os veículos alvejados pelos atiradores.

— Você não entende! Eu vou fazer isso pelos meus amigos, pela minha família e pelos sumerianos. Essa cidade precisa de uma nova história, e ela só vai ser reescrita quando não existir mais nenhum dos antigos Cardeais.

A menina causou uma nova explosão de energia, arremessando para longe Hanna, que bateu em um dos muros destruídos e foi atingida por uma das peças de robôs que foram atiradas pela detonação. A peça acertou a perna esquerda da garota, e a violência do golpe teria partido seus ossos não fosse o fato de que ela usava uma prótese criada pelos laboratórios de Nagast. A Rainha das Maltas se levantou e foi em direção a Vik, utilizando um tecnogriot como protetor.

— Nós temos muito mais em comum do que você imagina. Eu sei que você já perdeu muito aqui e sei que é capaz de fazer grandes coisas, inclusive com essa dor que carrega. Vik... — Hanna ficou sem graça por chamá-la pelo apelido pela primeira vez. Ela não era conhecida por ter tamanha intimidade com desconhecidos. — Eu perdi uma grande amiga que se entregou a um poder devastador como o seu. Você não precisa aceitar o destino, ser a lança de ninguém. Você pode ser quem você nasceu para ser... quem sabe uma Rainha da Batalha das Maltas? Vi suas habilidades nos registros, você dirige bem pra caramba! — Hanna colocou as mãos de forma carinhosa no rosto da garota. — Só que se você aceitar o destino pensado por Sumé, você estará abrindo mão dos planos que estão no seu coração.

A frase atingiu a menina em cheio, porque aquelas palavras eram bem parecidas com a forma de a própria mãe dela expressar carinho e cuidado. Isso fez a menina se desconectar completamente da ira de Sumé: "Até onde esse sentimento, esse desejo de vingança, é meu?". O questionamento já não importava naquele momento, a destruição não tinha mais volta, nem a revolta dos Cardeais. As forças policiais desciam as ruas, embebidas da falsa ideia de que estavam vencendo. Autômatos, drones e blindados tentavam cercá-las.

— Vem comigo, garota. Se a ira de Sumé tiver que ser descarregada sobre esta cidade, mande ele vir pessoalmente e não colocar esse peso nas suas costas. É você quem tá pagando o preço, são suas emoções que estão sendo prejudicadas, é você que será julgada pelos ancestrais por todo esse flagelo.

Vik caiu em lágrimas. Tudo que ela queria era um abraço reconfortante, alguém que a fizesse sentir segura, como sua mãe fazia. Hanna esticou os braços e a acolheu. Depois do abraço cheio de ternura, Hanna retomou o controle da disputa, mandando os tecnogriots se posicionarem em formação de colmeia. Eles se alinharam e emitiram um campo magnético de proteção em torno delas, repelindo os tiros e equipamentos dos Cardeais. Dois tecnogriots se aproximaram e se acoplaram nas costas delas, erguendo as duas para fora da cidade.

— Pra onde você vai me levar? — Vik questionou-a, aos prantos.

— Cê tá louca que a gente vai perder o resultado da Batalha das Maltas?! Vamo pro deserto de Adze, moleca!

Sem saber o que realmente findara o ataque, os Cardeais acreditaram que haviam sido a própria crença e a vontade de ferro que causaram o desaparecimento de Vik. Araquém, ambicioso e narcisista, viu aquilo como um sinal divino de sua posição como Suserano da Cidade-Complexo. "É a vontade do Pai-Fundador que eu restaure a justiça entre nosso povo", pensou.

Seu ego era grande demais e tornava-se um esconderijo para a própria razão. Mesmo sem atingir o Compêndio de Wyra, o ataque de Vik atingira a mente de muitas pessoas que passaram a duvidar da Força Protetora dos Cardeais. As imagens da menina invocando o poder de Sumé deram força para interpretações distintas dos dogmas e, sem que ele soubesse, isso faria surgirem vários grupos dissidentes dos Cardeais, inclusive no Topo, onde se escondia a filha legítima da Onça Mística criadora da Cidade-Complexo.

#PARA TODA A ETERNIDADE

— Ei, acorda, fi. Se liga aí. — Juba dava alguns tapas no rosto do amigo, desmaiado de cansaço na beira do lago.

As bochechas de Cosme estavam marcadas por fios de saliva, parecia o sono mais profundo que ele tivera nos últimos dias. O menino ainda sonhava, pensando no beijo que compartilhara com Vik. Ele esticou a mão e tentou segurar a nuca de quem o chamava. Abriu os olhos ao ouvir um xingamento.

— Qualé, vacilão? Nem começou o relacionamento e já tá se atirando assim pros outros?

— Juba?! Onde a gente tá? — Cosme despertou confuso, ainda sentindo-se sonado.

— A balsa dos seus ancestrais trouxe a gente até o Lago Sagrado de Adze. No meio do deserto. Tava ouvindo umas coisas e acho que tá rolando a coroação do Rei e da Rainha da Batalha das Maltas.

— Tem notícia da Vik?

— Tô rastreando algumas coisas transmitidas pelo Nexo central, parece que ela destruiu o palácio e depois fugiu. Quer dizer, de alguma forma ela tá bem, acho.

— Não sei, Juba. Acho que a gente devia ir atrás dela.

Juba conseguiu se conectar com os sistemas computacionais do deserto. Os dois, muito empolgados com o feito, fizeram o aperto de mão de Cosme e preparavam-se para partir atrás de Vik quando viram uma comitiva passando a milhão perto deles. Havia inúmeros carros enfeitados com laços; não eram carros de competição, mas, como eles, estavam modificados. Tinham tambores elétricos acoplados e, sobre cada um, uma pessoa estava de pé, vestia tecidos brancos e usava uma baqueta de aproximação magnética para fazer o batuque digital. O som era frenético e contagiante. Todos formavam fila, seguindo para algum lugar.

— Malandro, se essa mina escapou, só existe um lugar onde ela estaria agora, e é bem aqui! — disse Juba, observando tudo aquilo.

A multidão de fãs da corrida alcançava as areias do deserto. Era aproximadamente meio-dia, hora de o cortejo começar. As notícias de Sumé já tinham alcançado Adze, e a destruição da Cidade-Complexo significava muitas coisas, mas nenhuma importava naquele momento de celebração. A Batalha das Maltas trouxera vida para o povo do Topo, tão distante do centro de Sumé que parecia nem fazer parte da Cidade-Complexo.

Atrás do ritmo dos carros, estava o cortejo dos guerreiros. Os participantes da Batalha recebiam fitas de cobra e espadas de latão em sinal de agradecimento à sua bravura e se tornariam a nova corte durante a coroação. Estavam todos felizes com os resultados. Apesar de os veículos estarem completamente destruídos, todos entravam na folia e faziam a dança das espadas. Cosme reconheceu os integrantes da Malta dos Ossos ali.

— Saca aquele? — Cosme apontou. — É o Ferrugem, o guardião da Malta dos Ossos, o safado que ficou na nossa cola dentro daquele labirinto. Gente boa, né, Juba?

— Cara firmeza, não deu mole, não! É assim que tem que ser.

Juba colocou os óculos, ajeitou o cabelo e vestiu o capuz. Às vezes, ele esquecia de que se tornara um Cygen e muita gente se assustava com seus olhos de androide. Ele estava conformado, sempre havia sido diferente, mas, dessa vez, encontrara quem o admirasse e estivesse ao seu lado para qualquer dilema da vida. Os garotos continuaram caminhando entre a comitiva, queriam fazer parte da festa de alguma forma e ver se encontravam a amiga ali. Cosme pegou umas fitas de cobre atrás de um carro. "A gente também merece", pensou com um sorriso maroto. Eles as amarraram nos braços e seguiram o cortejo.

A multidão não estava reconhecendo os dois garotos no meio de tantos competidores ferozes, mas eles não ligavam. De agora em diante, nunca mais estariam ansiosos pelo reconhecimento dos outros, só importava o que eles pensavam de si mesmos. A Congada High-Tech se tornara um ritual que fez muito mais sentido para o guardião depois da Batalha das Maltas. Ele sorria com a felicidade dos puros e, cada vez mais, entendia a importância de rituais como aquele, inspirados nas tradições antigas dos seus pais. Eles chocavam as espadas, gritavam em folia e batiam os pés ao som dos tambores digitais, mas Juba tinha dificuldade.

— Meu lance é fazer beat, dançar já é outra coisa, não consigo combinar os dois — Às vezes seus pés enroscavam-se.

Mesmo se divertindo, eles não deixavam de olhar em volta, na busca pelas tranças coloridas da piloto da Malta Indomável.

— Vou te falar, neguim, a Vik devia estar aqui, esse é o lugar dela.

— Pira, não, Juba, esse aqui não. Aquele ali é o lugar dela.

Cosme apontou para o final do cortejo, que se abria para a passagem dos príncipes e das princesas da Batalha, a coroação de quem ficava em segundo e terceiro lugares na competição. O ritmo mudou, ficou mais forte, a batida mais pesada, e os participantes fizeram reverência.

No meio da congada, alguém levantava o primeiro estandarte com símbolos da Malta Oceânica. O carro veio na frente e todos se enfileiraram na beira do lago, sempre movendo os pés, balançando as fitas, erguendo as espadas. O carro passou e Cínthia veio atrás, gingando, exibindo sua melhor capoeira, dando vários mortais seguidos. Todos sempre esperavam que ela estivesse entre as melhores na Batalha. Os tambores aceleraram, o cortejo vibrou, era uma emoção plena viver aquele momento. Os moleques não se aguentavam de felicidade e de alívio. "Melhor enfrentar de novo Sumé do que levar pezada dessa cybercapoeirista", pensaram. O estandarte da Malta Oceânica foi erguido com a borda de bronze.

Cínthia abraçou a equipe e eles acenaram para a arquibancada do outro lado do rio. A comitiva foi ao centro, os integrantes chocaram novamente suas espadas e encenaram a grande Batalha das Maltas, esperando o próximo brasão. Ele surgiu, erguido no meio de todos os competidores. O brasão da Malta de Aço foi a maior surpresa para todos. Pela primeira vez, o Rei perdera a coroa. Zero não parecia muito feliz. Os robôs capoeiristas faziam sua parte na festa, mostrando suas habilidades, enquanto ele dirigia o carro de cara amarrada, mas ele não estragou a festa. Zero mostrou que era marrento, ergueu o machado junto com o estandarte como um desafio aos outros competidores.

— Ele não está com a Hanna — comentou Juba.

Os dois ficaram tão chocados que se atrapalharam no cortejo e ficaram sozinhos no centro por alguns segundos, tempo suficiente para serem percebidos por Vik, que assistia a tudo da arquibancada.

— Cosme! Juba! — ela gritou, mas não foi ouvida.

Olhou para Hanna, que estava do seu lado, e fez sinal de que encontraria os amigos. A agora ex-Rainha da Batalha sabia que ela não estava sozinha e não se importou em ver a nova amiga atravessando a multidão para encontrá-los. Vik ainda estava com a cadeira danificada, mas não se importou com nada. Desceu da arquibancada, ativou o exoesqueleto para ficar de pé, e, mesmo com dificuldade, passou debaixo dos braços de um cara enorme, lançou-se por cima das costas de uma senhora abaixada e não parou até alcançar o cortejo.

O estandarte da Malta de Aço já havia sido erguido, o novo Rei caminhava no meio da comitiva. Leshi, o cyber-capoeirista da Malta do Trovão, seguia orgulhoso, empunhando sua bandeira, suas cores e seus símbolos em direção à coroa. Vik ignorou tudo isso, foi esbarrando em todo mundo, pegou uma fita de cobre e a amarrou nos braços, depois pediu uma espada emprestada para um dos integrantes da comitiva. Quando o novo Rei havia colocado a coroa na cabeça, ela encostou nos ombros de Cosme.

— Vik?! — gritou ele, eufórico.

Os dois se abraçaram e se beijaram no meio da coroação. Juba atrapalhou o beijo, pois queria também entrar no abraço; queria comemorar com os amigos. Eles saltavam no ritmo, festejavam pela jornada que os deuses haviam concedido a cada um deles. Tinham a certeza de que a vida nunca mais seria como antes. Talvez nunca mais pudessem viver em paz com as famílias, todos sabiam que o retorno para casa seria até mais difícil depois de tudo em que se transformaram, mas eles sabiam que teriam as melhores companhias do mundo para qualquer nova aventura, mesmo que precisassem enfrentar algum Senhor do Destino novamente.

Sumé não conseguiu se livrar do último grilhão e continuou aprisionado por apenas uma das correntes. Os Cardeais, liderados por Araquém, tentaram reconstruir a ordem na Cidade-Complexo, porém muitas pessoas tinham perdido a fé na capacidade que eles tinham de protegê-las. Uma resistência contra o fanatismo nasceu depois que três pequenos jovens desajustados se tornaram, talvez, a maior e mais cristalina manifestação de coragem, amizade e determinação, inspirando as histórias que estavam por vir no futuro da Cidade-Complexo e assumindo o nome mais maneiro de todas as maltas: a Malta Indomável.

Este livro foi impresso pela Vozes, em 2023, para a HarperCollins Brasil.
O papel do miolo é avena 70g/m², e o da capa é cartão 250g/m².